Hiltrud Leenders/Michael Bay/Artur Leenders

Feine Milde

Kriminalroman

grafit

Die Autoren:

Hiltrud Leenders, geboren 1955 in Nierswalde (Niederrhein), hat Germanistik und Anglistik studiert. Von 1979 bis 1982 war sie als Übersetzerin tätig. Sie ist Mutter von zwei Söhnen.

Michael Bay erblickte 1955 in Rheine (Westfalen) das Licht der Welt und verdient als Diplompsychologe in Bedburg-Hau sein Geld. Er ist verheiratet und hat drei Kinder.

Dr. Artur Leenders, Vater oben genannter Jungen, ist 1954 in Meerbusch (Rheinland) geboren. Als Chirurg im Emmericher Krankenhaus sorgt er für das Überleben seiner Familie.

Alle drei Mitglieder des Trio Criminale wohnen in Kleve. Seit 1988 konspirieren sie in gemeinsamer Wertschätzung von Doppelkopf, Clouseau, Pin Sec und Monty Python's Flying Circus. Bisher sind von ihnen erschienen: *Königsschießen* (1992; nominiert für den 'Glauser 1992', den Autorenpreis deutschsprachiger Kriminalschriftsteller), *Belsazars Ende* (1993) und *Jenseits von Uedem* (1994; alle Titel bei GRAFIT).

GrafiTäter & GrafiTote

Ard u.a.: **Der Mörder bittet zum Diktat**
Ard/Bieber/Breinersdorfer u.a.: **Good bye, Brunhilde**
Alberts/Ard/Junge/Schmitz u.a.: **Die Meute von Hörde**
Leo P. Ard/Michael Illner: **Flotter Dreier**
Leo P. Ard/Michael Illner: **Gemischtes Doppel**
Leo P. Ard/Reinhard Junge: **Der Witwenschüttler**
Leo P. Ard/Reinhard Junge: **Meine Niere, deine Niere**
Leo P. Ard/Reinhard Junge: **Die Waffen des Ekels**
Leo P. Ard/Reinhard Junge: **Das Ekel schlägt zurück**
Leo P. Ard/Reinhard Junge: **Das Ekel von Datteln**
Leo P. Ard/Reinhard Junge: **Bonner Roulette**
Dorothee Becker: **Mord verjährt nicht**
Dorothee Becker: **Der rankende Tod**
Jacques Berndorf: **Eifel-Filz**
Jacques Berndorf: **Eifel-Gold**
Jacques Berndorf: **Eifel-Blues**
Horst Eckert: **Annas Erbe**
Harald Irnberger: **Geil**
Harald Irnberger: **Stimmbruch**
Harald Irnberger: **Richtfest**
Andreas Izquierdo: **Der Saumord**
Reinhard Junge: **Klassenfahrt**
Jürgen Kehrer: **Spinozas Rache**
Jürgen Kehrer: **Schuß und Gegenschuß**
Jürgen Kehrer: **Wilsberg und die Wiedertäufer**
Jürgen Kehrer: **Kein Fall für Wilsberg**
Jürgen Kehrer: **Killer nach Leipzig**
Jürgen Kehrer: **Gottesgemüse**
Jürgen Kehrer: **In alter Freundschaft**
Jürgen Kehrer: **Und die Toten läßt man ruhen**
Agnes Kottmann: **Tote streiken nicht**
Leenders/Bay/Leenders: **Feine Milde**
Leenders/Bay/Leenders: **Jenseits von Uedem**
Leenders/Bay/Leenders: **Belsazars Ende**
Leenders/Bay/Leenders: **Königsschießen**
Hartwig Liedtke: **Tod auf Rezept**
Hartwig Liedtke: **Klinisch tot**
Reiner Nikula: **Laurins Garten**
Reiner Nikula: **Tödliches Schach**
Reiner Nikula: **Ein Stückchen Hirn**
Theo Pointner: **Scheinheilige Samariter**
Theo Pointner: **Tore, Punkte, Doppelmord**
Hans Scherfig: **Der tote Mann**
Hans Scherfig: **Der verschwundene Kanzleirat**
Niklaus Schmid: **Die Wettreise**
Werner Schmitz: **Mord in Echt**
Werner Schmitz: **Nahtlos braun**
Werner Schmitz: **Dienst nach Vorschuß**
Werner Schmitz: **Auf Teufel komm raus**
Gabriella Wollenhaupt: **Grappa fängt Feuer**
Gabriella Wollenhaupt: **Grappa dreht durch**
Gabriella Wollenhaupt: **Grappa macht Theater**
Gabriella Wollenhaupt: **Grappas Treibjagd**
Gabriella Wollenhaupt: **Grappas Versuchung**

grafit

0695

Postfach 300240, D-44232 Dortmund

Umschlagfoto: ART STUDIO Hendricks, Kleve
Satz: HEVO GmbH, Dortmund
Druck und Bindearbeiten: Elsnerdruck, Berlin
ISBN 3-89425-057-7
2. 3. 4. 5./97 96

»Mit den richtigen Leuten vor Ort kann man so was ja alles fälschen«, sagte Heinrichs. »Wird ja auch gemacht.«

»Schon«, meinte van Appeldorn, »aber das müssen schon wirklich gute Fälschungen sein, denn wenn das Kind hier ist, geht noch mal alles von vorn los: ärztliches Attest, diesmal auch vom Kind, polizeiliches Führungszeugnis, Änderung der Staatsangehörigkeit. Das muß alles über einen Notar laufen, und das Amtsgericht entscheidet dann schließlich. Für die Dauer des Verfahrens braucht das Kind einen gesetzlichen Vertreter, in der Regel ist es das Jugendamt. Frau Derksen meint, es gäbe praktisch keine Möglichkeit, am Jugendamt vorbei eine Adoption durchzuziehen. Ohne Papiere sind die Kinder ja illegale Ausländer, und spätestens bei der Einschulung würde so was auffliegen.«

»Und das Jugendamt hat eine Liste von den Leuten, die adoptieren wollen«, überlegte Toppe. »Können wir die kriegen?«

Van Appeldorn hob die Schultern. »Ich habe noch nicht gefragt.«

Astrid und Toppe machten als letzte Feierabend, es war schon nach sieben. Auf dem Parkplatz hakte sie sich bei ihm ein. »Komm, laß uns zum Erfgen fahren, eine Runde schwimmen. Ich fühl mich ganz klebrig.«

»Ach nein, nicht in die Kuhscheiße«, muckte Toppe und schloß das Auto auf.

Das Erfgen war ein Kolk an der Sommerlandstraße, der inmitten einer Kuhweide lag. Es war eigentlich ein Angelgewässer, aber in einem kleinen Teil konnte man auch schwimmen, wenn einem das morastige Ufer und die Schlingen der Teichrosen nichts ausmachten.

»Ach komm, sei doch nicht so gnatzig«, schmuste Astrid. »Um diese Zeit ist da kein Mensch mehr. Wir sind ganz alleine.«

»Außerdem haben wir kein Schwimmzeug hier«, beharrte Toppe.

»Rate mal, wer an alles denkt«, stupste sie ihn und deutete durch die Scheibe auf die Badetasche, die auf der Rückbank stand.

Toppe gab sich noch nicht geschlagen. »Ich muß nach den Kindern sehen.«

Sie verdrehte die Augen. »Okay, ich rufe sie an.« Damit war sie schon wieder im Präsidium verschwunden und ließ sich das Telefon über den Tresen schieben.

»Kein Problem«, freute sie sich, als sie zurückkam. »Sie sitzen beide vor der Glotze. Und noch eine gute Nachricht: Gabi ist auf dem Rückweg. Sie hat gerade eben aus der Nähe von Köln angerufen und ist in spätestens zwei Stunden bei uns.«

Sie schwammen ausgiebig, schweigend, und Toppe merkte, wie sich der dumpfe Knoten in seinem Hirn langsam löste. Als sie aus dem Wasser kamen, trockneten sie sich nicht ab, die Sonne wärmte immer noch kräftig. Sie suchten einen Flecken Gras ohne Disteln und Kuhfladen. Toppe legte seinen Kopf auf ihren Bauch, überließ sich ihren weichen Händen und döste schließlich ein.

Kinderjauchzen weckte ihn auf. Die Zunge klebte ihm am Gaumen; er fröstelte. Im Kolk tummelte sich ein junges Paar mit einem Kleinkind. Er grunzte mißmutig.

»Was ist?« fragte Astrid. »Seid ihr mit den Jungs nie zum Schwimmen gegangen, als sie noch klein waren?«

»Sicher, aber doch nicht mitten in der Nacht, wenn Leute wie ich zum Beispiel ihre Ruhe brauchen.«

»Ach«, sagte sie. »Bei dieser Hitze kann so ein Baby bestimmt auch nicht schlafen. Guck mal, ist das nicht süß?«

Er kannte den Tonfall, sah ihr ins Gesicht.

Sie lachte. »Ja, ich weiß, du fühlst dich zu alt.« Es sollte neckisch klingen, aber da war auch Trauer in ihrer Stimme, in ihren Augen.

Er strich ihr leicht über den Bauch. »Ich habe ein bißchen nachgedacht im Urlaub«, sagte er.

Sie hielt seine Hand fest. »Wirklich?«

»Hee!« Er richtete sich auf und küßte sie. »Nur nachgedacht, sonst nichts.«

Gabi kam und brachte laute Fröhlichkeit und Urlaubslaune.

»Kann das sein, daß du immer mehr vom Fleisch fällst?« fragte Toppe, nur halb im Scherz.

Sie hatte sich seit der Trennung sehr verändert, war jetzt dünn, hatte raspelkurzes Haar, schminkte sich, trug Kleider, die auffielen.

»Nun ja, ich habe in den letzten vierzehn Tagen nicht so viel Schlaf gekriegt«, lachte sie frech. »Aber wer braucht schon Schlaf?« Sie war herrlich verliebt.

Astrid kicherte. »Lernen wir den Glücklichen bald mal kennen?«

»Mal sehen, ob ich mich traue. Er ist jünger als ich.« Dann schaute sie zwischen Toppe und Astrid hin und her. »Wenn ich's genau bedenke, ist es eigentlich nur gerecht.«

Sie lachten alle drei, aber Toppe fand es eigentlich nicht besonders komisch.

11

Man mußte schon über einen guten Orientierungssinn verfügen, wenn man in dem Gänge- und Treppengewirr der Kreisverwaltung die Zimmer des Jugendamtes finden wollte – van Appeldorn brauchte gut und gern fünf Minuten.

Frau Derksen war genauso freundlich wie am Telefon, ein bißchen amtlich vielleicht, aber nett. »Ich habe eigentlich schon damit gerechnet, daß Sie unsere Warteliste haben wollen«, meinte sie, während sie ihnen Kaffee eingoß. »Es liegt zwar in meinem Ermessen, ob ich Ihnen Einblick in unsere Unterlagen gebe, aber mir wäre es doch lieber, wenn mein Chef das absegnen würde.«

Sie telefonierte leise mit dem Rücken zu ihm. »Es geht in Ordnung«, sagte sie, »aber er will doch noch kurz selbst mit Ihnen sprechen.« Dann plauderte sie über die unglaubliche Hitze, das Unwetter, die Schäden an den Autos durch die Hagelkörner, und wieviel die Versicherung wohl zahlen würde. Sie bedauerten sich gegenseitig, bei diesen Temperaturen arbeiten zu müssen, aber zum Sonnenbaden war es ja doch auch viel zu heiß.

Der Leiter des Jugendamtes kam aus nackter Neugier. Er ging davon aus, daß die Zeitung Wichtiges verschwiegen hatte, und bohrte nach Einzelheiten. Selbst wenn van Appeldorn gewollt hätte, was hätte er ihm schon groß erzählen können?

Er folgte irgendwelchen Ausgangsschildern und landete schließlich an der Tür, die in den Moritzpark führte – selbstverständlich parkte sein Auto an der anderen Seite des Gebäudes. Es war noch früh, und eigentlich konnte er sich ruhig eine Pause gönnen. Seine Wohnung lag gleich um die Ecke, aber er hatte wenig Lust auf Kinderlärm, und so schlenderte er den Prinzenhof hinunter – nicht die schlechteste Wohnlage. Besonders die Häuser an der rechten Seite hatten es ihm angetan. Sie lagen am Hang, hatten schöne Gärten, von denen aus man weit über die Ebene des Cleverham blicken konnte. Zu einem Eigenheim würde es wohl auch in den nächsten Jahren noch nicht langen. Van Appeldorn hatte keine Lust, nur wegen so eines Steinklotzes auf alles mögliche zu verzichten. Wie Toppe zum Beispiel, bei dem das besonders absurd war, weil er selbst jetzt gar nicht mehr drin wohnte. Nein, seine Wohnung am Blauen Himmel war ganz in Ordnung, mitten in der Stadt und trotzdem ruhig, gleich am Fuß der Schwanenburg, und statt im eigenen Garten zu ackern, seinen eigenen Rasen zu mähen, hatte er das Stück des Burgberges gegenüber der Haustür mit Steingartengewächs und Stiefmütterchen bepflanzt.

Um diese Zeit war auf der Großen Straße noch nicht viel Betrieb, er fand einen freien Tisch vor der Eisdiele und bestellte sich einen Eiskaffee. Die Liste vom Jugendamt war viel länger, als er gedachte hatte, fast hundert Leute aus dem ganzen Kreisgebiet. Frau Derksen hatte keinen Zweifel gelassen: falls jemand tatsächlich ein Kind über dunkle Kanäle kriegen sollte, er mußte trotzdem auf der Liste stehen, sonst hätte er hinterher keine Chance, das Kind zu behalten. Es würde Wochen dauern, die ganzen Leute zu überprüfen.

Das INTERKIDS Büro lag in der unteren Etage eines Zweifamilienhauses in der Turmstraße. Astrid und Toppe fanden es nicht gleich, weil jeder Hinweis und selbst die Hausnummer fehlten. Nur neben der Klingel hing ein kleines, weiß emailliertes Schild, das die Adoptionsvermittlung als Organ von MEILE e. V. auswies.

Ein Mann öffnete ihnen. Er sah seltsam aus, wie aus lauter Einzelteilen willkürlich zusammengewürfelt: klein, höchstens 1,65 m, mit kurzen, stumpfen Gliedmaßen, gedrungen, ohne Hals, aber seine Hände waren winzig und zart; seine Gesten knapp, nachlässig. Er hatte hellrotes, krauses Haar, das Gesicht war zugewuchert von einem dicken Vollbart, wulstige, weiche Lippen; ein gemütliches Gesicht, wenn nicht die fixen Augen gewesen wären.

»Maywald«, verbeugte er sich, lächelte, legte Toppe die Hand auf die Schulter, als wären sie gute Bekannte. »Kommen Sie doch durch.« Den Arm einladend ausgestreckt. Immer noch lächelnd zuckte er bei dem Wort »Kripo« zusammen. Dann aber lachte er laut. »Oh, entschuldigen Sie bitte! Ich hatte wirklich gedacht... Ich habe nämlich einen Termin mit einem Paar... Kripo?« Er hatte die Peinlichkeit überwunden, seine Haut nahm wieder ihre normale Farbe an. Auffordernd lief er vor ihnen her, führte sie in ein kühles Büro.

»Haben Sie eine Klimaanlage?« fragte Astrid.

»Nee, aber die Räume gehen nach Norden raus, und Sie sehen ja selbst...«

Dicht vor den beiden Fenstern standen große Zedern, die kaum Tageslicht hereinließen. »Im Moment ist das sehr angenehm, aber im Winter... Ich kann Ihnen sagen!«

Eine Frau hatte sich von ihrem Platz am Computer erhoben und schob eifrig Stühle heran. Eine ältere Frau, Sorgen im Gesicht, grau, ohne Haarschnitt, quaderförmig, was mit ihrer starken Gehbehinderung zusammenhängen mochte.

»Das ist unsere Frau Versteyl«, stellte Maywald sie vor. »Sie hilft mir manchmal ein bißchen. Ehrenamtlich, von der MEILE aus.«

»Und Sie sind hauptamtlich hier?« fragte Toppe.

Maywald nickte. »Aber worum geht es eigentlich?«

»Kriminalpolizei?« staunte Dina Versteyl.

Toppe gab eine vage Erklärung.

»Ach, die toten Kinder«, meinte Maywald. »Davon habe ich in der Zeitung gelesen.«

Der Geschäftsführer bestätigte, was sie schon vom Jugendamt wußten: jeder, der eine vorläufige Pflegeerlaubnis hatte, war beim Jugendamt registriert. Immer mehr Leute wandten sich in letzter Zeit an INTERKIDS. Maywald führte das auf ihren ausgezeichneten Ruf zurück und betonte, daß sie ausschließlich mit seriösen Waisenhäusern und Kinderheimen zusammenarbeiteten, vornehmlich in Indien und Chile. Kontakte zum Ostblock? »Bis jetzt nur sporadisch und nach gründlichster Prüfung«, sagte Maywald mit finsterem Blick. »Da gibt es augenblicklich einfach noch zu viele Schwierigkeiten.«

»Liest man ja auch immer wieder in der Zeitung«, schaltete sich Frau Versteyl ein, die mit Riesenohren dabei gesessen hatte. »Wie da den jungen Mädchen für ein paar Mark die Kinder abgekauft werden, direkt aus der Klinik, offiziell für tot erklärt. Da stecken alle möglichen Leute mit drin: Ärzte, Anwälte, Notare.«

Die scharfe Bewegung, mit der Maywald sie zum Schweigen brachte, und sein milder Blick wollten nicht so recht zusammenpassen. »Ja, da liegt noch einiges im argen.«

»Aber sporadisch gab es schon Adoptionen aus dem Ostblock, haben Sie gesagt?« hakte Astrid ein.

»Ja, drei-, viermal, über ein Kinderheim in Sofia. Aber um den Ostblock zu erschließen, müssen wir persönliche Kontakte vor Ort aufbauen.«

»Wieviel kostet ein Kind bei Ihnen?« fragte Astrid, und sogar Toppe runzelte bei der Formulierung die Stirn.

»Das hört sich ja so an, als wollten wir Reibach damit machen!« rief Dina Versteyl schrill.

»Zwischen 10.000 und 20.000 Mark«, antwortete Maywald gelassen. »Je nachdem, wieviel Kosten entstehen. Flüge, Heimunterbringung, Papiere und so weiter. Die Hälfte zahlen die Eltern im voraus, den Rest nach erfolgter Adoption.«

»Und wieviel Gewinn springt für Sie dabei raus?« beharrte Astrid unbeirrt.

Dina Versteyl schnappte nach Luft, nuschelte was vor sich hin. Maywald achtete nicht darauf. »An fixen Kosten hier vor Ort haben wir hauptsächlich mein Gehalt. Das ist nicht die Welt. Ich arbeite nur halbtags für INTERKIDS, hauptberuflich bin ich nämlich Versicherungskaufmann. Dann sind da noch Telefon, Porto, zuweilen Reisekosten. Aber meist holen die Eltern die Kinder selbst im Ausland ab.«

»Sie erwirtschaften also keine Gewinne?« fragte Toppe ungläubig.

»Doch, in den meisten Fällen springt schon ein kleiner Gewinn raus, aber der fließt in vollem Umfang an die MEILE. Das ist schließlich der Sinn der Übung.«

»Was ist das eigentlich, MEILE e. V.?« wollte Toppe wissen.

Maywald überließ Dina Versteyl bereitwillig das Wort. »Wir sind ein gemeinnütziger Verein«, begann sie erfreut. Der Verein war aus einer Elterninitiative an der Liebfrauenschule entstanden, der es zunächst darum gegangen war, die Gewalt auf dem Pausenhof in den Griff zu kriegen und die ausländischen Kinder besser in den Schulalltag zu integrieren. Nach und nach hatten sich auch einzelne Lehrer angeschlossen, andere Schulen zogen mit, und so war nach kurzer Zeit ein richtiger Verein gegründet worden. Man übernahm die Hausaufgabenbetreuung, richtete Sprachkurse ein, Spielnachmittage, gestaltete Schulhöfe zu kinderfreundlichen Spielhöfen um, betreute die türkischen Kinder, die in den verschiedenen Jugendfußballmannschaften spielten, veranstaltete Zeltlager. Das alles kostete Zeit, aber da gab es eine Reihe von Idealisten, zum Teil auch Eltern, die selbst ein ausländisches Kind adoptiert hatten und von den Problemen mit Hautfarbe und Anderssein ein Lied singen konnten. Es kostete auch Geld, und man war immer auf der Suche nach Sponsoren. Später hatte man Patenschaften für ausländische Familien übernommen, Schuldenberatung, Unterstützung bei Behördengängen. Eines Tages hatten sie ein armenisches Waisenkind kennengelernt, das hier in einer Pflegefamilie war und von den entsetzlichen Bedingungen erzählte, unter denen seine beiden kleinen Geschwister zu Hause lebten. MEILE hatte auch für diese Kinder eine Pflegefamilie gefunden, und so war die Idee geboren, eine Adoptionsvermittlung einzurichten. »Von dem Geld, das durch INTERKIDS abfällt, können wir jetzt auch größere Projekte in Angriff nehmen.« Dina Versteyl hatte sich heiße Backen geredet, schaute sie erwartungsvoll an.

Astrid war gnädig. »Größere Projekte?«

»Ja, eine internationale Schule, zum Beispiel. In Kleve!«

»Prima«, sagte Toppe und wandte sich wieder an Maywald. »Sie haben sicher eine Kartei, in der die Leute registriert sind, die über Sie adoptiert haben oder adoptieren wollen.«

»Selbstverständlich«, antwortete Maywald, und Frau Versteyl war schon aufgesprungen und zum Computer gewackelt.

»Augenblick!« rief Maywald ihr hinterher, dann sah er Toppe an. »Sie verstehen sicher: Datenschutz. Ohne Rücksprache mit den Beteiligten, keinesfalls.«

»Wir haben im Augenblick gar kein Interesse daran«, nahm Toppe ihm den Wind aus den Segeln. »Ich möchte etwas anderes wissen. Gesetzt den Fall, ich habe Kontakte zu Kinderhändlern aufgenommen und die besorgen mir ein Kind und bringen es nach Deutschland. Wie sind meine Chancen, hier eine Adoption durchzukriegen?«

»Gleich Null«, antwortete Maywald entschieden und erklärte ihnen noch einmal den ganzen Adoptionshergang. »Sagen Sie mal, woran sind die Kinder eigentlich gestorben?«

»Die sind quasi ausgetrocknet«, antwortete Toppe. »Es war zu heiß in dem Wagen.«

»Scheußlich! Sind Sie sicher, daß die Kinder aus dem Balkan stammen?«

Toppe nickte, aber Astrid war bestimmter. »Hundertprozentig. Warum fragen Sie?«

»Ach, ich dachte, vielleicht waren es einfach holländische Kinder, die mit ihren Eltern unterwegs waren. Vielleicht sind sie entführt worden?« Er sah zögernd von seinen Händen auf. »Ich will Ihnen nicht reinreden, Sie machen sich sicher selbst Ihre Gedanken, und bestimmt wissen Sie über die Geschichte viel mehr als ich. Aber wenn man täglich mit diesen Dingen zu tun hat, dann geht einem so was einfach im Kopf herum. Zum Beispiel dachte ich, wenn sie wirklich aus dem Balkan kommen, dann könnten sie doch mit illegalen Einwanderern unterwegs gewesen sein. Oder aber die Kinder sind bereits in Holland adoptiert worden.«

»Unwahrscheinlich«, sagte Toppe nur.

»Wieso?«

»Die beiden waren höchstens zwei Wochen alt.«

Maywald lächelte ihn offen an. »Das ist kein Argument. Auch wir vermitteln manchmal sehr junge Kinder. Wenn die Mutter bereits vor der Niederkunft das Kind zur Adoption freigegeben hat, kann das schon mal vorkommen.«

»Ja«, ergänzte Dina Versteyl. »Manchen ist es egal, ob sie einen Jungen oder ein Mädchen bekommen. Hauptsache gesund.« Sie lachte meckernd. »Unsereins kann es sich ja auch nicht aussuchen, oder? Ich, zum Beispiel, habe fünf Mädchen – sind alle schon erwachsen.« Dann besann sie sich. »Manche Leute wollen eben einfach nur ein ganz kleines Kind. Wenn Sie verstehen, was ich meine.«

Sie verstanden. Toppe fragte nach anderen privaten Adoptionsvermittlern und Kontakten untereinander. Die gab es selten. War intern etwas über illegale Geschichten bekannt? Nein, nur das, was jeder so aus der Presse kannte.

Das Gespräch zerplätscherte.

»Warum warst du denn so kratzbürstig«, wollte Toppe wissen, als sie wieder im Auto saßen.

»Ich weiß nicht genau«, hob Astrid die Schultern. »Es ist so doppelbödig. Die geben sich den großen Sozialtouch, und in Wirklichkeit geht es denen doch bloß um Geld.«

»Kann schon sein. Es gibt aber bestimmt auch Leute, die dabei durchaus ehrbare Motive haben.«

»Du meinst, die Kinder aus ihrem Elend in der sogenannten Dritten Welt herausholen, damit sie...«

»... damit sie dann hier zu unerwünschten Ausländern werden. Was regst du dich so auf? Ich bin doch völlig deiner Meinung. Andererseits, würdest du ein Kind adoptieren wollen, das schon Jahre im Heim verbracht hat, dessen Eltern Alkoholiker sind, das vielleicht mißbraucht oder mißhandelt worden ist? Die Heime sind voll davon. Diese Kinder brauchen auch eine Familie.«

»Ich weiß nicht«, meinte sie zögernd. »Ich glaube, wenn

ich selbst keine Kinder kriegen könnte, dann müßte es nicht sein. Ich will nicht um jeden Preis ein Kind.«

»Nein?«

»Nein! Und jetzt fahr los. In diesem Glutofen geht man ja ein.«

12

Dina Versteyl wollte sich gar nicht wieder beruhigen. »Die Kriminalpolizei! Bei uns!« murmelte sie kopfschüttelnd, während sie die Stühle wieder an ihren ursprünglichen Platz rückte.

»Jetzt krieg dich doch wieder ein, Dina«, grinste Jens Maywald und legte die Beine auf den Tisch. »Komm, rauch eine mit.«

Sie kicherte, setzte sich und ließ sich Feuer geben, die Zigarette ganz oben zwischen steifen Fingern. »Ist das nicht furchtbar, das mit den beiden Kindern?«

»Ja«, erwiderte Maywald, »mir tut das auch leid. Die armen Würmer. Aber irgendwie versteh ich die ganze Geschichte nicht.«

»Und ich versteh nicht, was die Polizei hier wollte.«

»Die fischen doch auch im trüben. Wir sind die einzige Adoptionsvermittlung in Kleve. Ist doch klar, daß die sich Informationen holen.«

Sie seufzte. »Ach ja, es kommt auch immer alles zusammen. Wir haben doch wohl schon genug Ärger.«

»Heidi Jansen mit ihrer Palastrevolution, meinst du?« Maywald tippte sich an die Stirn. »Die hat doch einen an der Klatsche!«

Dina Versteyl saugte mit spitzem Mündchen an ihrer Zigarette und wischte sich ein paar Aschefetzen vom Rock. »Ich weiß nicht, irgendwie kann ich die auch verstehen.«

»Ach ja?« Er nahm die Beine vom Tisch. »Ich nicht! Jetzt, wo die ganze Sache Hand und Fuß kriegt, wo es endlich professionell läuft, da fängt die Tante mit ihrer Kleinkackerei an. Verein!«

Sie sah ihn strafend an. »Jetzt mach das Mädel nicht so schlecht. Die hält sich ganz wacker, oder glaubst du, das ist so einfach, alleine mit drei Kindern? Der Mann über alle Berge.«

Maywald schnaubte nur. »Von der wär ich auch abgehauen, das schwör ich dir. Die meint doch, die hätte die Moral gepachtet. Bei der kriegst du als Mann keine Schnitte. Was die gebraucht hat, war 'n Zuchthengst, und jetzt ist die ganz froh, daß sie ihn wieder los ist.«

»Männer!« zischelte sie.

»Und überhaupt: die läßt ihren Exgatten ganz schön bluten. Ein Prozeß nach dem anderen. Der hat nicht einen Pfennig mehr zum Leben als die paar Kröten, die offiziell als Existenzminimum festgelegt sind, und das Haus hat sie sich auch unter den Nagel gerissen.«

»Das ist doch wohl nur gerecht, wenn sie die Kinder hat.«

»Ach, soll mir doch egal sein! Jedenfalls könnte die sich endlich mal eine andere Spielwiese suchen für ihren Frust und uns in Ruhe lassen.«

Dinas allmütterliches Lächeln brachte Maywald wieder auf die Palme.

»Weißt du, was gestern passiert ist? Ich komm hier ins Büro, und wer schnüffelt seelenruhig in den Papieren rum? Heiderose Jansen! Und als ich ihr meine Meinung geige, da grinst die bloß kackfrech und erzählt mir, sie als Vorstandsmitglied habe jederzeit das Recht auf Einblick in die Akten!«

»Jetzt mach mal halblang. Die ist nun mal so.«

»Ja, leider. Sag mal, wieviel Leute haben eigentlich einen Schlüssel zu diesem Büro? Mir ist das verdammt ernst mit dem Datenschutz. Kann doch nicht einfach jeder hier reinspazieren.«

Sie drückte sorgfältig ihre Kippe aus. »Ich weiß nicht. Das solltest du vielleicht auf der nächsten Vorstandssitzung ansprechen.«

»Worauf du dich verlassen kannst«, sagte Maywald wütend.

13

Heinrichs wartete schon ungeduldig mit einem Fax vom BKA. »Jetzt wissen wir endlich, wonach wir suchen, und es sieht ganz so aus, als hätten wir Glück im Unglück. Das Auto dürfte nämlich ziemlich auffällig sein. Es ist ein Mercedes, und zwar vermutlich aus der C-Serie. An Günthers Hosen gab es Lackpartikel der Farbe 582, imperialrot. Wichtiger ist allerdings, daß sie auch Spuren von der Kunststoffschürze an den Hosenbeinen gefunden haben, und die waren auch rot. Das heißt, es muß sich um das Modell Elégance handeln; bei allen anderen Mercedesmodellen sind Stoßstange und Schürze nämlich zweifarbig oder grau. Es dürfte also nicht so schwierig sein, den Wagen zu finden.«

»Ach!« schnaubte van Appeldorn, schob die Hände in die Hosentaschen und ging zum Fenster. Er hatte Sodbrennen – zuviel süße Sahne im Eiskaffee.

»In der Stoßstange und der Plastikschürze muß es Fasern von Günthers Hose geben – quasi eingeschweißt. Damit hätten wir den Kerl dann in der Hand.«

»Vielleicht ist es ja gar kein Kerl«, meinte Astrid katzig.

Heinrichs runzelte beleidigt die Stirn. Er konnte zuweilen recht empfindlich sein, und wenn er einmal eingeschnappt war, zickte er oft tagelang rum. Toppe wußte, daß er ganz schnell was sagen mußte. Er räusperte sich – wenn er doch bloß nicht selbst auch so eine Stinklaune gehabt hätte. »Ich habe das Gefühl, wir sind alle schlecht drauf.«

»Ich nicht«, erwiderte Heinrichs mit steifer Unterlippe und krickelte dichte, winkelige Linien auf ein Blatt Papier. »Wir werden dann wohl die Suche nach der Werkstatt auf den ganzen Kreis ausweiten müssen«, meinte er nach einer Weile. »Und jetzt, wo wir das Modell kennen, können wir uns auch an die Händler wenden.«

»Au fein!« Astrids Stimme war schrill. »Und wenn's doch ein Holländer war? Müssen wir dann auch noch alle Werkstätten und Mercedeshändler von Kranenburg bis Nimwegen abklappern? Und wie sieht es mit den Gebrauchtwagenhändlern aus?«

»Himmel, Astrid!« Toppe riß die Hutschnur. »Was ist denn bloß los mit dir?«

Sie sah ihn lange an, kaute auf der Unterlippe. Auf ihrem roten T-Shirt zeichneten sich unter den Brüsten zwei feuchte Halbmonde ab. »Ich weiß auch nicht. Ich bin total müde, und gleichzeitig hab ich so eine komische Wut im Bauch. Tut mir leid.«

»Ich glaube nicht, daß es ein Holländer war«, sagte Heinrichs halb versöhnt. »Rob de Boer hat doch nach Kleve telefoniert.«

Toppe rieb sich die Stirn mit der Faust. »Wir wissen immer noch nicht, ob Günthers Unfall was mit de Boer zu tun hat.«

»Wir wissen überhaupt nichts«, kam es gereizt von van Appeldorn. »Alles dämliche Rumstocherei ohne Hand und Fuß. Was machen wir jetzt mit dieser Liste vom Jugendamt?«

Er zuckte plötzlich zusammen und beugte sich aus dem Fenster.

»Was ist?« fragte Heinrichs.

»Nichts, ich hatte nur eine Erscheinung. Könnten wir vielleicht mal irgendeine Art von Plan machen, wie's weitergehen soll?«

»Es wird uns wohl nichts anderes übrig bleiben«, antwortete Heinrichs fix und wühlte in seinem Papierwust herum, »als mit Hypothesen zu arbeiten.« Jetzt hatte er den Zettel gefunden. »Ich habe da schon mal was ausgearbeitet.«

»Gleich, Walter«, meinte Toppe sanft. »Ist der Pathologiebericht gekommen?«

»Ja, aber der hilft uns nicht weiter. Die Kinder, ein Junge, ein Mädchen, waren ungefähr zehn Tage alt – der Nabelschnurrest war noch dran. Gestorben sind sie an Dehydration. Todeszeitpunkt: Freitag zwischen 15 und 17.30 Uhr. Das alles wußten wir sowieso schon.«

»Sag mal«, fragte van Appeldorn, »hat Stasi sich eigentlich gemeldet?«

»Nein, der ist seit gestern morgen verschollen.«

»Kann von mir aus auch so bleiben.«

In diesem Augenblick wurde langsam die Tür aufgeschoben.

»Leider doch keine Erscheinung«, stöhnte van Appeldorn gequält auf. »Ich denk, du bist auf Mallorca!«

Es war Jupp Ackermann, ein Kollege vom Betrugsdezernat. Klein, ungepflegt, laut, absolut heimatbesessen trug er das Herz stets auf der niederrheinischen Zunge. Er kannte alles und jeden, hielt damit auch nicht hinterm Berg und wußte über die meisten Leute besser Bescheid als sie über sich selbst. Die Meinungen der Kollegen über ihn gingen weit auseinander; Toppe schätzte ihn, trotz der Nerven, die er kostete, als unermüdlichen Arbeiter, der nie jammerte, dem es nie zuviel wurde.

Ackermann schlurfte herein, geblümte Bermudas, ein T-Shirt, auf dem blaue Buchstaben *Welch ein Tag!* jubelten, neongrüne Badelatschen. Die Haarzotteln fielen ihm fettig in die Stirn, und in seinem langen, dünnen Bart klebte Eigelb.

»Heute morgen war ich au' noch auf Mallorca, aber dann krieg ich diese Zeitung in die Finger. Wenn man dat Zeitung nennen kann. Is' et denn wirklich wahr? Ich kann dat immer noch nich' glauben!«

Tränen schossen ihm in die Augen, quollen über, die dikken Brillengläser beschlugen.

Alle außer van Appeldorn schauten betreten vor sich hin, aber Ackermann war es überhaupt nicht peinlich. Er legte die nasse Brille auf Toppes Schreibtisch, und während er sich erzählen ließ, weinte er immer wieder, schneuzte sich ein paarmal laut. Er hatte Breitenegger fast so gut gekannt wie die anderen, schließlich hatte er oft genug im K 1 ausgeholfen, wenn sie knapp besetzt waren; freiwillig war er eingesprungen, denn »Mord war sozusagen sein Hobby«, wie er zu sagen pflegte. Heute war nichts übrig von den lockeren Sprüchen. Er kramte all seine Erinnerungen an Günther Breitenegger hervor, und schließlich suchte auch Astrid in ihrer Tasche nach Tempotüchern.

»Heute morgen nach 'm Frühstück komm ich anner Rezeption vorbei un' seh die Zeitung: Günther B. aus Kleve. Dat kann nich', sach ich mir. So wat gibbet bloß im Krimi. Ich dann sofort mein Schwager in Nütterden angerufen.

Gut, dat der grad Urlaub hat. 'ne Stunde später saß ich schon im Flieger – last minute, stand-by, oder wie dat heißt. Ein Platz frei. Wenn dat kein Schwein is', weiß ich et nich'. Aber ich sach et ja immer: wenn et richtich hart auf hart kommt, dann habbich den lieben Gott auf meine Seite, schon immer. Mein Schwager hat schon in Lohausen gewartet. Jetz' bin ich hier. Wat kann ich tun?«

»Und deine Familie hast du auf Mallorca gelassen?« fragte van Appeldorn.

»Au, erinner mich bloß nich'! Meiner Alten brauch ich die nächsten Wochen nich' unter die Augen kommen.«

Er war mit einer Holländerin verheiratet, die nicht nur in ihrer äußeren Erscheinung ziemlich dominant war. Drei Töchter hatten sie.

»Aber da habbich gar keine Verträge mit. Wofür hat der Mensch Freunde? Is' doch wohl Ehrensache, dat ich Urlaub Urlaub sein laß un' mithelf, dat wir dat Schwein kriegen.«

Das Telefon klingelte.

»Was hältst du davon, wenn du dir erst mal was Anständiges anziehst?« spottete van Appeldorn und nahm den Hörer ab.

Ackermann sah verdutzt an sich herunter. »Ach Gott, dat habbich in der Hektik gar nich' gemerkt. Mein Koffer is' noch auffer Insel, un' den hat die Mutti gepackt. Ich weiß gar nich', ob ich no' wat im Schrank hab. Un' meine Karre müßt ich wohl auch ebkes holen.«

»Ich kann Sie nach Hause fahren, wenn Sie wollen«, bot Astrid an.

»Hör mal, Walter, was ist eigentlich mit den ganzen Zeugen vom Kartenspielerweg?« fragte Toppe, als die beiden gegangen waren.

»Nichts ist damit«, antwortet Heinrichs. »Lauter hilfsbereite Menschen, aber keiner von denen hat Günther oder die beiden Holländer gesehen. Jede Menge Autos sind beobachtet worden, aber ein roter Mercedes war nicht dabei. Ich habe das sofort nachgeprüft, als das Fax gekommen ist.«

Van Appeldorn legte endlich den Hörer auf. »Das war Lowenstijn. Die haben Rob de Boer gefunden. Schwamm tot in einer Gracht in Amsterdam, erstochen. Nach dem anderen, diesem Smit, tauchen sie noch.«

»In Amsterdam«, meinte Toppe nachdenklich. »Ist Broek in Waterland nicht ganz in der Nähe?«

»Genau. Lowenstijns Leute sind gerade dabei, diesen Fahrradverleih auf den Kopf zu stellen. Auf jeden Fall will er wissen, mit wem de Boer in Kleve Kontakt aufgenommen hat. Er faxt uns gleich alles rüber, was sie bis jetzt über diesen Kinderhändlerring haben.«

»Dann kannst du ja endlich aufhören zu moppern«, meinte Heinrichs bissig. »Von wegen, wir wüßten nicht, was wir tun sollen!«

14

»Wollen wir nicht Schluß machen, Karin?«

Unter dem Segeltuchdach des kleinen Marktstandes – der freundlichen Leihgabe eines Gärtners aus Reichswalde – stand die Luft, dick und feucht. Die beiden Frauen fühlten sich alles andere als frisch. Seit viereinhalb Stunden verteilten sie am MEILE – Stand in der Kavarinerstraße Infomaterial und Anmeldeformulare. In unregelmäßigen Abständen präsentierte sich der Verein den Bürgern der Stadt. Heute baumelte eine enorme Vergrößerung des *Times*-Artikels mit dem Foto von Frau Salzmann-Unkrig vom Dach des Standes.

»Noch zwanzig Minuten, Liz.« Auch Karins Lächeln war inzwischen nur noch gemeißelt, und die Gespräche mit interessierten Passanten klangen auch in ihren eigenen Ohren geleiert und falsch. »Dann kommt Rainer und hilft uns einpacken.« Sie bückte sich, zog eine halbvolle Flasche Mineralwasser aus einem Korb und hielt sie fragend hoch. »Du auch noch?«

Liz schüttelte angewidert den Kopf. »Das schale, lauwarme Zeug! Ich träume inzwischen von einem kühlen Bier.«

Karin lächelte säuerlich und goß sich das Wasser in den mitgebrachten Steingutbecher. »Alkohol, um diese Zeit! Der würde mich glatt umhauen.« Sie trank die Tasse in einem Zug leer. »Hat Heidi dich eigentlich auch schon angerufen?«

Liz drückte – ausgewähltes Betroffenheitsgesicht – einer staksigen Blondine mit Rieseldauerwelle, die nicht schnell genug ausweichen konnte, fünf Infoblätter in die Hand und drehte sich dann um. »Wegen dem Mißtrauensantrag? Die war gestern abend bei uns, und ich hab auch schon unterschrieben.«

»Echt?«

»Die hat doch völlig recht!« Liz schickte Salzmann-Unkrig und den Schokokindern einen niederschmetternden Blick. »Oder hast du diese Tussi schon mal am Stand gesehen?«

»Nö«, antwortete Karin. »Weißt du übrigens, daß Martin jetzt bei Heiderose einzieht?«

»Bei Heidi? Martin Klinger?« Liz ließ die Infoblätter auf den Tisch fallen. »Das gibt's doch nicht!«

Karin verlor ein gelangweiltes Lächeln. »Wundert dich das? Martin und Anita trennen sich doch alle sechs Wochen.«

»Klar, weiß ich... Der kann doch nicht bei Heidi einziehen! Normalerweise wohnt der doch dann immer bei seinem Bruder.«

»Ich weiß. Oder die Anita geht zu ihrem Vater. Wenn die das rauskriegt, dann knallt's aber, das kann ich dir sagen! Das war dann aber die letzte Trennung, glaub mir.«

Liz staunte noch immer stumm vor sich hin, als Karin anfing, die Kartons mit den Infoblättern zu verschließen. Die Tesafilmrolle zwischen den Zähnen, murmelte sie: »Heidi hat ja wohl sowieso eine Vorliebe für abgelegte oder vorübergehend gefallene Ehemänner.«

»Wieso?«

»Na, hör mal! Klaus hat bei ihr gewohnt, bevor er zu Anne zurück ist, und der Wilfried war sogar mit seinen drei Kindern bei ihr, fast ein halbes Jahr.«

»Komm, du glaubst doch nicht...«

»Wer weiß? Könnte doch sein, die braucht so was, oder...?«

Toppe saß auf seinem Balkon und grübelte dumpf. Es war

fast zehn, und das schwindende Licht paßte sehr genau zu seiner Stimmung. Breitenegger war nicht mal fünfzehn Jahre älter gewesen als er, sein Tod machte keinen Sinn. Na ja, gut, Tod war wohl immer sinnlos. Was war mit dem Leben? Er schaute zu Astrid hinüber, die ihm gegenüber saß, die Füße auf einem zweiten Stuhl, und die Tageszeitung las.

Er schlitterte schon wieder hinein. Oder war das nicht so? Da hatte er es geschafft, aus diesem trüben Leben herauszukommen, diesem Leben, in dem er sich selbst nicht mehr wahrgenommen hatte. Nicht weil Gabi so unerträglich war. Er hatte nur plötzlich gewußt, sie hatten es beide gewußt, daß das nicht das Leben sein konnte, das gemeint war, oder?

Sein Blick glitt über Astrids glatte, braune Beine. Sie hatte gebadet, ihr Haar war noch feucht und kraus, und sie trug nur ein halb transparentes schwarzes Hemd mit Goldsprenkeln. Er konnte ihre dunkle Scham sehen.

Nein, es war nicht nur Erotik. Aber was hieß da »nur«? Es war nicht nur Begehren, die Leidenschaft, die sie beide empfanden. Die Wellenlänge stimmte, sie fühlten, dachten fast immer in die gleiche Richtung, und der Altersunterschied machte dabei wenig aus. Manchmal, wenn es um Filme und Musik ging, um die Erinnerungen daran, an die ersten Momente, politische Ereignisse. Aber es gab kein Ungleichgewicht. Sie war nie das wißbegierige Mädchen, er nicht der souveräne Lehrmeister. Sie wußte verdammt genau um sich selbst, und so wie es aussah, hatte sie sich bewußt für ihn entschieden. Der Punkt war nur: er hatte sich nicht entschieden. Er hatte nicht nachgedacht, abgewogen und dann gesagt: ich will. Und jetzt auch noch ein Kind. Ein Baby, neu Vater sein, mit all dem, was er inzwischen wußte, gelebt hatte? Kleine intakte Familie!

Finster starrte er auf die Betonwand zum Nachbarbalkon.

Astrid legte langsam die Zeitung auf den Boden und sah ihm ins Gesicht.

»Ich hab dir das heute morgen schon gesagt, es muß nicht sein mit dem Kind. Nicht jetzt sofort. Ich bin dir zu schnell, nicht wahr?«

Er schüttelte automatisch den Kopf, schaute über das Balkongitter in die Ferne, die es nicht gab, und schwieg.

Sie nahm die Beine vom Stuhl und setzte die Füße sorgfältig nebeneinander.

»Du weißt, daß ich jederzeit zurück kann in meine alte Wohnung. Wenn du willst, bin ich morgen weg.«

»Nein.« Er glitt vom Stuhl, umfaßte ihre Schenkel, war nur traurig.

Sie legte ihre Hand auf seinen Kopf. »Ich liebe dich.«

»Ja. Es ist nur...«

»Ich weiß.«

»Nein, ich will mit dir leben, aber... Laß uns eine größere Wohnung finden. Ich hab das Gefühl, ich brauche einfach mehr Luft.«

»Ich gucke dauernd in die Zeitung, Helmut, aber bis jetzt war da nichts. Sollen wir einen Makler einschalten?«

»Ja.« Er stand auf. »Soll ich das übernehmen?«

»Nein«, lächelte sie. »Laß mich das tun, mir macht so was Spaß.«

Er lehnte unschlüssig am Balkongitter.

Sie grinste. »Also, ich bleibe noch eine ganze Weile hier sitzen und lese...«

»Dann geh ich schon mal rein und höre ein bißchen Musik.«

»Gut.« Sie meinte es so.

Van Appeldorns Feierabend begann unbequem.

»Du glaubst doch wohl nicht, daß ich die ganze Strecke allein fahre, mit zwei Kindern hinten im Auto!«

Marion wühlte die Hände durchs Haar, bis ihr die Hennazotteln wirr vom Kopf abstanden.

Sie hatten für vierzehn Tage ein Ferienhaus in Dänemark gemietet und am Freitag losfahren wollen.

Van Appeldorn zuckte die Achseln und schlappte in die Küche. Sie kam gleich hinterhergeschossen. »Helmut und Astrid sind doch jetzt da, und Ackermann auch!«

Er öffnete den Kühlschrank, aber es war kein Bier da.

»Wenn du glaubst, ich hocke mutterseelenallein mit den Kindern in so 'ner Ferienbude mitten in den Dünen! Was soll das mit Urlaub zu tun haben? Da kann ich doch besser zu Hause bleiben.«

»Du könntest ja eine Freundin mitnehmen.«

»Eine Freundin?« Ihre Stimme kippte. »Welche Freundin?«

Er zog sein Portemonnaie aus der Tasche, zählte die Scheine, steckte es wieder weg und ging durch den Flur auf die Haustür zu.

»Das ist ja wohl typisch!« brüllte sie. »Wenn man mal mit dir reden will, wenn's mal Probleme gibt...«

Im *Kurfürsten* stand die übliche Truppe am Tresen, nickte grüßend, nicht überschwenglich. Die ersten drei Bier kippte van Appeldorn schweigend auf Ex, die nächsten beiden auch nicht wesentlich langsamer. Dann stand er auf, nahm das frische Bier, hielt es in der typischen Art, das Handgelenk nach innen gewinkelt, so als müsse er das Glas schützen oder verstecken, und ging zum Spielautomaten.

»Hee«, rief einer der Thekenhocker ihm nach. »Scheint dir ganz schön an die Nieren zu gehen, der Tod von deinem Kollegen, wa?«

»Kann man wohl sagen«, nickte van Appeldorn dem Spielautomaten zu.

15

Die EUREGIO hatte, als Gastgeber, in ihre Räume im *Haus Schmithausen* in Kellen geladen.

Schmithausen war einst die Zollstation der Grafen und Herzöge von Kleve, damals im Mittelalter, als der Hauptarm des Rheins noch am Fuße der Schwanenburg floß und mit den Schiffen den Wohlstand brachte. Als Cleve, in der Mitte des wichtigen Handelsweges gelegen, verbrüdert mit den großen Herrscherhäusern Europas ein machtpolitisches Zentrum war; so bedeutend immerhin, daß Heinrich VIII. von England Anna, die Tochter Herzog Johans III. von Cleve, ehelichte, um so Kaiser Karl V. von Spanien die Stirn zu bieten und auf dem Kontinent Fuß zu fassen. Aber wer wußte das heute noch?

Haus Schmithausen war ein hübsches kleines Anwesen, gleich hinter dem alten Deich, über die Jahre gehütet und gepflegt. Die weit geschwungene Eichentreppe, dunkel von den Jahren, führte hinauf in den großen Saal mit honigfarbenem Parkettboden, französischen Fenstern und zierlichen Kronleuchtern. Die Atmosphäre paßte so gar nicht zum nüchternen Anlaß der Konferenz: das Projekt UNICEF-Schule sollte nun endlich konkret werden. Auf den drei weißgedeckten Tischen waren kleine Saft- und Wasserflaschen gruppiert, aber auf der Anrichte glitzerten schon neben Kristallkelchen die Champagnerkübel. Man rechnete mit einem erfolgreichen Abschluß.

Der Geschäftsführer der EUREGIO hatte eingeladen, und alle waren gekommen: ein Vertreter der Landesregierung saß gemeinsam mit dem zuständigen Dezernenten des Kultusministers neben dem Euregiomann und seiner Sekretärin an der Stirnseite, flankiert von zwei Anwälten einer alteingesessenen Klever Kanzlei. Am rechten Tisch, als Vertreter der MEILE, Heino Müller und Christa Salzmann-Unkrig mit ihrem Gatten, neben ihnen der Architekt und Bauunternehmer Knut Fährbach und drei Männer von der Stadt – Bauamt, Liegenschaften und ein Abgesandter des Stadtdirektors.

Die Stadt konnte ein Grundstück anbieten, zweieinhalb Hektar Wald und Wiese, gleich am Wolfsberg. Fährbach war das Stück Land zu groß und zu teuer, aber die Stadt hatte Verhandlungsbereitschaft signalisiert. Doch so weit war es noch nicht. Es gab Grundlegendes zu klären; die wichtigsten Herren des Abends saßen am linken Tisch, die Investoren: zwei Japaner, zwischen ihnen Herr Sato, der flüsternd nach rechts und links übersetzte, und Mr. Clarke, ein Engländer, der nicht nur durch seine Kleidung aus dem Rahmen fiel. Im Gegensatz zu den anderen Herren trug er keinen dunklen Anzug mit Krawatte, sondern ein helles Sommerjackett mit knittrigem Hemd und Seidenschal. Am auffälligsten war jedoch sein unbeteiligter, zuweilen sogar gelangweilter Gesichtsausdruck. Er war der Chef eines europaweiten Konzerns, dessen Klever Filiale Heino Müller leitete.

Die Konferenz verlief zügig. Der Regierungsvertreter

hatte erläutert, wieviel Unterstützung jetzt und in Zukunft vom Land zu erwarten war, auch die EUREGIO sicherte langfristige finanzielle Hilfen zu. Die konkreten Zahlen lagen vor, die Investoren rechneten.

Allenfalls Frau Salzmann-Unkrig war leicht erstaunt, als jetzt Bedingungen auf den Tisch kamen: die japanische Firma war bereit, den größten Teil der benötigten Summe zu investieren, machte aber gleichzeitig den geplanten Ausbau ihrer Produktionsstätte vor Ort – immerhin 280 weitere Arbeitsplätze – abhängig von der Gründung der Schule. Im Gegenzug zum Firmenausbau möge die Stadt das Grundstück am Wolfsberg kostenlos zur Verfügung stellen und darüber hinaus einen Großteil der Erschließungskosten übernehmen. Die Herren von der Stadt nickten gelassen, die Sache war bereits durchgerechnet worden.

Auch Mr. Clarke stellte eine größere Summe in Aussicht. Sollte es zur Gründung dieser Schule kommen, sähe er auch keine Probleme mehr, den englischen Militärflughafen des Kreises in Laarbruch zu einem Privatflughafen auszubauen. Weiter ging er kurz auf den internationalen Charakter der Schule ein und regte an, auch englische Lehrer einzustellen. Er bestand darauf, daß dieser Gedanke ins Protokoll aufgenommen wurde.

»Ich möchte nun einen sehr wichtigen Punkt ansprechen«, begann der Mann von der EUREGIO, »den Träger der geplanten Schule.« Er wandte sich an Heino Müller und Christa Salzmann-Unkrig. »Ihr Verein MEILE e.V. hatte die Grundidee zu dieser großartigen Sache. Das wissen wir wohl alle hier zu schätzen, aber ich möchte nicht lange um den heißen Brei herumreden. Ich denke, Sie werden mir in diesem Punkt zustimmen, daß ein Projekt dieser Größenordnung von kompetenten Fachleuten geführt werden muß und wir uns nicht in die Abhängigkeit von Mehrheitsverhältnissen in einem gemeinnützigen Verein begeben dürfen.« Er räusperte sich. »Nun, liebe Frau Salzmann-Unkrig, Sie werden das sicher genauso sehen wie wir, daß die politischen Tendenzen in dem Verein MEILE nicht ganz den unsrigen entsprechen.«

Die beiden Anwälte wachten auf, raschelten mit Papieren.

Christa Salzmann-Unkrig lächelte mit steifer Oberlippe. »Aber... die MEILE...« Sie versuchte, Zeit zu gewinnen. »Dieser Verein hat stets nach dem Motto gearbeitet, daß soziales Engagement Parteigrenzen überschreitet.«

Der Euregiomann schaute nachgiebig. »Seien Sie versichert, Frau Salzmann-Unkrig, jeder von uns hier bewundert Ihr soziales Engagement, aber wir stimmen wohl in dem Punkt überein, daß gewisse Sicherheiten unabdingbar sind.«

Sie stupste Heino Müller an. »Sag doch was!«, aber der schüttelte unaufgeregt den Kopf.

Ihr Gatte nahm sie fest beim Arm. »Halt endlich den Mund«, zischte er. »Du redest dich um Kopf und Kragen.«

»Wieso?« flüsterte sie zurück, und ihre Hände flatterten im Schoß. »Die Schule ist mein Kind. Ich lasse nicht zu, daß sich das jemand anderes an die Brust heftet!«

»Jetzt beruhige dich doch, Schätzchen«, grinste er. »Oder glaubst du, ich schmeiße mein Geld zum Fenster raus? Das war längst geklärt, bevor ich den Scheck ausgestellt habe.«

Mr. Clarke meldete sich zu Wort: »Ich möchte ausdrücklich betonen, daß wir unser Geld nicht investieren in eine Projekt, das von eine deutsche Verein verwaltet wird.«

Der Euregiomann machte eine »Sehen Sie?«-Handbewegung in Richtung Salzmann-Unkrig und fügte hinzu: »Außerdem gibt es ja wohl momentan in Ihrem Verein einige Querelen, wenn ich das mal so leger ausdrücken darf.«

»Heino«, fuhr die Salzmann-Unkrig auf, »das hast du dem doch gesteckt!«

»Unsinn«, pfiff Müller zurück. »Hast du vergessen, wo du lebst? Hier kannst du doch nicht mal husten, ohne daß dich am nächsten Tag zwölf Leute fragen, ob du deine Lungenentzündung schon überstanden hast.«

Jetzt traten die beiden Anwälte auf den Plan und regten die Gründung eines Trägervereins an.

»Doch eine Verein?« fragte Mr. Clarke, aber es klang mehr wie eine Drohung.

»Nein, nein«, beschwichtigte der Mann von der EUREGIO. »Ein Trägerverein ist was ganz anderes als so eine Initiative. Da trifft einzig und allein der Vorstand die Entscheidungen. Und in diesem Vorstand, da sind wir uns alle einig«, salbte er dann, »sollen selbstverständlich Sie, liebe Frau Salzmann-Unkrig, den Vorsitz übernehmen.«

Sie zog scharf den Atem ein und strahlte dann damenhaft.

Heino Müller hob die Hand. »Ich sehe da ein kleines Problem. Laut Satzung müssen die Mitglieder der MEILE mehrheitlich damit einverstanden sein, wenn die Initiative in einen Trägerverein umgewandelt werden soll.«

»Das ist klar«, bestätigte der Anwalt. »Es gibt da zwar auch andere Mittel und Wege, aber eine Umwandlung wäre im Moment die sauberste und einfachste Lösung. Mit der richtigen Taktik schaffen Sie das schon.«

Heino Müllers Zweifel konnte keiner übersehen.

»Und sollte es dennoch Unstimmigkeiten im Verein geben«, meinte der zweite Anwalt grinsend, »so hat sich in diesen Fällen immer eine großzügige Spende in die Vereinskasse bewährt.«

»Ihr Wort in Gottes Gehörgang«, murmelte Müller.

16

Am Mittwoch entschied sich dann auch Berns, zur Beerdigung zu fahren, und so waren sie nun mit Toppe, van Appeldorn, Ackermann, Astrid und Heinrichs zu sechst und hätten zwei Pkws gebraucht, wenn Ackermann nicht die Idee gehabt hätte.

»Mein Neffe hat 'n VW-Bus. Wenn ich den ma' nett frach, dann leiht der mir den bestimmt. Da passen, glaub ich, neun Leute rein. Wir könnten sogar noch den Alten mitnehmen.«

Aber Siegelkötter hatte längst einen Flug von Schiphol nach München gebucht. »Nach München? Der hat doch 'ne Meise!« Eigentlich war niemand besonders traurig darüber.

Die Beerdigung sollte am Freitag morgen um zehn sein, und da keiner Lust hatte, die Nacht durchzufahren, wollten sie in Breiteneggers Heimatdorf Zimmer mieten und in aller Ruhe schon am Donnerstag mittag losfahren. Leider war im Dorfgasthof nichts mehr frei gewesen, aber im benachbarten Regen hatten sie eine kleine Pension gefunden.

»Ej«, meinte Ackermann spitzbübisch, »wie wär et denn, wenn wir zwei Übernachtungen draus machen? Dann is' wen'stens noch genuch Zeit, sich wat vom Bayerischen Wald anzukucken. Soll ja echt schön sein, die Ecke. Un' vielleicht fahrn wir ma' rüber inne Tschechische Republik. Wat meint ihr?«

Toppe hatte seine Zweifel, daß Stasi diese Dienstreise genehmigen würde.

»Ach wat! Wer viel fracht, kricht dumme Antworten. Die Anträge reichen wir erst ein, wenn wir wieder hier sind. Ham wir einfach vergessen vorher. Kann doch jeden ma' passieren.«

Sie hatten sich für elf Uhr am Präsidium verabredet, aber wer nicht kam, war Ackermann.

»Vielleicht ist ja was passiert«, meinte Astrid.

Van Appeldorn lachte. »Ackermann passiert nie was. Der hat zwei Schutzengel, und wenn die nicht helfen, hat er immer noch irgendeinen Schwager oder die Nichte von seiner Oma ihrem Bruder in der Hinterhand.«

»Egal, ich ruf ihn mal an.«

Aber bei Ackermanns meldete sich keiner. Berns verschwand grummelnd im Präsidium.

Um Viertel vor zwölf endlich tuckerte der Bus auf den Parkplatz. Astrid blieb vor Staunen der Mund offen: nur der dicke Lack, mit dem man psychedelische Blumenmuster auf den natogrünen Grund gemalt hatte, schien das Blech zusammenzuhalten. Sie konnte sich täuschen, aber irgendwie hing die Schiebetür an der Seite schief in den Angeln.

Ackermann bremste und schwenkte einen Hammer. »Tut mir leid mit der Verspätung. Ärger mit dem Anlasser. Hab ich aber im Griff jetzt.«

»Wozu braucht der den Hammer?« raunte Astrid.

Toppe stöhnte nur.

»So«, sprang Ackermann aus dem Auto. »Ich hab schon ma' alle Fenster losgemacht. Sons' is' et doch 'n bisken warm in der Kiste.«

Sie starrten ihn an. Die ganze Woche schon war Ackermann in den abenteuerlichsten Verkleidungen erschienen. Für die Wintersachen, die er in seinem Kleiderschrank gefunden hatte, war es zu warm, und so hatte er »improvisieren« müssen. Der krönende Höhepunkt war bisher ein hellrosa T-Shirt seiner ältesten Tochter gewesen, das am Saum und an der Brusttasche mit zarter Spitze besetzt war. »Macht nix! Wenn einer kommt, zieh ich einfach die Jacke drüber.« »Die Jacke« war ein ständiger Begleiter: Acrylstrick mit Reißverschluß und Kragen, Baujahr 75, körperbetont, und zu rosa machten sich die blauen und orangen Blockstreifen besonders gut.

Sein heutiger Aufzug hatte allerdings auch alle Chancen, auf einem der ersten Plätze zu landen: ein enges weißes Netzhemd mit halbem Arm und eine hellbraune, oberhalb der Knie abgeschnittene Hose voller Öl- und Farbflecken.

»Wat is'?« fragte Ackermann und folgte ihren Blicken. »Ach so, meine Arbeitsbux. Is' nich' grad der letzte Schrei, aber Manchester hält ja ewig. Auffer Fahrt is' et doch egal, wenn da 'n paar Fleckskes drauf sind. Kann et jetz' losgehen?«

»Glaubst du allen Ernstes, daß einer von uns in diese Rostlaube einsteigt?« flachste van Appeldorn.

Ackermann tätschelte den Wagen. »Laß ma', is' nur äußerlich. Dat Herzken schlägt noch wunderbar.«

Heinrichs packte entschlossen seine Reisetasche, ging nach hinten zum Kofferraum und versuchte, die Klappe zu öffnen – erfolglos. Ackermann wieselte hinzu, ein entschiedener Ruck, offen.

»Da muß man wat bei sagen. Un' laßt bloß die Finger vonner Schiebetür. Die kann man nur von außen auf un' zu machen. Jetz' aber nix wie rein!«

Van Appeldorn hatte es sich schon auf dem Vordersitz bequem gemacht.

»Mann, Mann, Mann, Norbert«, Ackermann wurde immer aufgekratzter. »Benehmen wie 'n Gartenschlauch – krumm un' dreckig. Nie wat von 'Ladies first' gehört?«

»Klappe, Ackermann!«

»Ich sitze sowieso nicht gern vorne«, meinte Astrid und

krabbelte neben Toppe auf die hintere Bank. Ackermann griff die Schiebetür mit beiden Händen.

»Stop!« rief Heinrichs. »Berns fehlt noch.«

Ackermann war schon losgeflitzt. »Ich geh ma' kucken. Da is' ja sowieso no' wat...«

Berns ging mit großen Augen einmal um den Wagen rum, gab aber keinerlei Kommentar ab.

»Schiebt mal das Gepäck zusammen«, meinte er nur. »Der Kranz muß noch mit.«

Ackermann schleppte das Monstrum an; ein ausgesucht geschmackloses Exemplar mit roten und gelben Nelken.

»Wenn ihr den abgebt«, sagte Astrid, »dann gehöre ich nicht zu euch.«

Ackermann fand, die Goldschleife sei doch mal was anderes.

Bis Koblenz ging alles gut, das Herzchen schlug wirklich wunderbar.

Ackermann hatte seinen Kassettenrecorder mitgenommen und legte ein Oldieband nach dem nächsten ein. Irgend jemand summte immer mit.

Astrid hatte zwei Thermoskannen Kaffee mitgebracht und jede Menge belegter Brötchen.

»Hausfrauliche Qualitäten würde man bei Ihnen auf den ersten Blick gar nicht vermuten, werte Kollegin.« Selbst van Appeldorn war glänzender Laune.

»Tja«, Astrid war gnädig gestimmt, »mir war schon klar, daß von euch keiner an die Verpflegung denkt.«

Aber sie hatte nicht mit Frau Heinrichs gerechnet. Zum Nachtisch gab es Bienenstich und Äpfel.

Nur Berns muffelte vor sich hin.

»Bernsilein, wat is' los?« brüllte Ackermann in den Rückspiegel. »Is' dir 'ne Laus über die Leber gelaufen?«

Die Ader an Berns' Schläfe puckerte schon die ganze Zeit. »Ich finde euch zum Kotzen, unglaublich«, platzte es aus ihm heraus. »Wir sind doch nicht auf einer Kaffeefahrt. Diese Musik, das Gelache, und auch noch singen! Es ist pietätlos. Günther ist noch nicht einmal unter der Erde.«

In der plötzlich eingetretenen Stille war van Appeldorns kräftige Antwort nicht zu überhören. Toppe zwang sich, den Mund zu halten. Diese Sorte Heuchelei kannte er zur Genüge von seiner katholischen Schwiegermutter.

Ackermann allerdings ließ die Sache nicht auf sich beruhen. »Ja meinst du etwa, wir wären nich' genauso traurig wie du? Aber wat nutzt dat denn, wenn wir Trübsal blasen? Davon wird Günther auch nich' wieder lebendig, oder? Meine Oma hat immer gesacht: Lachen un' Weinen, dat sind zwei Seiten von derselben Medaille, un' ...«

Van Appeldorn hatte beschlossen, sich heute nicht über Ackermann aufzuregen, aber jetzt wurde es ihm zuviel. »Ackermann«, preßte er zwischen seinen Zähnen hervor, »bitte keine philosophischen Ergüsse. Dreh die Musik lauter!«

Die *Mamas and Papas* sangen *California Dreamin'*, und Astrid wunderte sich über Toppes Textkenntnisse. »Tja, damals lagst du noch in den Windeln.«

Sie faßte ihn um den Nacken, zog seinen Kopf runter und küßte ihn lange. Berns drehte sich weg und sah angewidert aus dem Fenster.

Hinter Koblenz fuhren sie zum Tanken raus, und jetzt verstand auch Astrid, wozu sie den Hammer brauchten. Beim ersten Startversuch gab der Wagen keinen Muckser von sich. Erst als Ackermann sich auf dem Rücken liegend unter den Wagen geschoben und ein paarmal auf den Anlasser geklopft hatte, konnte er den Motor in Gang bringen.

Bei Darmstadt meinte Heinrichs, es sei doch langsam mal Zeit, was Warmes in den Bauch zu kriegen, und Ackermann fuhr die nächste Raststätte an. Sie waren kaum ausgerollt, als Heinrichs schwungvoll die Schiebetür öffnete. Es gab ein helles Knirschen, die Tür glitt ungefähr dreißig Zentimeter weit auf und blieb dann stecken.

Jetzt war Ackermann ernstlich sauer. »Ich hab et euch doch noch extra gesacht: laßt die Finger von der Tür!«

Er rannte um den Wagen herum und betrachtete die Bescherung: die Tür war aus der Halterung gesprungen und ließ sich weder vor noch zurück bewegen. Er fing an, mit dem Hammer herumzuklopfen.

Berns knurrte verächtlich und kletterte über die vordere Sitzbank nach draußen. »Hör auf zu hämmern!« bellte er. »Du packst hier an!«

Ackermann gehorchte. Mit zwei geübten Handgriffen hatte Berns die Tür wieder gerichtet. Seine Hände waren voller Rost. Vorwurfsvoll schweigend hielt er sie Ackermann unter die Nase. Astrid kicherte unterdrückt: eine tolle Gesellschaft! Ackermann hatte von der Anlasseraktion eine dicke Ölspur auf der Stirn, und seine Brillengläser waren so schmierig, daß er halb blind sein mußte.

Sie konnten sich Zeit lassen mit dem Essen. In der Pension wurden sie nicht vor acht Uhr abends erwartet. Berns taute zum ersten Mal ein bißchen auf und erzählte eine lange, komplizierte Geschichte, in der es um einen Gartenzaun, irgendwelche Tannen und einen Grenzstein ging. Die anderen heuchelten Interesse.

Ackermann kapierte als erster, aber da waren sie schon beim Kaffee. »Paul liegt im Clinch mit seinem Nachbarn. Ja glaub ich et denn!«

Berns schüttelte verwirrt den Kopf. »Was meinst du denn, wovon ich die ganze Zeit rede? Denkt ihr, ich sollte mir jetzt einen Anwalt nehmen?«

Van Appeldorn stand abrupt auf. »Du bist ja bekloppt! Hast du keine anderen Sorgen?« sagte er und gab Berns die Gelegenheit, sich wieder in seinen Schmollwinkel zurückzuziehen.

Sie waren noch keine zehn Kilometer gefahren, als es plötzlich einen irrwitzigen Knall gab. Der Wagen bremste ruckartig ab, der Motor veranstaltete einen Höllenlärm.

Ackermann ließ den Bulli auf dem Standstreifen ausrollen und drehte sich nach hinten, reichlich blaß im Gesicht. »Was war das denn?«

Berns quetschte sich zur Tür. »Mach mal los!« Die Rolle des Irrenwärters war ihm auf den Leib geschrieben. Ein kurzer Blick auf den Motor genügte.

»Die Verteilerkappe«, brüllte er. »Abgeknallt. Und eine Zündkerze fliegt hier auch noch rum.«

Van Appeldorn brach in schallendes Gelächter aus. »Wie nennst du das jetzt, Ackermann? Herzinfarkt?«

Es half alles nichts, sie mußten zu einer VW-Werkstatt.

Die Autobahnpolizei war hilfsbereit, nannte ihnen einen Betrieb, der ungefähr zwanzig Kilometer entfernt war, und es wäre vermutlich alles kein Problem gewesen, wenn Ackermann bei der Wegbeschreibung besser zugehört hätte. So aber begann das, was später als »Landpartie des Schreckens« in die Annalen des K 1 einging.

Fast zwei Stunden irrten sie unter wahnsinnigem Spektakel und mit einer Höchstgeschwindigkeit von 20 km/h über friedliche Landstraßen und durch Kuhdörfer. Die Menschen blieben stehen und starrten, hielten sich die Ohren zu.

Im Inneren des Wagens hatte man das Gefühl, man stünde neben einem startenden Düsenjet. Eine Verständigung war nur durch Brüllen möglich, aber davon machten sie reichlich Gebrauch – sie wurden immer alberner. Berns sah aus, als stünde er kurz vor einem Magendurchbruch. Astrid kämpfte mit einem Lachkrampf, bis sie Schluckauf bekam.

Sie hatten Glück – der Automechaniker war ein Tüftler, und er liebte alte Bullis. Aus einer Kiste, in der Hunderte von Kleinteilen herumflogen, zauberte er ein Reduziergewinde hervor und baute es ein.

»Und das hält jetzt?« fragte Toppe.

Der Mann grinste schelmisch. »Tja, das weiß man nie so genau. Entweder das Ding fliegt euch auf den nächsten zehn Kilometern um die Ohren, oder das backt fest und hält ewig.«

»Schöne Aussichten«, murmelte Berns.

»Fahr schön langsam, Ackermann«, van Appeldorn hatten seinen Großvaterton drauf.

Ackermann hielt ihm die Schlüssel hin. »Fahr du doch.« Er war wirklich unsicher.

»Ich kann mich bremsen«, lehnte van Appeldorn ab.

Astrid griff sich die Schlüssel. »Ich fahre gern Bulli.«

Als sie in der Pension ankamen, war es beinahe Mitternacht.

»Gut, daß Sie angerufen haben«, meinte die Wirtin, »sonst hätte ich Ihre Zimmer längst vergeben.«

Ackermann streckte die Arme hoch, räkelte sich, gähnte laut und hüllte seine Umgebung in eine süßlich warme Schweißwolke. »Ich brauch jetz' ers' ma' so an die fünf

Bierkes, damit ich wieder beikomm. Hat hier ir'ndwo noch 'ne Kneipe auf?«

»Wir haben auch einen Schankraum«, meinte die Wirtin pikiert. »Nach Mitternacht ist da allerdings Selbstbedienung.«

»Noch besser«, strahlte Ackermann. »Brauch ich nachher bloß noch die Treppe raufkriechen.«

Berns nahm seinen Zimmerschlüssel und verschwand wortlos nach oben.

»Ich will erst mal duschen«, meinte Astrid, »aber ihr könnt mir schon mal ein großes Bier reservieren. Kommst du mit hoch, Helmut?«

»Ho ho«, wieherte Ackermann und kniff Toppe ein Auge.

Es sollte, bis auf einen kleinen Ausfall, wirklich eine stille Beerdigung werden – eine kurze Messe, der schweigsame Gang über den Friedhof zum Grab, keine Nachfeier.

»Gut, dat wir ihm dat Fell schon gestern versoffen haben. Diese Bayern, komisches Volk...« meinte Ackermann.

Er war heute morgen der erste am Frühstücksbüffet gewesen: perfekt geschnittener schwarzer Anzug, blütenweißes Hemd mit Silberschlips und auf Hochglanz polierte Schuhe.

Van Appeldorn hatte es nicht die Sprache verschlagen. »Du hast vergessen, deinen Scheitel mit Wasser zu ziehen, Ackermann.«

Siegelkötter hatte alle Mitarbeiter mit Handschlag begrüßt, es geschafft, die Verwandten des Verstorbenen abzudrängen und war an Frau Breiteneggers Seite zum Grab geschritten.

Der Pastor hatte sein Gebet kaum beendet, als Stasi sich schon neben dem Grabhügel aufbaute, einen kleinen Zettel hervorzog und seine Rede hielt, die vor Pathos jämmerlich troff. Einige Trauergäste drückten Taschentücher an die Augen, aber Elli Breiteneggers Gesicht war leer. Als Siegelkötter mit einem erstickten »... einen guten Freund verloren« endete, blieb eine peinliche Stille, die sich endlos zu dehnen schien.

»Keine Nachfeier«, ärgerte sich Ackermann immer noch, als sie zum Bus kamen.

»Wo ist eigentlich Berns abgeblieben?« fragte Toppe.

»Der stand die ganze Zeit hinter mir«, antwortete Heinrichs, »aber dann war er auf einmal weg.«

Astrid entdeckte den Papierfetzen hinter dem Scheibenwischer, ein ausgefranster Kassenbon von einem Klever Baumarkt. Auf der Rückseite: *Ich nehme den nächsten Zug nach Hause. P. Berns.*

17

Heino Müller war heiser vor Wut. »Hast du schon die Zeitung gelesen?«

Die Samstagsausgabe der *Niederrhein Post* in der Hand telefonierte er mit Bärbel Peters, der 1. Vorsitzenden. Es kostete ihn eine Menge Willenskraft, nicht die ganze Zeit zu brüllen.

»Nein? Dann hör mal gut zu:

Als eine der Gründerinnen von MEILE e.V., vor allem aber als sozial engagierter Mensch, betrachte ich es als meine Pflicht, die Öffentlichkeit über eine bedauernswerte Entwicklung aufzuklären. Unser Verein, der sich seit Jahren in vielfältiger Weise um die Integration unserer ausländischen MitbürgerInnen kümmert, dürfte wohl jedem in dieser Stadt gut bekannt sein. Unsere erfolgreiche Arbeit spiegelt sich wider in der Bereitschaft der Bürger, uns jederzeit ideell und finanziell zu unterstützen. In letzter Zeit allerdings beobachte ich, wie unsere MEILE immer mehr mißbraucht wird von Menschen, denen es einzig und allein um ihre persönlichen Vorteile geht, um Profite finanzieller Art und um die Aufbesserung ihres Ansehens in der Öffentlichkeit. Da gibt es nun den großspurigen Plan, eine UNICEF-Schule zu gründen. Den Bürgern wird dieses Projekt als große soziale Tat verkauft, soll die Schule doch in besonderem Maße ausländische Kinder aufnehmen. Worum handelt es sich aber in Wirklichkeit? Um eine Privatschule, in der die Eltern jeden Monat ein horrendes Schulgeld zahlen müssen, das Otto Normalelter nicht aufbringen kann, geschweige denn die sozial Schwächeren, zu denen leider oft auch unsere ausländischen Freunde gehören. Eine

Schule also für die Sprößlinge des Geldadels! Wenn es denn sein muß, liebe Frau Salzmann-Unkrig, lieber Heino Müller, bitte, nur zu, aber nicht im Namen der MEILE. Die MEILE hat immer Basisarbeit geleistet, und so soll es bleiben. Wir haben stets mit den Händen und dem Herzen gearbeitet und nicht mit dem Maul und dem Portemonnaie. Zwei Fragen brennen mir auf der Seele: Wohin fließen eigentlich die Profite, die unsere Adoptionsvermittlung erwirtschaftet? Angeblich fallen keine an. Seltsam! Und lieber Herr 2. Vorsitzender, ist es rechtlich eigentlich zulässig, daß Sie einem Vereinsmitglied, in diesem Falle Frau Salzmann-Unkrig, Blankoschecks vom Vereinskonto ausstellen, zur Deckung angefallener Unkosten? Mehr als seltsam! Ich bin nicht bereit, den Verfall der MEILE länger hinzunehmen; ich bin nicht bereit, noch länger zu schweigen. Ich weiß, eine Menge Vereinsmitglieder empfinden wie ich, und wir werden gemeinsam für die ursprünglichen Vereinsziele kämpfen.

Heiderose Jansen, Kleve.«

Bärbel Peters war sprachlos.

»Bist du noch dran?« fragte Müller kurzatmig.

»Ja, ja, ich muß das erst mal verdauen.«

»Ich nicht«, brüllte er. »Ich will das gar nicht verdauen. Ich rufe jetzt sofort meinen Anwalt an. Das ist glatter Rufmord, und ich denke nicht dran, das hinzunehmen!«

»Jetzt warte doch einen Augenblick, Heino«, versuchte die Peters ihn zu beschwichtigen. »Laß uns mal nachdenken. Vielleicht eine Gegendarstellung...«

»Spinnst du? Ich begebe mich doch nicht auf dasselbe Niveau wie diese Irre. Der gehört das Maul gestopft, und zwar ein für allemal.«

»Heino, je mehr Wind wir machen, um so mehr schaden wir dem Verein und der Sache.«

»Das ist mir jetzt wirklich schnurz. Ich habe einen Ruf zu verlieren, Mädchen, wir alle. Du doch auch, oder was ist mit deinen politischen Ambitionen?«

»Ja, schon, aber...«

»Hör zu, ich lasse mich nicht zum Betrüger stempeln. Der Scheck für Christa war mein privater Scheck und hatte mit dem Verein nicht das Geringste zu tun. Vom Vereinskonto existieren überhaupt keine Schecks.«

»Das weiß ich doch.« Bärbel Peters redete beruhigend

auf ihn ein. »Ich werde mal mit Heidi sprechen«, meinte sie schließlich. »Die hat sich einfach total verrannt, und vielleicht kann ich ihr klar machen, daß die neuen Projekte dem Verein zugute kommen und ihm keineswegs schaden.«

»Spar dir deine Energie für was Sinnvolles auf. Du verschwendest nur deinen Atem.«

»Denk doch mal mit«, entgegnete sie eindringlich. »Wir wollen doch gern den Trägerverein durchsetzen, oder?«

»Verdammt noch mal, kannst du mir erklären, wie wir so eine Geschichte jetzt durchbringen sollen?«

18

»Versuch, noch ein bißchen zu schlafen.«

Toppe strich ihr über die kalte Stirn. Astrid nickte, ohne die Augen zu öffnen. Sie hatte die halbe Nacht auf dem Klo verbracht; irgendein Virus hatte sie wohl gepackt.

»Ich habe den Arzt angerufen. Er kommt gegen Mittag.«

Als er seinen Wagen abschloß, verschwand Berns gerade im Präsidium. Toppe wußte genau, daß er ihn gesehen hatte. »So nicht, mein Junge!« Im Laufschritt setzte er ihm nach. Er hatte Berns noch nie leiden können, es aber fast immer geschafft, einer Auseinandersetzung aus dem Weg zu gehen. Berns war rechthaberisch, kleinkariert und hatte die Arbeit nicht gerade erfunden. In den letzten Jahren redete er sich damit heraus, er habe in seinem Leben schon genug Überstunden gekloppt und ginge sowieso bald in Rente. Toppe arbeitete viel lieber mit van Gemmern zusammen, obwohl der mit seiner verschlossenen Art auch nicht immer so leicht zu nehmen war. Was Berns ihm noch vor drei, vier Jahren an Erfahrung vorausgehabt hatte, hatte van Gemmern längst wettgemacht, und er legte wesentlich mehr Engagement und Phantasie an den Tag.

Toppe erwischte Berns auf dem ersten Treppenabsatz. Von einem konstruktiven Gespräch konnte nicht die Rede sein, aber wenigstens wurde Toppe alles los, was ihm seit Freitag im Magen gelegen hatte.

»Wie siehst du denn aus, Helmut?« fragte Heinrichs besorgt. »Und wo ist Astrid? Habt ihr euch gekracht?«

»Nein, Astrid ist krank.« Dann grinste Toppe. »Ich habe nur gerade Berns auf der Treppe getroffen.«

»Ach so!«

Sie hatten alle am Sonntag genug Zeit gehabt nachzudenken, und so ging die Verteilung der Aufgaben für die nächsten Tage zügig über die Bühne.

Ackermann wollte gern mit Heinrichs zusammen Breiteneggers Unfall untersuchen. »Nich' dat ihr dat jetz' falsch versteht, von wegen, ich wollt hier mein Ding abziehen. Ich bin bloß dem Walter sein Handlanger. Wir haben da so unsere Ideen. Ihr braucht euch um nix zu kümmern.« Er sah sich kritisch um. »Bin bloß froh, dat wir viel unterwechs sind. Jetz', wo ich hier hocken muß, fällt et mir ers' ma' auf, wie eng dat is bei euch inner Bude. Wieso ei'ntlich? Unser Büro is' bestimmt doppelt so groß.«

Das K 1 hatte den kleinsten Raum im ganzen Präsidium. Vor einem Jahr war endlich renoviert worden: neue Fenster, neuer Fußboden, frische Farbe, sogar moderne Doppelschreibtische hatte man ihnen reingestellt. Nun war zwar alles heller, aber eng war es noch immer; sie hatten sich mit den Jahren daran gewöhnt, oder besser, sich abgefunden.

Jetzt haben wir ja einen Platz mehr, dachte es in Toppe, und er erschrak, aber dann sah er, daß van Appeldorn genau denselben Gedanken gehabt haben mußte.

Sie würden zusammen mit Astrid, wenn sie denn wieder gesund war, die Leute aufsuchen, die auf der Jugendamtsliste standen: hundertdreizehn Ehepaare.

Van Appeldorn machte sich daran, die Liste nach Wohnorten zu dritteln. Eine ganze Weile stritten sie sich, wer den Südkreis übernehmen sollte, aber van Appeldorn gab schließlich nach. Um Viertel vor zehn waren sie endlich unterwegs.

»He«, rief Heinrichs ihnen nach, »mir fehlen noch ein paar Berichte von euch. Ich will morgen früh meine Akten in Ordnung haben. Jupp?« drehte er sich dann zu Ackermann und sah ziemlich verlegen aus. »Ich habe gedacht, vielleicht...« Er holte eine Plastiktüte aus seinem Schreibtisch. »Jetzt wo du draußen tätig bist, meine ich, aber ich will dir nicht zu nahe treten.«

Ackermann nahm die Tüte und linste hinein: vier Polohemden in weiß und himmelblau. Er lachte verschmitzt. »Kuck, ich hab selbs' dran gedacht.« Über der Stuhllehne hing die Jacke vom schwarzen Beerdigungsanzug. »Aber danke, dat du mitdenks'.«

Es war eigentlich nicht nötig, die Reparaturwerkstätten aufzusuchen. Die Gespräche konnte Heinrichs telefonisch erledigen. Ackermann hielt die Zulassungsstelle für viel aussichtsreicher. Da sie jetzt den Wagentyp kannten, konnte er sich die Namen der Halter geben lassen und sie aufsuchen. Allzu viele durften es wohl im Kreis nicht sein. Er war ganz zuversichtlich, daß er das in zwei Tagen schaffen konnte.

»Aber wat and'res: wie heißt no' ma' der Holländer mit dem Kinderhandel?«

»Lowenstijn. Die Nummer müßte auf Norberts Schreibtisch liegen. Wieso?«

Eine Hand wasche die andere, meinte Ackermann. Wenn sie hier in Sachen Kinderhandel ermittelten, konnten Lowenstijns Leute sich doch mal die Werkstätten und Fahrzeughalter auf ihrer Seite der Grenze vornehmen. Heinrichs glaubte immer noch nicht, daß der Fahrer ein Holländer gewesen war, aber Ackermann versicherte ihm, das mit dem Glauben sei so eine Sache, auf die man sich im Ernstfall besser nicht verlassen sollte. Er beschloß, Lowenstijn nicht anzurufen, sondern gleich hinzufahren: So ein persönlicher Eindruck sei doch immer besser. Heinrichs behielt seine Zweifel für sich.

»Ach übr'ens«, grinste Ackermann im Hinausgehen, »ich schreib gern Berichte. Meine kanns' du alle heute abend noch kriegen.«

Stanislaus Siegelkötter kam um die Mittagszeit und war sichtlich enttäuscht, nur Heinrichs vorzufinden. Ein großer Bahnhof wäre ihm für seinen Auftritt lieber gewesen. Heinrichs schlug ihm vor, doch um halb sechs noch einmal wiederzukommen, aber das war Herrn Siegelkötter zu spät, da war er schon mit dem Oberkreisdirektor zum Golfen verabredet.

Er machte es sich schließlich in seiner lackierten Art bequem und erzählte von den neuen »niederländischen Freunden«.

»Für uns ist das Schengener Abkommen schon vor der Unterzeichnung Realität geworden. Es ist für beide Seiten selbstverständlich, alle Karten offen auf den Tisch zu legen. Sie können sich vorstellen, wieviel mir das bedeutet, nicht wahr? Seit Jahren bemühe ich mich ja schon in den verschiedensten Gremien darum, die internationale polizeiliche Zusammenarbeit in Europa auf einen Standard zu bringen, der den Anforderungen unserer bewegten Zeiten gerecht wird.«

Heinrichs fragte vorsichtig, was das denn genau bedeute, und Stasi meinte näselnd, er habe zum Beispiel Einblick erhalten in die komplette Akte Kinderhandel und sie gründlichst studiert. »Sie können von mir jede Information bekommen, die Sie benötigen.«

Heinrichs rieb sich innerlich die Hände. Er konnte es sich nicht verkneifen und holte den dicken Ordner mit den Papieren, die Lowenstijn ihnen hatte zukommen lassen.

Siegelkötters Fassungslosigkeit war eine Augenweide. Mit gerunzelter Stirn blätterte er in der Akte herum. »Da fehlen doch aber wesentliche Fakten«, murmelte er.

»Das habe ich mir schon gedacht«, sagte Heinrichs. »Ich bin froh, daß Sie die jetzt ergänzen können.«

»So auf die Schnelle geht das natürlich nicht«, entgegnete Stasi vorwurfsvoll.

»Sie können die Akte gern bis heute abend mitnehmen«, antwortete Heinrichs katzenfreundlich. »Haben Sie denn noch mehr Dinge erfahren, die für uns von Bedeutung sind?«

Es stellte sich heraus, daß Siegelkötter bei der Bergung von Rob de Boers Leiche dabeigewesen war und bei der bisher erfolglosen Tauchaktion nach dem zweiten Fahrer eine Weile zugeschaut hatte. Den Rest der Zeit hatte er mit »wichtigen Konferenzen und informellen Gesprächen« verbracht.

Heinrichs gab ihm einen kurzen Bericht über den aktuellen Stand ihrer Ermittlungen.

»Sehen Sie denn noch andere Verbindungen nach Deutschland?« fragte er dann. »Ich meine, könnten wir noch irgendwo anders ansetzen als bei der Liste vom Jugendamt?«

Er hatte seinen Spaß. Manchmal war es so einfach, den Alten abfahren zu lassen.

»Nein, aber ich werde gern noch einmal mit den zuständigen Herren sprechen«, bot Stasi an, schon halb an der Tür.

Heinrichs konnte es nicht lassen. »Ach übrigens, dürfte ich Sie an Ihren Bericht erinnern?«

»Bericht?«

»Selbstverständlich. Sie sind ermittelnd tätig, da brauche ich dann schon Ihren Bericht.«

»Von mir?«

»Ja.«

Siegelkötter ging einfach hinaus.

»Bis morgen zur Frühbesprechung, bitte«, rief Heinrichs ihm nach.

Na, darauf war er gespannt. Er fand Berichte immer äußerst aufschlußreich. Van Appeldorn zum Beispiel, der ja mit dem Mund weder besonders langsam noch besonders umständlich war, tat sich mit dem Schreiben schwer: seine Texte waren hölzern und gespickt mit schwerfälligen Formulierungen. Wann mochte Stasi wohl seinen letzten Bericht geschrieben haben?

Toppe mußte warten; die Schülerlotsen hatten die Straße gesperrt. Schon ein paarmal hatte er heute NIAG-Busse mit dem Aufkleber *Schule hat begonnen* gesehen. Die I-Dötzchen überquerten die Fahrbahn mit ihren krähbunten Ranzen auf dem Rücken, die doppelt so groß schienen wie die Kinder. An ihrer Seite strahlende Mütter – Erster Schultag – ein paar Väter auch. Das würde sich auch noch legen. Am ersten Schultag war er bei seinen Kindern auch dabeigewesen, hatte sich für das große Ereignis sogar den ganzen Tag freigenommen, aber später…

Er war auf dem Weg zum nächsten adoptionswilligen

Paar auf seiner Liste. Es war eine seltsame Erfahrung: natürlich waren die Leute alle verschieden in ihren Persönlichkeiten, aber sie ähnelten sich auch in so vieler Hinsicht. Sie waren alle im selben Alter, zwischen Ende Zwanzig und Anfang Dreißig, gut situiert mit geregeltem Einkommen. Die meisten hatten ein Eigenheim oder zumindest eine große Wohnung, und immer gab es einen freien Raum, der einmal das Kinderzimmer werden sollte. Die Beziehungen waren, zumindest auf den ersten und zweiten Blick, das, was man landläufig als »sehr glücklich« bezeichnete. Die Frauen hatten eine ähnliche Geschichte. Viele hatten schon jetzt ihren Beruf aufgegeben, um ganz für das Kind da zu sein, wenn es denn endlich so weit wäre, und die meisten von ihnen hatten jahrelang versucht, schwanger zu werden und waren auch jetzt noch vollkommen aufs Warten fixiert. Viele Paare hatten sich inzwischen an INTERKIDS oder andere private Adoptionsvermittlungen gewandt, und Toppe konnte mittlerweile auch verstehen, warum das so war. Beim Jugendamt betrug die Wartezeit für ein deutsches Baby fünf bis sieben Jahre, und in vielen Fällen dauerte es noch länger. Man konnte gut und gern vierzig sein, wenn man endlich eine Familie gründete. Da nahm man lieber die 10.000 Mark auf sich, die ein ausländisches Kind in der Regel kostete.

Bei dem letzten Paar, das er besucht hatte, war vor zwei Wochen der Nachwuchs angekommen: ein Baby aus Nordindien mit einer Haut wie Milchkaffee. Sie hatten von INTERKIDS die Adresse des Kinderheimes in Indien bekommen, waren hingeflogen und hatten das Baby abgeholt. Dann waren sie in ein Hotel gezogen und hatten dort eine Woche lang das Kind versorgt, bevor sie die Papiere bekommen hatten und das Kind mit nach Europa nehmen durften. So war es Vorschrift in Indien. Jetzt mußte das Ehepaar ein Jahr warten und währenddessen mit mehreren Überprüfungen rechnen, bis die deutsche Adoption unter Dach und Fach war. Bis dahin fungierte das Jugendamt als gesetzlicher Vertreter. Das Paar hatte Toppe die Geschichte sehr ausführlich erzählt, Berge von Bescheinigungen, Zeugnissen, Genehmigungen gezeigt – man merkte, daß die beiden überhaupt noch nichts verdaut hatten.

Als Toppe ins Präsidium zurückkam, hatte er sechs Paare besucht und war vollkommen leer. Er tippte seinen langweiligen Bericht, drückte ihn Heinrichs in die Hand und machte, daß er nach Hause kam.

Astrid lag auf dem Sofa und hatte gelesen. Sie sah immer noch blaß aus, aber es ging ihr wohl schon besser.

»Die Tropfen, die mir der Doktor gegeben hat, wirken prima. Ich habe sogar schon was gegessen.«

Toppe setzte sich zu ihr. Sie kuschelte sich mit dem Rükken in seine Arme. »Erzähl, was gibt's Neues?«

»Später«, brummelte er.

»Ist es dir recht, wenn ich morgen vor der Arbeit eben bei dem Makler reinspringe?«

Die erste Schlafwelle überrollte ihn. »Du solltest noch gar nicht arbeiten.«

»Quatsch! Morgen bin ich wieder fit.«

Er döste leise weg.

»Toppe?«

»Hm?«

»Haben wir eigentlich Kondome im Haus?«

»Kondome? Wozu denn?«

»Na ja, bei Brechdurchfall ist die Pille nicht mehr sicher.«

»Du bist doch sowieso noch viel zu schlapp.«

»Das weiß ich eigentlich nicht so genau...«

19

Der Makler, den ihr Vater empfohlen hatte, war ihr schon auf den ersten Blick unangenehm, Ende Fünfzig, sonnenbankfarben, und die Zahnlücke zwischen den oberen Schneidezähnen war irritierend. Sie hatte immer schon, zu ihrer Schande, Probleme gehabt, Leute mit diesem Manko wirklich ernstzunehmen. Er sprach sie stur mit »Frau von Steendijk« an, obwohl sie ihm gleich zu Anfang gesagt hatte, daß ihr »Steendijk« vollkommen reiche. Zuerst wäre sie am liebsten wieder gegangen, aber der Mann hatte ein paar ganz interessante Angebote. Nach einer Weile hörte sie einfach weg, wenn er von seinen guten Beziehungen sprach und die entsprechenden Namen nannte. Sein Blick klebte immer wieder an ihrem Busen, und das herablassend mitleidige Gesicht, das sie sich für solche Fälle angewöhnt hatte, schien ihm überhaupt nichts auszumachen. Sie nahm sich vor, niemals mit ihm allein eine Wohnung zu besichtigen. Er überzeugte sie, daß eine Wohnung, in der Größe und Ausstattung, die sie sich vorstelle, keine gute Wahl sei, er habe da ein paar »ganz schnuckelige Häuschen«, die sie sich vielleicht mal ansehen solle. Sie nahm eine Liste mit, die sie mit »ihrem Partner durchsprechen würde« und wollte sich in den nächsten Tagen wieder melden. »Lassen Sie sich nicht zu viel Zeit, Frau von Steendijk, diese Objekte sind sehr gefragt.«

Das Paar, das Astrid zuerst besuchte, wohnte in einem Flachdachbungalow in einer Seitenstraße vom Ruppenthaler Weg. Sie hatte, bevor sie hinfuhr, mit dem Mann telefoniert und ihren Besuch angekündigt. Trotzdem kam Herr Schimmelpfennig barfuß und im Bademantel an die Tür. Er sah todmüde und gleichzeitig aufgekratzt aus. Auf eine sehr nette Art zerknirscht entschuldigte er sich für seinen Aufzug.

»Ich versuche schon seit zwei Stunden, in die Kleider zu kommen, aber irgendwie habe ich kein Glück.«

Er führte sie ins Wohnzimmer, bat sie hastig, Platz zu nehmen, und flitzte wieder hinaus.

Astrid sah sich um: viel helles Holz, auch auf dem Fußboden, blaue Sofas und Gardinen, ein heller, gewebter Teppich. Es war ein wenig unordentlich – überall lagen Bücher und Zeitungen herum, Schnuller, Beißringe, auf dem Couchtisch zwei Babyflaschen mit angetrockneten Milchresten – aber trotz allem behaglich. Durch das große Fenster konnte man in den Garten sehen. Der Rasen war seit Wochen nicht gemäht worden.

Hinter ihr klapperte es. Herr Schimmelpfennig trug ein Tablett mit zwei Bechern, einer Glaskanne und einem nachlässig aufgerissenen Paket Würfelzucker. Er war jetzt angezogen, Jeans und ein langes Hemd, das er nur vorn in die Hose gestopft hatte, aber seine Haare standen ihm immer noch ungekämmt vom Kopf.

»Ich habe für Sie auch eine Tasse mitgebracht. Sie mögen doch bestimmt einen Kaffee.«

Er stellte das Tablett auf den Tisch, rieb sich beide Schläfen und lachte. »Ich hab das Gefühl, ich ernähre mich im Moment hauptsächlich davon.«

Er ließ sich auf das gegenüberliegende Sofa fallen und goß ein. »Hoffentlich mögen Sie's schwarz. Uns ist nämlich die Milch ausgegangen.«

Astrid bedankte sich und wollte ihre erste Frage stellen, aber der Mann erzählte ganz von allein. »Die Zwillinge kriegen gerade Zähne. Wir haben die ganze Nacht kein Auge zugemacht, meine Frau und ich. Meistens werden die beiden ja gleichzeitig wach, was schon schlimm genug ist, denn da kann man gar nicht genug Hände haben. Aber diese Nacht haben sie sich abgewechselt, von halb elf bis früh um acht. Ich kann Ihnen sagen! Meine Frau hat sich jetzt hingelegt. Ich würde sie gern ein bißchen schlafen lassen. Oder wollen Sie auch mit ihr sprechen?«

»Nein«, lächelte Astrid, »das ist nicht nötig.«

Jörg Schimmelpfennig war als Ingenieur bei der Stadt angestellt und hatte sich, als sie überraschend die beiden Kinder bekommen hatten, sofort unbezahlten Urlaub genommen. »Das geht aber höchstens noch eine Woche, sonst kann ich mir die Papiere abholen. Wir müssen eine andere Lösung finden. Allein schafft meine Frau das im Moment auf keinen Fall.«

Er holte ein Foto. »Hier: Janina und Mirko. Eigentlich aus Bulgarien, aber in einem knappen Jahr werden sie hoffentlich Ur-Klever sein.« So lange dauerte es noch, bis das Adoptionsverfahren abgeschlossen war.

»Eigentlich wollten wir ja nur ein Kind, aber als Herr Maywald anrief und sagte, wir könnten am nächsten Tag schon ein Pärchen haben, da war das gar keine Frage für uns.«

»Sie haben also über INTERKIDS adoptiert?«

»Aus gutem Grund«, meinte er.

Schimmelpfennings hatten sich zunächst an eine katholische Organisation vor Ort gewandt, die hin und wieder auch Kinder vermittelte, kostenlos, und mit besonders kurzen Wartezeiten warb. Schon nach einer Woche hatte man ihnen einen Säugling gebracht, als Kind afghanischer Asylbewerber in Kleve geboren. Keine vierzehn Tage später hatten sie ihnen das Mädchen allerdings wieder weggenommen, denn die Eltern waren mit einer Adoption überhaupt nicht einverstanden. »Wir haben uns ganz schön gelinkt gefühlt«, meinte Schimmelpfennig, immer noch wütend. »Offensichtlich haben die nur einen vorübergehenden Pflegeplatz gesucht, der nichts kostet.«

Danach hatte das Paar um kirchliche Träger einen Bogen gemacht und eine bekannte Organisation im Rheinland angesprochen. »Aber Sie glauben ja gar nicht, wo die Popen überall ihre Finger drin haben!«

Nachdem sie alle Papiere beigebracht hatten, wollte man plötzlich eine Leumundsbescheinigung von ihrem zuständigen Pastor. »Und nicht nur das. Wir sollten auch nachweisen, daß wir aktiv am Gemeindeleben teilnehmen. Tja, damit konnten wir nicht dienen. Und selbst wenn, den Teufel hätt' ich getan!«

Bei INTERKIDS wurde so etwas nicht verlangt. »Dafür sind die eben ein bißchen teurer als die anderen, aber das hat uns nichts ausgemacht.«

Und wie ging es in den nächsten Monaten weiter?

»Theoretisch können wir jederzeit vom Jugendamt überprüft werden. Nach Ablauf des Jahres geht das Ganze zum Amtsgericht, und die Adoption wird rechtskräftig. Bis dahin sind wir nur die Pflegeeltern, und Herr Maywald ist der gesetzliche Vertreter.«

Astrid ließ sich die Papiere zeigen. Es war ein beachtlicher Stapel, fein ordentlich nach Datum abgeheftet. Astrid staunte, was man schon so alles brauchte, bis man überhaupt eine vorläufige Pflegeerlaubnis erhielt.

»Ja, es ist eine unheimliche Rennerei, und die wühlen ganz schön in deiner Intimsphäre herum. Aber was soll's? Wir wollten eben gerne Kinder haben.«

20

Bärbel Peters kam wie so oft auf den letzten Drücker. Sie warf den Beutel mit dem Brot und den Laugenbrezeln, die sie noch auf die Schnelle für das Abendbrot besorgt hatte, in den Kofferraum, schloß nicht einmal mehr ab, sondern hechtete zur Rathaustür. Die Sitzung begann um vier. Im Augenblick war sie nur als sachkundige Bürgerin im Stadtrat, aber jeder wußte, daß das nur ein Sprungbrett sein sollte, und die Gespräche über zukünftige Aufgaben in der Partei und über ihre Rolle in der Kommunalpolitik hatten vor zwei Wochen endlich zu dem Ergebnis geführt, das sie sich vorgestellt hatte. Deshalb war sie besonders darauf bedacht, pünktlich zu erscheinen.

Den Autoschlüssel noch zwischen den Zähnen, mit der Rechten in ihrer Umhängetasche nach der Tagesordnung suchend, stieß sie die Glastür auf. Das gesamte Foyer war erfüllt von wütendem Gebrüll. Die Tonlage kannte sie doch. – Richtig, Merlin Jansen lag bäuchlings quer vor dem Informationsschalter, trommelte mit Händen und Füßen und sabberte auf den Teppichboden. Neben ihm kniete Heiderose, flüsterte Beschwichtigendes, aber sie hatte dabei die zinnoberroten Flecken im Gesicht, die Bärbel Peters nur zu gut kannte. Etwas abseits bemühte sich Kassandra, Heideroses Tochter, angestrengt, nicht vorhanden zu sein.

»Es hat wohl keinen Sinn.« Heiderose Jansen hob ihren Sohn auf und versuchte ihn hinzustellen. Er zog die Beine an, streckte beide Arme steif von sich und steigerte sein Gebrüll um einige Dezibel.

»Komm, Kassy, bring ihn ins Auto. Das hier ist sehr wichtig, aber es wird bestimmt nicht lange dauern.«

Kassandras Gesichtsausdruck wechselte zwischen Erleichterung und Resignation. Sie packte ihren Bruder fest beim Unterarm und zerrte ihn hinter sich her zum Ausgang. Bärbel Peters hielt ihr die Tür auf. Kassandra grüßte mit den Augen einer Fünfundvierzigjährigen.

»Hee, was machst du denn hier?« Die Flecken auf Heidi Jansens Wangen waren nur noch hauchrosa.

Bärbel Peters schulterte ihre Tasche. Keine Frage, die erste halbe Stunde der Sitzung würde ohne die sachkundige Bürgerin stattfinden.

»Ratssitzung«, lächelte sie. »Du weißt doch. Und was tust du hier?«

Heiderose hatte wieder alles unter Kontrolle. »Ich habe einen Termin beim Ordnungsamt.«

Ihr ganzer Körper wartete auf eine Frage.

Die Peters tat ihr den Gefallen: »Ordnungsamt? Was willst du denn bei denen?«

Die Jansen wühlte in ihrem Beutel herum und redete dabei mit harter Stimme. »Mein Herr Nachbar zur Linken; Mitte Fuffzig, keine Kinder, Mercedesfahrer, verstehst du? Der hat vorige Woche eine gesunde Tanne in seinem Vorgarten einfach abgesägt. Das muß man sich mal vorstellen! Der Baum war mindestens dreißig Jahre alt. Mindestens!«

Bärbel Peters nickte und schaffte es, unbemerkt einen Blick auf ihre Uhr zu werfen.

»Es ist wirklich zum Kotzen, wie wenig die Leute an die Umwelt denken. Überhaupt kein Bewußtsein!«

Die Peters nickte wieder und schaute zur Treppe.

»Und sowieso, den Kerl hatte ich schon lange auf dem Kieker«, fuhr Heiderose fort. »Kennst du diese Giftspritzen, wo man so einen Tank auf dem Rücken hat? Damit rennt der die ganze Zeit durch seinen Garten. Alle Wildkräuter werden mit der chemischen Keule niedergemacht. Sogar den Klee in seinem dämlichen englischen Rasen rottet er damit aus. Und das ist, soweit ich weiß, verboten. Wir wollen doch mal sehen, ob der morgen auch noch so eine große Klappe hat. Alte Ökosau!«

»Scheußlich«, bemerkte Bärbel Peters. Sie kannte die Jansen seit über zehn Jahren und wunderte sich doch immer wieder, wenn sie ihre Temperamentsausbrüche kriegte und die Stimme hysterisch kippelte. Das wollte so gar nicht zu diesem bäuerlich-schlichten Gesicht und den verhuschten Augen passen.

»Und das dickste Ei«, keifte Heidi und zog eine Büchse aus der Sacktasche, »das Zeug hier, mit dem er seinen Garten verpestet und das Grundwasser verseucht, ist saugefährlich, toxisch für Mensch und Tier.« Sie hielt Bärbel die Dose direkt unter die Nase. »Die hat Joshua beim Spielen in seiner Mülltonne gefunden.«

Die Peters wich einen Schritt zurück. »Was sucht dein Sohn in anderer Leuts Mülltonnen?«

Das Zinnoberrot zog sich jetzt bis zum Hals. »Na ja, Kinder, du weißt schon... Die spielen doch überall. Aber ist doch lebensgefährlich, oder?«

Das war es in der Tat, und Bärbel Peters hätte ihr dazu gern ein paar Takte gesagt, aber dies war nicht der rechte Zeitpunkt, deshalb heuchelte sie Einverständnis.

»Übrigens, Heidi, ich habe das ganze Wochenende versucht, dich zu erreichen.«

»Ach ja? Ich war mit den Lütten bei meinen Eltern. Was gab's denn? Wolltest du mir etwa auch eine reinwürgen wegen dem Leserbrief?«

»Reinwürgen!« wehrte die Peters ab, Aufruhr bis in die Zehenspitzen. »Jetzt hör aber auf. Wir beide sind doch wohl diejenigen, die die MEILE ans Rollen gebracht haben, du und ich, oder? Und deshalb verstehe ich doch wohl am besten, was du meinst und wie dir zumute ist. Aber mit diesem Leserbrief bist du, glaube ich, doch ein Stück weit übers Ziel hinausgeschossen. Auch wenn ich das wirklich nachvollziehen kann. Mit solchen Aktionen können wir dem Verein eigentlich nur schaden, Heidi.«

»Ich schade dem Verein? Ich?« Die Stimme steuerte gefährlich Richtung Kreischen. Und noch einmal: »Ich soll dem Verein schaden!« Dann ganz tief: »Du also auch! Du hast also auch die Fronten gewechselt.« Der Ekel saß ihr dick in den Mundwinkeln.

»Jetzt bitte ich dich aber, Heidi«, ließ sich die Peters ein. »Fronten wechseln! Wir sind doch nicht im Krieg.«

»Doch.«

»Ach Heidi, jetzt komm doch wieder runter von der Palme und denk mal in Ruhe nach. Ein paar von den neuen Ideen sind doch ganz prima. Denk nur mal an INTERKIDS. Ich glaube, wir beide müssen einfach anfangen, ein bißchen umzudenken und weniger emotional...«

Die Jansen hatte die Hände auf dem Rücken zusammengenommen und wippte auf den Zehenspitzen. Bärbel Peters witterte eine Chance.

»Und ich meine, die Sache mit dem Trägerverein... Wenn man das mal ganz sachlich sieht...«

»Trägerverein?« Das war Galle pur. »Aus deinem Mund?«

Gleich spuckt sie, dachte die Peters, aber sie hatte sich getäuscht.

Heiderose Jansen wurde ganz leise. »Jetzt verstehe ich endlich. Da ist ja noch der Rektorenposten vakant, an der UNICEF-Schule, nicht wahr? Welch ein Zufall aber auch, daß du dich gerade zur Rektorenprüfung gemeldet hast.«

21

Die Tage reihten sich aneinander. Sie trafen sich zwar jeden Abend, aber sie redeten kaum, schrieben ihre Berichte, gingen nach Hause, den nächsten gleichförmigen Tag vor Augen. Keiner von ihnen konnte sich für diesen Teil ihres Jobs begeistern: das Herumstochern, ohne zu wissen, wonach man genau suchte. Die vielen Menschen, denen sie die immer gleichen Fragen stellen mußten. Es war nicht leicht, dabei aufmerksam zu bleiben. Und es war fast unmöglich, seine gute Laune zu behalten. Alle warteten auf irgendeine Wende, eine Entdeckung, ein Ereignis. Die einzige Abwechslung war der Rummel in der Presse. Nachdem die Geschichte im *stern* erschienen war, stand jetzt auch in den Lokalblättern fast täglich wieder etwas über Kinderhandel und Polizistenmorde. Sie konnten es schon nicht mehr sehen. Van Appeldorn ertappte sich dabei, daß er sich wünschte, Ackermann wäre öfter mal da, damit man wenigstens was zum Lachen oder Lästern hatte. Aber Ackermann ließ sich selten blicken. Meist kam er, wenn Heinrichs allein im Büro war und an seinen Theorien bastelte, gab einen blumigen Bericht ab und machte sich wieder an die Arbeit.

Toppe hatte noch am wenigsten Probleme mit der schnöden Routine. Er war aber auch der einzige im K 1, der sich von unten bis zur Kripo hoch gearbeitet hatte. Alle anderen waren gleich nach dem Abitur in die mittlere Beamtenlaufbahn eingestiegen. Helmut Toppe war jahrelang bei der Schutzpolizei gewesen, bevor er das Abitur am Abendgymnasium nachgeholt hatte; da bekam man ein dickeres Fell, was diese Art von Arbeit anging.

Inzwischen war es schon Donnerstag abend, und heute war sogar Ackermann gekommen. Er hatte sich mit dem *Playboy* in eine Ecke verzogen, als er sie alle an ihren Berichten sitzen sah. »Ich stör euch nich'. Wat ich zu sagen hab, kann warten.«

Heinrichs las und tat innerlich Abbitte. Es hatte zwar bis heute gedauert, aber dafür war Stasis Bericht perfekt, und er enthielt eine wichtige Information, mit der Walter Heinrichs sofort rausplatzte: »Hört mal eben alle zu!«

Die Papiere, die sie in Holland bei den Balkankindern gefunden hatten, waren ganz besonders gute Fälschungen. Sie waren sogar bei Gericht durchgegangen, ohne daß irgend jemand auch nur den leisesten Verdacht geschöpft hatte. Lowenstijn hatte in Utrecht einen Experten aufgetrieben, der sich auf diese Art von Fälschungen spezialisiert hatte.

»Ej«, rief Ackermann. »Genau dat wollt ich auch erzählen. Der Typ war gestern in Nimwegen bei Lowenstijn, da hab ich den kennengelernt. Dat is' vielleicht 'n Männeken! Total verschroben. Echt so, wie man sich 'n Spezialisten vorstellt, irgendwie schrumpelig un' ganz kleine Äugskes hinter 'ner dicken Brille.«

Ackermann zeigte keinerlei Regung, als van Appeldorn ihn spöttisch musterte und seinen Blick bei der starken Brille verweilen ließ. Toppe fragte sich, ob er es nicht bemerkte. Er hatte oft das Gefühl, daß Jupp Ackermann wesentlich mehr mitkriegte, als sie alle so glaubten.

»Warum hat mir eigentlich keiner gesacht, dat der Wim Lowenstijn 'ne deutsche Mutter hat?« fragte er vorwurfsvoll in die Runde. »Ich brech mir da einen ab, von wegen Nederlands praten un' frach mich, wat der immer so grinst. Gut, hat vielleicht 'n Narren an dir gefressen, denk ich no' so. Zwei Tage hat der Kerl mich schmoren lassen un' sich 'n Ast gelacht. Aber sons' läuft dat klasse mit uns.«

Sie waren längst beim 'Du' angelangt und tauschten sich regelmäßig aus über die Halter der roten Mercedes aus der C-Klasse, die sie überprüft hatten.

»Sind doch mehr, wie ich gedacht hab. Dat sind vielleicht Typen, sach ich euch«, schüttelte er sich. »Aber au' nich' ein normaler Mensch dabei.«

Van Appeldorn zog aufatmend die letzte Seite seines Berichts aus der Maschine. Das vierundzwanzigste Paar, das er besucht hatte. Eigentlich gehörten die Leute schon gar nicht mehr auf die Liste, denn die Adoption war vor drei Wochen rechtskräftig geworden. Auch sie hatten über INTERKIDS ein Kind aus Bulgarien bekommen, einen Jungen, der jetzt zwei Jahre alt war. Van Appeldorn war viel länger geblieben als nötig und hatte mit dem Kleinen geschäkert und erste Fußballversuche gemacht. Er selbst hatte ja nur Mädchen.

Er legte die Blätter aufeinander, reichte sie Heinrichs rüber und lehnte sich zurück. Jetzt nach Hause in die leere Wohnung? Marion hatte sich doch noch durchgerungen und war mit den Kindern allein nach Dänemark gefahren, aber sie hatte schon dreimal angerufen und sich beklagt, wie öde es sei, und Müll am Strand, und die Kinder hätten ständig die Füße voller Teer. Sie erwartete, daß er spätestens Anfang nächster Woche nachkam. Er reckte sich. Vielleicht saßen ja ein paar Fußballkumpel in der Vereinskneipe.

Heinrichs packte van Appeldorns Bericht oben auf den Stapel: Nummer 63 *Elterngespräche*. Er stutzte, las noch einmal und fing an, in den Papieren zu wühlen. Zwei der Stapel gerieten ins Rutschen und kladderten zu Boden. Toppe räusperte sich tadelnd, aber das interessierte Heinrichs überhaupt nicht; er hatte gefunden, was er suchte.

»Ich bringe das gleich schon in Ordnung, muß sowieso noch mal alles durchgehen. Aber hört mal, es geht doch um Balkankinder. Wir haben hier zweimal Bulgarien: Astrids Familie mit den Zwillingen, die Schimmelpfennigs, und jetzt Norbert heute. Und beide Adoptionen laufen über INTERKIDS. Sollten wir uns nicht doch mal deren Kartei besorgen?«

Toppe sah ihn nachdenklich an.

»Nicht?« fragte Heinrichs. »Ich meine, das sind die einzigen Kontakte zum Balkan, auf die wir bis jetzt gestoßen sind.«

»Doch, doch, du hast völlig recht«, antwortete Toppe.

»Maywald wird höchst begeistert sein«, meinte Astrid. »Der hat doch diesen Tick mit dem Datenschutz.«

Van Appeldorn fand das erfreulich. »Hat jemand was dagegen, wenn ich morgen früh die Kartei hole?«

»Und die Papiere der Kinder aus Bulgarien sollten wir uns auch besorgen«, überlegte Toppe.

Flintrop stand plötzlich im Zimmer. Keiner hatte ihn anklopfen hören. »Herr Toppe, können Sie mal mit runterkommen auf die Wache?«

»Was ist denn?« fuhr Toppe ihn unwirsch an.

»Kommen Sie doch einfach.« Flintrop sah bedrückt aus.

Als sie auf dem Gang waren, rückte er endlich mit der Sprache raus: »Ihr Sohn... eine unangenehme Geschichte...«

»Christian? Ist ihm was passiert?«

»Na ja, passiert, so kann man es eigentlich nicht nennen. Er ist im Kaufhaus erwischt worden, als er einen Walkman mitgehen lassen wollte. Leider haben die gleich Anzeige erstattet.«

Christian Toppe saß breitbeinig, weit zurückgelehnt, die Hände in den Taschen auf der schmalen Bank an der Wand und sah langsam hoch, als sein Vater hereinkam. Toppe unterdrückte den Impuls, ihn zu packen und ihm mit aller Kraft ins ausdruckslose Gesicht zu schlagen. Statt dessen griff er sich Christians Rucksack, der auf dem Tresen lag und schleuderte ihn dem Jungen vor die Brust.

»Steh auf!«

Christian erhob sich.

Die Kollegen sahen betreten vor sich hin.

»Ich fürchte«, meinte Flintrop, »wir können da nichts dran drehen.«

»Dran drehen?« Toppe fuhr zu ihm herum. »Ich hoffe, die verknacken ihn zu einem saftigen Sozialdienst.« Und leiser dann zu seinem Sohn: »Geh zum Auto.«

Mechanisch setzte sich der Junge in Bewegung.

Der Knoten in Toppes Magen löste sich plötzlich, und langsam stieg die Übelkeit nach oben. »Herr Flintrop, würden Sie Frau Steendijk Bescheid sagen.«

»Aber klar, Chef.«

Betonschweigen auf der Fahrt zu Gabi.

Toppe klingelte Sturm.

»Ja, Himmelherrgott noch mal«, hörte er seine Exfrau im Flur schimpfen.

Sie riß die Augen auf, als sie die beiden vor der Tür stehen sah. Toppe versetzte seinem Sohn einen harten Stoß in den Rücken. »Geh in dein Zimmer!«

Der Junge stellte seinen Rucksack ab, bückte sich und begann, langsam seine Springerstiefel aufzuschnüren.

»Geh sofort in dein Zimmer, oder ich trete dir in den Arsch«, brüllte Toppe.

»Bist du noch ganz gescheit?« Gabi war zwar verwirrt, aber ihre Augen funkelten wütend.

Christian schlorrte die Treppe hoch.

»Gib mir einen Schnaps.« Toppe ging ins Wohnzimmer und ließ sich in einen Sessel fallen. Er war lange nicht hier gewesen, und vieles hatte sich verändert, aber das nahm er gar nicht wahr.

Wortlos ging Gabi zum Schrank, goß einen Whisky ein und hielt ihm das Glas hin. Er trank einen kleinen Schluck und erzählte ihr, was passiert war. Sie legte die Hände über das Gesicht, sagte nichts. Dann ging sie zur Tür und rief ihren Sohn. Es dauerte nur Sekunden, bis Christian im Zimmer stand. »Ich hab Mist gebaut.«

»Mist gebaut?« schrie Toppe drohend.

Der Junge hielt den Blick gesenkt. »Tut mir leid, Mama«, flüsterte er.

Sie berührte ihn kurz an der Schulter. »Geh wieder nach oben. Wir reden später darüber.«

Dann setzte sie sich Toppe gegenüber. »Ich glaube, es ist nicht das erste Mal, daß er klaut. Letztens kam er mit brandneuen, teuren Turnschuhen und behauptete, die habe er von einem Freund. Und ein paarmal hatte ich auch den Eindruck, daß mir Geld im Portemonnaie fehlt. Ich bin bloß nicht drauf gekommen, daß eins von den Kindern mich bestiehlt.«

Sie hatte sich wirklich sehr verändert. Früher hätte sie in so einer Situation geheult und ihm Vorwürfe gemacht, aber jetzt war es so, daß sie Toppe ein bißchen von seiner Hilflosigkeit nahm.

»Was willst du tun?« fragte er.

Sie zuckte kurz mit den Augenbrauen. »Was schlägst du vor?« antwortete sie. »Hausarrest, kein Besuch von Freunden? Engmaschige Kontrolle, zur Schule bringen und abholen?«

Er zuckte die Schultern.

»Ich glaube, das Grundproblem konnte man an deiner Frage erkennen, Helmut.«

Er verstand nicht.

»Was sollen wir tun, das wäre die richtige Frage gewesen.«

»Aber ich fühle mich wirklich für ihn verantwortlich«, verteidigte er sich.

Sie lachte. »Das merkt man kaum.«

Er war irritiert. »Wieso kannst du eigentlich so ruhig bleiben?«

»Ich tu, was ich kann, Helmut. Und wenn das nicht reicht, dann ist es eben Pech. Die Zeit der Selbstvorwürfe, die habe ich hinter mir.« Jetzt klang sie doch bitter.

Er erzählte, wie es in Frankreich gewesen war. »Ich kann mir ein Bein ausreißen, aber der Junge läßt mich einfach nicht an sich ran.«

»Es wird dir wohl nichts anderes übrig bleiben, als es trotzdem weiter zu versuchen.«

Er unterdrückte eine scharfe Entgegnung. »Also gut, noch mal: was sollen wir tun?«

»Reden«, sagte sie. »Mit ihm sprechen, uns um ihn kümmern, beide.«

Als sie jetzt von dem Jungen erzählte, stellte er bestürzt fest, wie wenig er tatsächlich von dessen Leben wußte. Er hatte nicht einmal mitgekriegt, daß Christian zum zweiten Mal sitzen geblieben war.

»Heute war die Nachprüfung«, seufzte Gabi. »Aber ich glaube kaum, daß er die gepackt hat. Oder hat er bei dir in Frankreich mal in seine Bücher geguckt?«

Ihm war hundsmiserabel. »Ich glaube, bei mir fängt die Zeit der Selbstvorwürfe jetzt erst an.«

Sie schüttelte den Kopf. »Glaub mir, das bringt überhaupt nichts.«

»Ich weiß, aber ich war verdammt egoistisch, als ich damals gegangen bin.«

»Stimmt«, antwortete sie schlicht. »Und ich habe auch lange gebraucht, bis ich dir das nicht mehr übelgenommen habe. Aber heute denke ich: wer sagt denn, daß es mit Christian anders gelaufen wäre, wenn wir uns nicht getrennt hätten?«

22

Van Appeldorn kam um Viertel vor acht, als Jens Maywald gerade die Tür aufschloß.

»Schon wieder Kripo?« Es klang böse.

Van Appeldorn spazierte einfach an ihm vorbei ins Büro und sah sich neugierig um.

»Ja«, meinte er, »manchmal können wir ganz schöne Nervensägen sein. Es geht um Ihre Kartei. Ich fürchte, wir müssen sie uns mal für ein paar Tage ausleihen.«

Maywald setzte sich und wies mit der Hand auf den freien Stuhl vor seinem Schreibtisch, aber van Appeldorn blieb stehen.

»Ich habe Ihren Kollegen doch schon gesagt, daß wir den Datenschutz sehr ernst nehmen. Ohne ausdrückliche Einwilligung der Kunden gewähre ich niemandem Einblick in die Unterlagen. Was würden Sie denn sagen, wenn jeder einfach so in Ihrem intimsten Privatleben rumschnüffeln könnte?«

Van Appeldorn schlenderte zum Fenster hinüber und sah zur Schwanenburg hoch.

»Ich war eigentlich immer ein ganz guter Langstreckenläufer«, sagte er zu sich selbst. »Die Treppen zur Burg hoch, fünf Minuten für den Papierkram, dann wieder runter...« Er drehte sich um. »In neun Minuten könnte ich Ihnen eine richterliche Verfügung vorlegen.«

Maywald sprang auf. »Liebe Güte, Mann! Wenn es so wichtig ist, dann nehmen Sie den Krempel doch mit. Sonst heißt es nachher noch, wir hätten was zu verbergen.«

Er eilte zum Aktenschrank, zog eine Schublade heraus und sah sich suchend um. »Wo packe ich das denn jetzt rein?« murmelte er. Im Nebenzimmer fand er einen Karton. Van Appeldorn stand gegen die Wand gelehnt und beobachtete, wie Maywald die Papiere sorgfältig schichtete.

»Ich würde nur gern wissen, was Sie eigentlich suchen.«

»Tja«, grinste van Appeldorn und nahm den Karton an sich. »Wenn wir's gefunden haben, sind Sie der erste, der es erfährt. Das kann ich Ihnen versprechen.« Damit verabschiedete er sich.

Maywald konnte seinen Zorn nicht mehr kontrollieren.

»Bringen Sie mir bloß die Ordnung nicht durcheinander«, brüllte er van Appeldorn nach. »Sonst werde ich mich über Sie beschweren. Da können Sie Gift drauf nehmen.«

Heinrichs gluckste zufrieden, als van Appeldorn zur Morgenbesprechung erschien. Bis auf Ackermann waren sie jetzt vollzählig.

»Ist das die Kartei? Prima, da weiß ich ja, was ich heute zu tun habe.«

Dann sah er sie alle der Reihe nach an. Sie kannten das Gesicht: ein bißchen verschmitzt, ein bißchen aufgeregt, wie ein Kind vor seiner Geburtstagstorte. Walter Heinrichs hatte eine Idee.

»Mir ist da was aufgefallen, wißt ihr? Dieser Maywald fungiert doch da manchmal als gesetzlicher Vertreter für die Pflegekinder, bis die Adoption durch ist. Ich habe zuerst gedacht, der macht das vielleicht für alle INTERKIDS – Kinder, aber dem ist nicht so. Er ist das nur bei den Zwillingen Schimmelpfennig, und er war es bei diesem Dennis Klein, den Norbert gestern besucht hat. Alle drei Kinder kommen aus Bulgarien. Es kann ja sein, daß ich spinne, aber irgendwie höre ich da die Glocken läuten. Jetzt habe ich eben noch mal mit der Frau Derksen vom Jugendamt telefoniert, und die sagt, das wäre schon ein bißchen ungewöhnlich. Eigentlich würde das Jugendamt sonst den gesetzlichen Vertreter machen, aber es könnte ja sein, daß die Eltern mit Maywald gut bekannt seien und sich das ausdrücklich gewünscht hätten.«

»Könnte sein«, meinte Toppe. »Weißt du, ob Schimmelpfennings mit Maywald befreundet sind?«

Astrid schüttelte den Kopf. »Danach habe ich nicht gefragt, aber den Eindruck hatte ich eigentlich nicht.«

»Ich bei den Kleins auch nicht«, sagte van Appeldorn.

»Gut.« Toppe faltete die Hände. »An INTERKIDS sind wir ja jetzt sowieso dran.«

»Da ist noch was«, fuhr Heinrichs fort. »Es hat zwar eigentlich nicht direkt was mit uns zu tun, aber interessant finde ich es trotzdem. In der MEILE, diesem Mutterverein von INTERKIDS, haben die wohl im Moment unheimlichen Zoff. Letzten Samstag war so ein komischer Leserbrief in der Zeitung.« Er las Heiderose Jansens Epistel vor. »Könnte ja irgendwas dran sein, oder? Das mit den Gewinnen von INTERKIDS, meine ich.«

»Am besten hätte ich wohl auch gleich deren ganze Buchführung mitgebracht«, meinte van Appeldorn.

»Ja, vielleicht sollten wir die Bücher wirklich prüfen. Heute steht übrigens eine Gegendarstellung von einer gewissen Frau Salzmann-Unkrig drin. Aber das ist nur hochnäsiges Geschwafel.«

Astrid und van Appeldorn machten sich auf den Weg, ihr heutiges Pensum an Familienbesuchen hinter sich zu bringen, nur Toppe blieb sitzen. Er mußte einfach mit jemandem über Christian reden, und Heinrichs war ein guter Zuhörer, das wußte er. Vor allem kam er einem nie mit irgendwelchen Patentrezepten oder überzogenem Mitleid. Auch heute hörte er erst mal aufmerksam zu.

»Ganz schön vertrackt«, meinte er dann. »Aber ich würde noch nicht in Panik geraten, Helmut. Das ist bestimmt bloß so eine Phase. Der Junge ist doch ein anständiger Kerl.« Er lachte leise. »Heute kann ich's ja ruhig sagen: ich habe selbst zweimal eine Ehrenrunde an der Penne gedreht. Und in dem Alter so ab und zu mal was mitgehen lassen, mein Gott, das haben doch wohl die meisten von uns ausprobiert. Wie alt ist Christian jetzt?«

»Sechzehn.«

»Na, siehst du. Noch ein, zwei Jahre, dann hat der die Kurve gekriegt.«

»Fragt sich nur, in welche Richtung.«

»Ich würde vielleicht mal ein bißchen genauer hingucken, was der so für Freunde hat.«

»Damit fange ich gerade an.«

Es klopfte selbstbewußt, und Wim Lowenstijn kam herein: marineblaue Hose und Shirt, eine Wildlederjacke in russischgrün und Schuhe in derselben Farbe.

Toppe machte sich mit ihm bekannt, und sie tauschten sich eine halbe Stunde ganz freundschaftlich über die Kinderhandelsgeschichte aus, aber Toppe wurde das Gefühl nicht los, daß Lowenstijn irgendwas auf dem Herzen hatte. Als Heinrichs mit den Getränken aus der Kantine zurückkam, rückte er endlich damit heraus.

»Vermutlich habt ihr da wenig Einfluß, aber wenn ihr irgendwie könnt, dann pfeift schnell euren Alten zurück.«

Toppe und Heinrichs sahen sich an.

»Ja«, meinte Lowenstijn. »Der löst sonst noch den Dritten Weltkrieg aus. Ich meine, im Augenblick ist die Stimmung in meinem Land sowieso nicht besonders deutschfreundlich, und wenn ich diesen Siegelkötter erlebe, dann fange sogar ich an, das zu verstehen. Typ Herrenrasse.«

Heinrichs schüttelte den Kopf. »Mir hat er die ganze Zeit mit seinen neuen holländischen Freunden in den Ohren gelegen.«

Lowenstijn lachte hart. »Untermenschen! Der behandelt uns alle, als wären wir dämliche Lakaien. Wohl gemerkt, immer mit Contenance, immer sehr korrekt. Gestern hat er meine ganze Truppe zu sich nach Hause zum Essen geladen. Was für eine spleenige Idee! Keiner von uns hatte Lust dazu, aber man bemüht sich ja, nicht wahr? Nun, ein paar von meinen Jungs sind, wie heißt das so schön? Einfache Leute. Das wird ja bei euch nicht anders sein. Es war ganz erlesen, große Tafel, fünf Gänge, der Koch servierte selbst, und Frau Siegelkötter, Agnes heißt sie übrigens, zelebrierte ihre Rolle als Dame des Hauses. Es gab drei verschiedene Weine und sogar zwei Sorten Wasser. Irgendwann fragte einer meiner Kollegen sehr höflich nach einem kalten Bier. Frau Agnes sprintete sofort in die Küche, aber nicht ohne ihrem Mann vorher noch etwas zuzuflüstern. Und leider war ich nicht der einzige, der es gehört hat.« Kunstpause. Toppe ließ sie gespannt stehen. »Zu Hause fressen die den Kitt aus den Fensterrahmen, aber hier wollen sie Ansprüche stellen.«

Heinrichs schnappte nach Luft.

»Und?« fragte Toppe. »Was hat Siegelkötter gesagt?«

»Nichts«, antwortete Lowenstijn. »Er hat genickt. Aber diese Geschichte ist eigentlich nur die Krönung einer langen Reihe von Scheußlichkeiten.«

Toppe arbeitete viel länger, als er es vorgehabt hatte. Er wollte endlich mit dieser Liste fertig werden. Als die letzte Haustür sich hinter ihm schloß, war es schon nach neun und zu spät, ins Präsidium zu fahren.

Astrid war nicht zu Hause. Auf dem Fußboden im Flur lag ein großer Zettel: *Meine Eltern haben mich zum Essen eingeladen. Schlaf bloß nicht ohne mich ein. A.*

Er schickte ihr in Gedanken eine Umarmung. Sie versuchte immer noch einen komplizierten Seiltanzakt. Ihre Eltern, alter Klever Geldadel, fanden, Toppe sei wohl kaum die rechte Partie für ihre einzige Tochter; zu alt, zu wenig an den Füßen. Seit Astrid bei ihnen aus- und bei ihm eingezogen war, hatte es ein paar unschöne Szenen und Brüche gegeben, aber Astrid ließ sich nicht beirren. Sie ging den Weg, den sie für den richtigen hielt, und versuchte gleichzeitig, ihren Eltern klar zu machen, daß sie sie trotzdem gern hatte.

Er machte sich Salami- und Käsebrote und setzte sich vor den Fernseher. Gegen halb elf schlief er ein. Das Telefon riß ihn aus einem wirren Traum von einem Freßgelage, bei dem Agnes Siegelkötter einen Schleiertanz aufführte.

Es war Gabi. »Helmut, ich habe einen entsetzlichen Krach mit Christian gehabt, und er ist dann einfach abgehauen. Jetzt ist er schon seit fünf Stunden weg.«

»Wie spät ist es?« fragte er, Watte im Mund.

»Gleich halb eins.«

»Ich komme.«

Er ging ins Bad, spritzte sich kaltes Wasser ins Gesicht und putzte die Zähne. Dann schrieb er eine Nachricht, legte sie in den Flur: *Christian ist offenbar abgehauen. Bin bei Gabi. Melde mich. T.*

Die paar Schritte konnte er zu Fuß gehen.

Gabi wartete in der Haustür. »Gott, bin ich froh, daß du da bist!«

Er nahm ihre Hand.

»Was sollen wir bloß tun?«

»Hast du bei seinen Freunden angerufen?« fragte er und schob sie ins Wohnzimmer.

»Du kannst dir gar nicht vorstellen, wen ich alles angerufen habe! Meinst du nicht, wir sollten die Polizei...«

Er mußte nicht antworten.

»Du meinst einfach warten?«

»Ja. Hast du noch was von dem Whisky?«

Sie holte die Flasche und zwei Gläser. Als sie ein wenig zitterig eingoß, hörten sie beide den Schlüssel im Haustürschloß. Sie warteten. Christian kam, blieb im Türrahmen stehen, starrte seinen Vater an. Er sah todmüde aus.

»Kann ich was sagen?« fragte er leise.

Toppe klopfte wortlos auf den Platz neben ihm.

Was Christian zu sagen hatte, war wenig bemerkenswert. »Ich habe Mist gebaut, ich habe nachgedacht. Es kommt nicht wieder vor, okay?«

»Wo warst du die halbe Nacht?« fragte Gabi aufgelöst.

»Ich bin bloß rumgelaufen und hab nachgedacht.«

»Bis ein Uhr nachts?«

»Tut mir leid. Ich sag doch, kommt nicht wieder vor. Kann ich jetzt ins Bett?«

»Nein«, erwiderte Toppe und trank den Schnaps in einem Zug, »kannst du nicht. Ich will das nicht noch ein einziges Mal erleben, sonst...« Christian sah ihn nicht mehr an.

»Ach, vergiß es! Morgen ist Samstag. Da haben wir Zeit, in Ruhe miteinander zu reden. Einverstanden?«

Der Junge nickte und verschwand wie der Blitz.

Gabi weinte jetzt doch. Er nahm sie in die Arme und war verwirrt über das, was er fühlte.

»Ich will hier weg«, schnaufte sie. »Seit wir in dieses verfluchte Haus gezogen sind, ist alles schief gegangen.«

Toppe lächelte. »Ich wußte gar nicht, daß du abergläubisch bist.«

»Ich meine es ernst. Das Haus ist viel zu groß, keiner fühlt sich hier wohl, meine Mutter geht aus und ein, wie es ihr paßt, und macht mich fertig. Ich will mich einfach nicht mehr nach allen Seiten hin aufreiben.«

»Du meinst, wir sollen es verkaufen?«

»Das wäre doch am vernünftigsten. Wir hätten auch beide mehr Geld, wenn wir die Belastung los sind.«

An den Gedanken mußte er sich erst gewöhnen. Sie löste sich aus seinen Armen und ging ins Bad. Er trank noch ein Glas.

»Wollen wir nicht schlafen gehen?« Sie hatte sich ausgezogen, nur einen Bademantel an.

Er sagte nichts, schaute nur.

»Ja«, meinte er dann und ging zur Tür. Sie hielt ihn am Arm fest und küßte ihn. Er zögerte, faßte dann fest ihre Taille, spürte ihre unruhige Zungenspitze. Als er sie losließ, waren sie beide außer Atem.

Astrid hatte wohl auf ihn warten wollen – das kleine Licht im Schlafzimmer brannte noch, aber sie schlief.

Unter dem dünnen Laken war sie nackt. Hastig zog er sich aus und legte sich neben sie. Seine Hand glitt über ihre Brüste, ihren Bauch hinunter. Er fing an, sie langsam zu streicheln. Sie blinzelte, schloß aber sofort wieder genüßlich die Augen und stöhnte leise. Ihre Hand fand den Weg mit blinder Sicherheit. Toppe keuchte.

»Es ist gefährlich, das weißt du«, sagte sie mit halber Stimme.

Er war wahnsinnig erregt, hielt ihre Hand fest. »Genau das macht mich an«, flüsterte er und schob sich über sie. Ihre Augen glänzten. »Vielleicht machen wir jetzt ein Kind«, raunte er, als er in sie glitt.

23

Für einen Samstag war der Nachtdienst erfreulich ruhig gewesen, und der Mann auf der Rettungswache Kleve richtete sich schon langsam auf den Feierabend ein, packte Thermoskanne und Zeitschriften in seine Aktentasche. Dann ging er hinüber zum Waschbecken, um Teller, Besteck und Glas abzuspülen. Er hatte es sich zur Gewohnheit gemacht, in der Nachtschicht eine ordentliche, warme Mahlzeit zu sich zu nehmen. Dazu trank er stets eine Flasche alkoholfreies Bier, gut gekühlt, und verwöhnte sich hinterher mit einer Zigarre und einem Riegel Marzipanschokolade.

Er faltete gerade die gestärkte Serviette, als der Anruf einging; 5.38 Uhr. Ein Zeitungsbote meldete einen Wohnungsbrand in der Hamstraße. Aus einem Fenster im ersten Stock quoll Rauch, Flammen wollte er auch gesehen haben.

Der Feuerwehrmann setzte sich ans Mikrofon und tat seine Pflicht.

Zweimal Dudeln, drei grelle Piepstöne.

– *Alarm für die Feuerwehr Materborn; Alarm für die Feuerwehr Materborn.*

– *Ja! 9/0/1 von 9/23/21. Kommen!*

– *9/0/1 hört!*

– *Wo ist der Einsatzort?*

– *Wohnungsbrand Hamstraße 94. Ich wiederhole: Hamstraße 94.*

– *9/0/1: Brauchen wir den Notarzt?*

– *Angeblich keine Personen im Haus. Fahr ma' hin, Paul, und dann sagste mir Bescheid.*

Der Mann auf der Wache nahm seine Thermoskanne wieder aus der Tasche und goß sich einen Kaffee ein.

– *9/23/21 Einsatzstelle an.*

– *Ja, verstanden.*

– *9/0/1 von 9/23/21: Kommen!*

– *9/0/1 hört!*

– *Dat is' kein Zimmerbrand. Hier brennt die ganze Klitsche. Außerdem stehen da hohe Bäume direkt am Haus, und dat Feuer kann auf die Nachbarhäuser übergreifen. Schick wat nach. Übrigens, im Erdgeschoß ist keiner drin, von wegen Notarzt. Um oben nachzugucken, brauchen wir 'ne Drehleiter.*

– *Alles klar!*

Zweimal Dudeln, drei grelle Piepstöne.

– *Alarm für die Feuerwehr Reichswalde, Alarm für die Feuerwehr Reichswalde.*

Dudeln, Piepsen.

– *Alarm für die Feuerwehr Kleve, Alarm für die Feuerwehr Kleve.*

– 9/0/1 von 9/5/1: Kommen!
Das war der Stadtbrandmeister.
– 9/0/1 hört!
– Wie hoch ist das Haus? Welche Drehleiter brauchen wir?
– Weiß ich noch nicht, Heinz. Ich frag mal nach.
– 9/23/21 von 9/0/1: Kommen!
Keine Antwort.
– 9/23/21 Bitte melden Sie sich.
Stille.
– 9/23/21 Bitte kommen Sie!
Nichts.
– 9/23/21 Bitte besetzen Sie den Funk!
– 9/0/1 von 9/5/1: Laß mal, Theo, ich bin gleich da.
Pause.
– 9/0/1 von 9/5/1: Kommen!
– 9/0/1 hört!
– Das Haus ist nur zweigeschossig. Aber wegen der Büsche brauchen wir zum Bergen doch DLK 23/12.
– Alles klar! Kommt!
– 9/0/1 von 9/21/51: Wo ist der Einsatzort?
– Materborn, Hamstraße 94.
– 9/0/1 von 9/41/51: Ich hab mitgehört. Is' dat mit Sonderrechte?
– Wat hast du denn gedacht?
– Ja, 9/0/1, dat geht nich'. Meine Sirene is' kaputt un' immer noch nich' repariert.
– Mein Gott, dann fährst du eben ohne Sirene so schnell, wie du kannst!
– 9/21/52 Einsatzstelle an.
– 9/41/51 Einsatzstelle an.
– 9/23/1 Einsatzstelle an.
– 9/41/21 an!
– Florian Kleve von 9/5/1: Haben Sie mitgehört?
– Hier Florian Kleve. Ja!
– Im ersten Stock ist noch jemand. Wir rücken vor mit Atemschutz. Bitte Notarzt! Und wann kommt die Polizei?
– Ich hör noch mal nach. Notarzt wird alarmiert.
Der Mann auf der Wache ließ es dudeln und piepsen.
- Einsatz für den Notarzt, Einsatz für den Notarzt.
– Florian Kleve von 9/83/1: Worum geht's?

– 9/83/1 von 9/01: Hamstraße 94, das ist gegenüber von Timmers Hof. Hausbrand; eine schwerbrandverletzte Person.
– Alles klar!
– 9/33/1 Einsatzstelle an.
– Ja, verstanden. 9/5/1 von Florian Kleve: Kommen.
– 9/5/1 hört!
– Polizei ist gleich da.
– Ja, verstanden.
– 9/82/1: Notarzt aufgenommen.
– Ja, verstanden.
– 9/83/1 Einsatzstelle an.
– 9/82/1 Einsatzstelle an.
– Jo.
– Florian Kleve von 9/82/1: Kommen!
– Florian Kleve hört!
– Das ist eine Frau, und die ist tot. Wo bleibt die Kripo? Der Doktor muß zurück zum Krankenhaus.
– Ich hör ma' nach.

Toppe war beim ersten Klingeln hellwach. Als Astrid sich langsam aus dem Kopfkissen wuselte, stieg er schon in seine Hosen. »Nichts Dramatisches«, sagte er leise. »Eine Tote bei einem Wohnungsbrand in der Hamstraße. Dauert wohl nicht lange. Schlaf weiter.«

Die Hamstraße lag gute dreihundert Meter Luftlinie von seiner Wohnung entfernt, aber als er aus der Tür trat, roch er deutlich den Rauch und konnte den schwarzen Qualm über die Dächer hinweg sehen.

Die Feuerwehr hatte weiträumig abgesperrt. Toppe ließ seinen Wagen am rot-weißen Band stehen, drängte sich durch die Menge der Schaulustigen und ging das letzte Stück zu Fuß.

Aus dem Dachstuhl der alten Kate schlugen immer noch die Flammen. Der Qualm biß in den Augen. Toppe wischte sich die Tränen weg und versuchte, mehr zu erkennen. Das Feuer schien sich von der Rückseite des Hauses her auszubreiten. Rechts und links standen hohe Bäume mit dichtem Laubwerk so nah an der Hauswand, daß die Feuerwehrautos nicht hindurch paßten. Die Männer arbeiteten von der Drehleiter aus und von unten. Einige kümmerten sich um die Nachbarhäuser, bespritzten die Dächer, sägten mit Kettensägen kokelnde Äste von den Bäumen.

Die Schupos hatten die Bewohner herausgescheucht und versuchten jetzt, sie hinter die Absperrung zu drängen, doch die Leute wehrten sich, wollten zurück in ihre Häuser und retten, was zu retten war. Aber die Polizisten hatten ihre Anweisungen – es war zu gefährlich, die Häuser standen dicht, und der Sommerwind war kräftig genug, immer wieder Funkenregen und brennende Flocken über die Dächer zu treiben.

Toppe hatte öfter vom Brüllen des Feuers gelesen, sich aber nie eine Vorstellung davon gemacht, wie grausam laut es wirklich war. Eine Verständigung war nur durch Schreien möglich. Toppe hustete. Unten neben der Haustür splitterte Glas, und für eine Sekunde sah er in den Rauchwolken zwei bizarre Gestalten auftauchen – Feuerwehrmänner mit schwerem Atemschutz. Die Hitze kam als Wand auf ihn zu.

Der Notarztwagen stand ein Stück die Straße hinunter, halb auf dem Kartoffelacker gegenüber.

Die Tote lag zugedeckt im Gras. Toppe sprach kurz mit dem Notarzt, hob dann die Decke ein Stückchen an und warf einen Pflichtblick auf den schwarzen Körper.

»Haben Sie die Personalien?«

»Nein, tut mir leid«, antwortet der Arzt, »aber vielleicht der Brandmeister. Der steht da drüben.«

Heinz Pauly hatte Toppe schon entdeckt.

»Morgen, Herr Toppe.« Sie schüttelten Hände. »Tja, könnte sich durchaus um Brandstiftung handeln. Sie sollten auf jeden Fall mal die Experten aus Krefeld anrollen lassen.«

Toppe seufzte; es würde also doch länger dauern. »Wissen Sie, wer die Tote ist?«

Pauly schüttelte bedauernd den Kopf. »Hatte noch keine Zeit. Aber da vorn neben dem Peterwagen stehen die Nachbarn aus 96.«

Es war ein Ehepaar in den mittleren Jahren. Die Frau starrte voller Angst auf das Geschehen, der Mann redete ohne Punkt und Komma auf den Polizisten ein.

Toppe stellte sich vor. »Ich glaube, Sie können mir helfen. Wer wohnt in dem Haus?«

Die Frau brach sofort in Tränen aus. »Jansen«, flüsterte sie, daß er es kaum verstehen konnte.

»Jetzt nimm dich zusammen!« fuhr sie ihr Mann an. »Frau Jansen wohnt dort, Herr Hauptkommissar. Heiderose Jansen und ihre drei Kinder.«

Hinter Toppe schepperte etwas. Er wandte sich um. Ein Mann schleppte einen Kasten Mineralwasser heran. Ein anderer trug zwei große Kannen. Der Polizist hielt sie auf.

»Ist doch für die Leute von der Feuerwehr«, beteuerten sie.

»Prima, lassen Sie's hier stehen, ich sag's dem Brandmeister. Warten Sie hier.«

Die Frau schluchzte laut. »Wieso finden sie die Kinder nicht?«

»Ach wat, Grete«, legte ihr der Mineralwassermann den Arm um die Schultern. »Die Kinder sind doch bei ihre Omma. Hat mir die Jansen gestern abend noch selbs' gesacht.«

24

»Wer hat den Brand gemeldet?«

Toppe fand den Zeitungsboten hinter der Absperrung bei den Anwohnern. Der Junge mußte ungefähr in Christians Alter sein. Er trug am Wochenende den *Lohengrin Boten* aus.

»Eigentlich samstags, aber gestern war zuerst ein Tennismatch und hinterher bin ich auf eine Fete. Ich hatte dann doch Angst, daß ich Ärger kriege und den Job verliere, deshalb bin ich heute morgen um vier aufgestanden und hab meinen Stapel Blättchen verteilt.« Schon im In de Kamp hatte er Rauch gerochen, aber nirgendwo was entdecken können. »Als ich dann zu dem Haus kam, sah ich Qualm über dem Dach. Ich bin hintenrum gerannt, und da war die ganze Hintertür am brennen, und oben aus dem Fenster kam auch Feuer raus.« Er war sofort zu den nächsten Nachbarn gelaufen, hatte sie aus dem Bett geklingelt und von dort aus die Feuerwehr angerufen. »Joosten hießen die Leute. Die hab ich eben noch hier gesehen.« Er schaute sich um. »Da hinten.«

Frau Joosten hockte auf einer niedrigen Gartenmauer, einen kleinen Jungen auf dem Schoß, ein etwa zehnjähriges Mädchen mit blondem Pferdeschwanz dicht neben sich. Ihr Mann stand ein paar Meter weiter mit ein paar anderen und schwätzte großspurig mit breiten Gesten: »Wenn die mich meine Kettensäge holen ließen, dat Gestrüpp hätt' ich in Nullkommanix weggemacht.« Toppe kannte die Art. Männer reagierten oft so, nach Unfällen zum Beispiel.

Als er sich vorstellte, kam Herr Joosten sofort dazu. »Ja, das stimmt, Herr Kommissar. Heiderose Jansen heißt die Frau. Ich habe gesehen, wie sie die rausgetragen haben. War ja quasi der erste vor Ort.«

Toppe überlegte wieder, wo er den Namen der Toten schon einmal gehört hatte.

»Die wohnt da schon seit Jahren. Ist aber wohl geschieden.«

Drei Kinder? Ja. Wie alt? Hier sprang das kleine Mädchen ein. »Kassandra geht in meine Klasse. Die ist zehn, Joshua ist sieben, und Merlin ist...« Sie überlegte ernst. »Der ist zwei, aber ich glaube, der hat bald Geburtstag. Ich weiß nicht mehr genau, wann das ist.«

Toppe nickte schmunzelnd.

»Sie wohnen direkt neben der Familie?«

»Ja, in dem weißen Haus.«

»Waren Sie befreundet?«

Der Mann zog die Lippen nach innen, die Frau schaute langsam hoch. »Die Kinder spielen zusammen.«

Es war klar, daß die Leute mit irgend etwas hinter dem Berg hielten, aber es war wohl kaum der rechte Moment nachzuhaken.

Frau Joosten hatte gesehen, daß Heiderose Jansen am Samstag morgen mit den Kindern, einer Reisetasche und Fahrrädern auf dem Dachgepäckträger, weggefahren war. »Ich habe gedacht, die wäre mal wieder übers Wochenende zu ihren Eltern«, meinte sie. »Hast du gesehen, daß sie zurückgekommen ist?« Ihr Mann schüttelte den Kopf.

Das kleine Mädchen wußte mehr. Kassandra hatte ihr erzählt, daß ihre Mutter übers Wochenende ein Zimmer leer räumen und herrichten wollte, weil am Montag ein Mann einziehen sollte.

»Ein Mann?« fragte Toppe.

Herr Joosten lachte laut. »Schon wieder! Wissen Sie, Herr Kommissar, die Jansen hat irgendwie so 'ne soziale Macke. Immer wenn irgendwo ein Ehemann zu Hause rausfliegt, dann öffnet sie ihre Pforten. Obwohl...«, er senkte die Stimme, »ich frag mich ja, ob es nur die Pforten...«

»Kurt!« zischte seine Frau ihn an.

Toppe erinnerte sich an eine unangenehme Pflicht und nahm seinen Notizblock. »Kennen Sie die Adresse der Eltern?«

»Nein«, antwortete Frau Joosten. »Ich weiß nur, daß die in Rees wohnen.«

»Und wie die mit Nachnamen heißen?«

»Ich meine, die hießen auch Jansen...«

Das Mädchen nickte bestätigend.

»Was ist mit dem Vater der Kinder? Wohnt der in Kleve?«

Schulterzucken. Toppe sah die Tochter an. »Ja, der wohnt in der Spyckstraße. Gleich neben der Schule, hat Kassy gesagt. Und er heißt Fred, und Jansen mit einem 's', und Kassys Opa schreibt sich mit zwei 's'. Wir machen da immer Witze drüber. Kassy sagt, eigentlich müßte sie sich mit drei 's' schreiben, weil wenn man die Namen zusammenzählt...« Sie kicherte ein bißchen, ganz vorsichtig. »Jansssen!«

Toppe lächelte ihr zu und verabschiedete sich dann.

Viertel vor sieben – erst frühstücken? Nein, er wollte es lieber schnell hinter sich bringen.

Auf der Wache war gerade Schichtwechsel gewesen. Er trank einen Becher Kaffee im Stehen, beantwortete ein paar neugierige Fragen. Kollege Flintrop meinte, Heiderose Jansen zu kennen. »Kann sein, ich täusche mich, aber ich meine, die hätte hier schon mal Anzeige erstattet wegen Umweltvergehen und so Sachen.«

Toppe ging hoch ins leere Büro, verständigte die Brandexperten in Krefeld und nahm sich das Telefonbuch. In der

Spyckstraße gab es sieben Jansen mit einem 's', nur einen F. Jansen. Fred, das konnte von Alfred kommen – ein Alfred Jansen, ein A. Jansen. Er notierte die Hausnummern und machte sich auf den Weg.

F. Jansens Wohnung war ein finsteres Loch, zwei modrige Zimmer im ersten Stock eines alten Hauses, an dem die Farbe schon vor Jahrzehnten abgeblättert war, Kochplatte auf dem Kühlschrank in der Ecke des Wohnraumes, Toilette eine halbe Etage tiefer.

Toppe hatte den Mann wohl aus dem Tiefschlaf geklopft. Er kam in Boxershorts und einem lappigen T-Shirt zur Tür geschlurft und brauchte eine ganze Weile, bis er kapiert hatte, wer Toppe war und um was es ging, aber dann hielt er sich ganz tapfer.

»Kann ich mitfahren zu meinen Schwiegereltern? Ich will bei meinen Kindern sein.«

Toppe war das ganz recht. »Darf ich mal telefonieren?«

Fred Jansen zeigte auf den Apparat, der neben der Tür hing und verschwand im Schlafzimmer, um sich anzuziehen.

Astrid hatte sich schon gewundert, wo er blieb. »Ich kann dir jetzt nicht viel erzählen«, meinte Toppe leise, »aber es dauert bestimmt noch zwei Stunden.«

»Du weißt, daß du mit Christian verabredet bist?«

»Ach, Mist!« Toppe hatte sich gestern eine ganze Zeit lang mit dem Jungen unterhalten. Das Gespräch war nicht berauschend offen gewesen, aber es konnte ein Anfang sein. Er hatte vorgeschlagen, heute etwas zusammen zu unternehmen, und Christian hatte widerstrebend zugestimmt.

»Paß auf«, schlug Astrid vor. »Ich hab's eben gelesen, in Holland läuft heute ein Motorradrennen. Was dagegen, wenn ich mit Chris hinfahre?«

»Wenn er das mitmacht.«

Auf der Fahrt nach Rees fing Fred Jansen langsam an zu begreifen. »Mein Gott, die Kinder!« stammelte er immer wieder leise. Toppe sparte sich seine Fragen auf, ließ ihn in Ruhe.

Der Besuch bei Heideroses Eltern traf Toppes schlimmste Befürchtungen. Die Mutter brach mit einem Weinkrampf zusammen, die beiden älteren Kinder hatten einen schweren Schock. Fred Jansen hielt den Kleinsten fest im Arm; der wehrte sich und brüllte immer wieder: »Mama gehen!«

Toppe rief einen Arzt, wartete noch, bis der kam und machte sich schnell auf den Heimweg. Auf der Rheinbrücke schickte er ein Stoßgebet gen Himmel, daß es keine Brandstiftung sein möge und daß er morgen die ganze Geschichte wieder vergessen durfte. Ihm war flau – kein Wunder, er hatte seit mindestens achtzehn Stunden nichts gegessen.

Es war ihm ganz recht, daß Astrid nicht da war, er wollte nicht reden. Im Kühlschrank stand noch ein Rest Auflauf von gestern. Er rieb sich reichlich Käse darüber und schob das ganze unter den Grill.

Es kam wirklich ein bißchen sehr dicke im Moment: Günthers Tod, Christian, die Geschichte heute, die drei kleinen Kinder; so was ging nie spurlos an ihm vorüber. Alles zuviel, keine Zeit zu verdauen, nicht mal zum Trauern. Was für ein elender Beruf. Seine Mutter hatte nie gewollt, daß er zur Polizei ging. »Du bist viel zu weich, Junge.« War er das? Im Augenblick war er nur stumpf.

Und Astrid... verflucht, vielleicht hatte er sie tatsächlich geschwängert! Er unterdrückte die Panik, schob den letzten Bissen in den Mund, zog sich im Schlafzimmer aus und ging ins Bad. Als er aus der Dusche kam, merkte er, wie entsetzlich seine Kleider nach Rauch stanken. Er stopfte sie sofort in die Waschmaschine und öffnete alle Fenster.

Um vier Uhr war er wieder in der Hamstraße und betrachtete bekümmert die schäbigen Reste von Heiderose Jansens Heim.

25

»Heiderose Jansen!« Walter Heinrichs war heiser vor Aufregung. »Das ist doch die mit dem Leserbrief. Brandstiftung? Mensch, wenn da mal nicht... ich hab euch doch gesagt, in dem Verein ist die Hölle los.«

»Mal halblang, Walter«, versuchte Toppe ihn zu dämpfen. »Noch wissen wir ja gar nicht, ob es sich überhaupt um Brandstiftung handelt.«

»Sagt mal, kann es sein, daß wir ein wenig unterbesetzt sind?« mischte sich van Appeldorn ein.

»Alles eine Frage der Organisation«, meinte Ackermann fröhlich. »Ich muß ma' ebkes wat loswerden. Ich mein, ich weiß, ich soll mich um dat Auto kümmern, aber man macht sich ja trotzdem so seine Gedanken, wa? So mit die Gewinne von INTERKIDS, wat Walter ja auch sacht, und Maywald gesetzlicher Vertreter un' so. Ich hab mich ma' 'n bisken umgehört inne Gemeinde. »

Jens Maywald hatte sich vor zwei Jahren auf ein windiges Immobilienprojekt eingelassen und war damit prompt auf die Nase gefallen. Zwar hatte er einen anschließenden Prozeß gewonnen, war aber dennoch auf einem Berg Schulden sitzengeblieben.

»Dat waren so an die zweihunderttausend Eier, un' ob man die bloß mit Versicherungen einfahren kann, also, ich weiß et nich'. Wat meint ihr? Wär et nich' doch 'ne Idee, sich ma' die Bücher vonne Firma INTERKIDS anzukukken? Ich mein, ich würd' dat wohl übernehmen. Kenn ich ja wat von.«

Toppe grinste. Ackermann hatte mal wieder seine Niederrheinantenne ausgefahren und prompt was eingefangen. »Gut«, entschied er. »Aber da werden wir eine richterliche Verfügung brauchen. Kannst du mal gucken, ob du den Ulli Knickrehm erwischst, Walter?«

Ackermann würde die Bücher von INTERKIDS besorgen, danach die bulgarischen Papiere von Schimmelpfennigs und Kleins Kindern holen und sie zu Lowenstijns Experten bringen.

»Ansonsten«, meinte Toppe, »sollten Astrid und Norbert mit der Liste weitermachen, und ich kümmere mich um den Brand. Die Sachverständigen müßten eigentlich schon da sein.«

Er sah Heinrichs an. »Also wenn ich ehrlich sein soll, wäre es mir lieb, du kämst mal mit raus, Walter.«

»Also wenn ich ehrlich sein soll«, strahlte Heinrichs, »könnte ich dich küssen, Helmut. Ich hab schon gedacht, ich müßte hier Moos ansetzen.«

Am Straßenrand parkte ein blauer Audi mit Krefelder Kennzeichen. Eine Gruppe Kinder drückte sich im Vorgarten des Nachbarhauses herum. Toppe erkannte das Mädchen mit dem blonden Pferdeschwanz.

»Guten Morgen«, winkte er. »Ich hab dich gar nicht gefragt, wie du heißt.«

»Alexa«, sagte sie leise.

Von der Kate war nicht mehr viel übrig, die Außenmauern standen noch, schwarz und naß, ein Stück Dachstuhlgerippe an der Vorderseite. Die alten Linden rechts und links – schwarze Skelette vor dem leuchtenden Himmel. Der Vorgarten verwüstet, verbrannte Sträucher, Trümmer, Schutt, alles von klebrigem Matsch bedeckt. Es stank.

Von der Zwischendecke waren fast nur noch die angekohlten Balken da. Ein paar Leitern führten nach oben. Jemand turnte da auf einer Wand herum. Durch das Fensterloch neben der Haustür sahen sie einen Mann, der an dem verkokelten Sicherungskasten fingerte.

»Laß uns mal nach hinten gehen«, stieß Toppe den bedrückten Heinrichs an. »Angeblich hat da das Feuer angefangen.«

Sie stiegen über Äste, Dachpfannen, Möbelreste, wichen den größten Pfützen aus.

Hinter dem Haus hockte ein weiterer Mann, löffelte Brandschutt in Einweckgläser.

Die hölzerne Hintertür war schwer verbrannt, schwarze Kohle, aber noch gut zu erkennen. Auf der Betonstufe davor ein breiter, kreisrunder Rußfleck und irgendwas Zusammengeschmurgeltes, vielleicht eine Fußmatte. Rechts, links und über der Tür ein fettiger Rußtrichter an der Hauswand.

»Der Brandherd ist hier an der Haustür, nicht wahr?« fragte Toppe.

Der Mann sah kurz hoch. »Wer sind Sie?«

Toppe lachte. »Entschuldigen Sie, Toppe, Kripo Kleve. Sie müssen der Kollege aus Krefeld sein.«

»Ja, Krämer.« Der Mann verzog keine Miene. »Dürfte ich wohl mal?« schob er sich an Heinrichs vorbei und fing an, den Ruß von den Resten der Tür und von der Wand in ein Glas zu kratzen.

»Ja, sieht ganz so aus, als wäre es hier losgegangen«, murmelte er dann, aber er sprach eigentlich mit sich selbst.

Im Fenster über der Tür im ersten Stock erschien ein Kopf – der Stadtbrandmeister. »Morgen zusammen! Ich bin sofort unten.«

Er kam über eine Leiter neben den kaum erkennbaren Resten der Treppe und zeigte auf den Rußfleck vor der Tür.

»Schätze mal, hier war das Initialfeuer«, meinte er. »Und zwar draußen, denn die Scheibe von der Tür ist nach außen geborsten. Ich hab mir das gerade mal oben angeguckt. Da hat ein Fenster losgestanden. Dann der enge Flur, die Treppe gleich an der Tür. Das hat einen wunderbaren Kamineffekt abgegeben. Muß sofort gebrannt haben wie Zunder, das ganze Holz. Und dann auch noch Plisterdecken.«

Der Mann vom Sicherungskasten kam auf sie zu und fitschte die Handschuhe aus.

»Kripo?« fragte er, ebenso freundlich wie sein Kollege.

»Brandstiftung?« fragte Heinrichs zurück.

»Tja, sieht ganz danach aus, aber endgültig lege ich mich da noch nicht fest. Mit Sicherheit sind die klassischen Brandherde auszuschließen: Fernseher, Sicherungskasten, Steckdosen, Heizungsanlage. Das Initialfeuer ist hier an der Tür gewesen.«

»Und wann können Sie sich festlegen?« wollte Toppe wissen.

»Frühestens Mittwoch. Aber gehen Sie bei Ihren Ermittlungen ruhig mal von Brandstiftung aus.«

»Dufte Truppe«, murmelte Heinrichs, »mit denen möchte man jeden Tag arbeiten.«

Toppes Stoßgebet war also nicht erhört worden, aber wann war das jemals der Fall gewesen? Er wandte sich an Herrn Pauly. »Wo habt ihr die Frau eigentlich gefunden?«

»In ihrem Bett im Zimmer direkt über der hinteren Tür. Ich denke, sie ist quasi im Schlaf verbrannt. Aber das müßte eigentlich der Pathologe genauer sagen können.«

Richtig, er mußte Bonhoeffer anrufen.

»Und wann hat das Feuer ungefähr begonnen?«

»Lassen Sie mich mal rechnen: der Zeitungsjunge hat

um 5.38 Uhr angerufen. Da hat die Tür schon offen gebrannt, und als wir kamen, stand schon alles in Flammen. Also angefangen haben muß es so zwischen Viertel vor fünf und fünf Uhr.«

Sie stapften durch die Gartenreste zum Auto zurück.

»Wir hatten lange keine Brandstiftung mehr, bis auf diesen Versicherungsbetrug im letzten Jahr«, meinte Heinrichs.

»Ja, und?« fragte Toppe.

»Ach, ich überlege bloß. Es gab da mal so eine Untersuchung.«

»Was für eine Untersuchung?«

»Na ja, was das so für Leute sind, Brandstifter.«

Toppe tat ihm den Gefallen: »Und was sind das für Leute?«

»Da gibt es, glaube ich, drei Gruppen: die Bekloppten, die Halbbekloppten – dranghaft Handelnde nennt man die – und dann die Affekttäter, die aus Wut oder Rachegefühlen Feuer legen, weil sie irgendwie gekränkt worden sind.«

Toppe seufzte tief. »Laß uns erst mal mit den Nachbarn sprechen. Die waren gestern ein bißchen komisch.«

»Wie, komisch?«

»Als ich die nach Frau Jansen gefragt habe. Offen haben sie's nicht gesagt, aber da muß irgendein Knies gewesen sein. Ich will wissen, was da los ist. Alexa!« rief er.

Ihr Kopf tauchte über der Hecke auf. »Ja?«

»Sind deine Eltern zu Hause?«

»Nur Mutti.«

»Danke, tschüs!«

»Wiedersehen.«

Sie klingelten.

»Guten Morgen, Herr Kommissar.« Frau Joosten lächelte sie an.

Gestern war ihm gar nicht aufgefallen, wie hübsch sie war. Kurze blonde Locken, ein fröhlicher Mund.

»Guten Morgen, Frau Joosten. Toppe reicht mir übrigens vollkommen. Das ist mein Kollege Heinrichs.«

Sie streckte Walter die Hand hin. »Angenehm. Gehen Sie doch schon mal durch. Ich muß nur eben das Bügeleisen ausschalten.« Sie verschwand links in der Küche. Die weißen Shorts standen ihr ausgesprochen gut.

Sie führte sie in ein kleines Eßzimmer, das zur Straße hin lag.

»Hier kann man es noch am besten aushalten«, erklärte sie. »Sie können sich gar nicht vorstellen, wie das Wohnzimmer aussieht. Der fettige Ruß ist durch alle Ritzen gekrochen. Und im Schlafzimmer war das Fenster offen. Was meinen Sie, wie die Kleider stinken! Ich habe erst mal alles gewaschen.«

Sie setzten sich an den schwarzen Lacktisch.

»Mir tut es so leid für die Kinder«, meinte sie unvermittelt.

»Auch um Frau Jansen?« fragte Toppe.

»Natürlich«, antwortete sie schnell. »So was tut einem doch immer leid. Kann ich Ihnen etwas anbieten?« Sie erhob sich halb.

»Nein, danke«, antwortete Toppe. »Sie mochten Frau Jansen nicht besonders, oder irre ich mich?«

Sie zögerte einen Moment, sah ihn dann aber offen an. »Nein, Sie irren sich nicht.«

Dann erzählte sie: Die Hamstraße war eine seit fast hundert Jahren gewachsene Wohngegend. Viele Häuser waren seit Generationen im Besitz derselben Familie. Obwohl gleich dahinter das große Neubaugebiet begann, hatte sich diese Straße ihren Dorfcharakter bewahrt, mit den Bauernhöfen, die an der Waldseite lagen. Es gab eine feste Nachbarschaft, man half sich gegenseitig, und das jährliche Straßenfest war für alle ein Höhepunkt.

»Fred Jansen ist hier aufgewachsen, genau wie mein Mann. Hatte die Kate von seinen Eltern geerbt und die beiden Leutchen auch noch versorgt bis zu ihrem Tod.«

»Es ist sein Elternhaus?« Toppe war erstaunt.

»Ja, wir haben uns alle darüber aufgeregt, wie die ihn da rausgeekelt hat. Der Fred ist ein richtig netter Kerl. Kein Mensch versteht, wie der an so eine Frau gekommen ist. Die hat hier von Anfang an nur Stunk gemacht.«

»Inwiefern?«

»Ach, die lag mit jedem Nachbarn im Streit, wollte jedem vorschreiben, was er zu tun und zu lassen hat.«

Es klingelte Sturm. Frau Joosten sah sie entschuldigend an. »Das ist wohl Alexa. Einen Moment, bitte.«

Sie ging hinaus in den Flur, und man hörte sie eindringlich flüstern. Dann kam sie wieder ins Zimmer zurück. »Wir haben hier alle unsere Kinder heute nicht zur Schule geschickt. Die Sache hat die Kleinen doch ganz schön mitgenommen.«

Sie setzte sich wieder. »Uns hat Heidi Jansen in Ruhe gelassen, wegen der Kinder vielleicht. Aber fragen Sie mal die Kleinmanns auf der anderen Seite. Die hatten immer Ärger mit der Jansen wegen ihrem Garten. Ich glaube, die hat den Paul sogar einmal angezeigt. Was Genaues weiß ich aber nicht. Wir haben uns möglichst rausgehalten. Schließlich wohnen wir direkt nebenan.«

»Haben Sie eigentlich am Sonntag morgen irgendwas gehört?« fragte Heinrichs.

»Am Sonntagmorgen? Wann?«

»Vor dem Brand, meine ich.«

»Vor dem Brand? Aber wir haben doch alle tief und fest geschlafen, als der Junge geklingelt hat!«

»Haben Sie in den letzten Tagen irgendwas beobachtet? Fremde Leute, die Ihnen aufgefallen sind? Irgend etwas?«

»Nein, ich weiß nicht«, meinte sie langsam. »Nein! Aber wieso? Ist das Feuer... ich meine, hat das etwa jemand mit Absicht...?«

Toppe nickte. »Das ist durchaus möglich.«

Sie fuhr sich erschrocken mit den Händen ins Haar. »Das wär ja schrecklich!«

»Kann man wohl sagen«, antwortete Toppe. »Ja, Frau Joosten, das war's vorläufig. Wahrscheinlich sehen wir uns aber noch mal.«

Heinrichs stapfte zum Auto. »Feines Früchtchen, die Dame Jansen«, grummelte er. »Konnte man ja schon an dem Leserbrief sehen. Ich würde mich furchtbar gern mit den Leuten von dieser MEILE unterhalten.«

»Ja«, meinte Toppe, »später.«

»Aber ich kann mich doch schon mal erkundigen nach dem Vorstand und so.«

»Sicher.« Toppe war mit seinen Gedanken woanders.

26

»Da braut sich was zusammen«, meinte Heinrichs.

»Was?«

»Na, guck doch mal da vorne!«

Der Himmel im Westen war bleigrau. »Du glaubst doch nicht im Ernst, daß wir tatsächlich mal Regen kriegen.« Aber da zuckte schon ein Blitz, pladderten die ersten fetten Tropfen. Der Asphalt dampfte.

Der Verkehr auf der Emmericher Straße stand fast still. Es schüttete wie aus Kübeln, und die Scheibenwischer hatten kaum eine Chance. Vom Parkplatz bis zum Eingang waren es nur knapp zehn Meter, aber Heinrichs und Toppe waren naß bis auf die Haut, als sie in die Wache polterten.

Flintrop lief in den Waschraum und kam mit zwei Handtüchern zurück. Toppe rubbelte sich das Haar und den Nacken, trocknete sein Gesicht.

»Hat Ackermann sich gemeldet?«

»Nö. Aber Frau Steendijk ist gerade gekommen, und die sah aus, als hätte sie gerade das Christkind getroffen.«

Sie kam ihnen oben auf dem Flur schon entgegen.

»Da seid ihr ja endlich! Ich hab euer Auto gesehen. Mensch, ich glaube, ich habe was gefunden.«

Sie kam gerade von einem Ehepaar aus Nütterden. »Die wollten über INTERKIDS adoptieren, und Maywald hatte denen einen zwei Wochen alten Säugling zugesagt – aus Bulgarien. Er wollte ihnen das Kind selbst bringen. Und zwar am Freitag, dem 29. Juli, unserem Freitag.«

»Und dann?« fragte Heinrichs gespannt.

»Es hat nicht geklappt. Er hat den Leuten was von Komplikationen erzählt, und daß die Sache sich wohl um zwei Wochen verzögern würde.«

Das Telefon bimmelte. Es war Ackermann, ein hektischer Ackermann. »Ich fahr jetz' ers' los nach Utrecht. Hat alles furch'ba' lang gedauert mit Richter un' Staatsanwalt un' all dat. Un' der Maywald is' mir bald an die Gurgel gegangen, wie ich dat Zeuch haben wollt. Aber jetz' hab ich die Bücher. Ich weiß bloß nich', ob ich dat heut' noch all' gebacken krich.«

Van Appeldorn schlackste herein und schüttelte sich das Wasser aus den Haaren. »Habt ihr mal einen Kaffee?«

»Nein«, sagte Heinrichs, »wir sind auch gerade erst zurück.«

Toppe legte den Hörer auf. »Ackermann fährt jetzt nach Utrecht. Hallo, Norbert.«

Van Appeldorn nickte, setzte sich gemächlich und zündete sich eine Zigarette an.

»Jetzt hör dir mal an, mit was Astrid gerade gekommen ist«, meinte Heinrichs, immer noch ganz aufgedreht.

»Gleich«, antwortete van Appeldorn. »Erst mal bin ich dran.« Langer Zug aus der Zigarette.

»Ich komme gerade von einer Frau Wagner aus Kevelaer.« Pause, Rauchen. »Die und ihr Mann sollten über INTERKIDS ein Kind kriegen, aber Maywald hat ihnen das Kind am verabredeten Tag nicht gebracht.«

»Und das Kind kam aus Bulgarien«, sagte Toppe ruhig, »und sollte etwa zwei Wochen alt sein.«

»Und der verabredete Tag war Freitag, der 29. Juli«, ergänzte Astrid.

»Nummer zwei«, murmelte Heinrichs schwer.

»Genau«, meinte van Appeldorn belämmert und sah von einem zum anderen. Sie klärten ihn auf.

»Ich würde furchtbar gern wissen, was Maywald dazu zu sagen hat«, drängte Heinrichs tatendurstig.

»Ich auch«, sagte Toppe, obwohl er im Moment mehr das Gefühl hatte, wahnsinnig zu werden – in seinem Kopf stolperten die Gedanken übereinander. »Wir sollten ihn hierher bitten.« Er zog das Telefon heran.

Jens Maywald war deutlich nervös, und als es dann auch noch van Appeldorn war, der ihn ins Vernehmungszimmer bat, konnte er seine Wut nur sehr schlecht verbergen.

Sie kamen nicht zum Nachdenken. Wieder klingelte das Telefon. Heinrichs reichte, nachdem er stirnrunzelnd zugehört hatte, den Hörer an Toppe weiter.

»Guten Tag. Sind Sie der Kommissariatsleiter?«

»Ja. Und wer sind Sie?«

»Mein Name ist Heino Müller. Ich bin der zweite Vorsitzende der MEILE e.V. Ich habe versucht, Ihren Chef zu erreichen, aber man sagte mir, er sei nicht im Hause.«

»Stimmt«, meinte Toppe schlicht, »aber vielleicht kann ich Ihnen helfen.«

Der Mann ließ eine gewaltige Tirade los, in der er ständig zwischen Befremden und Empörung wechselte: wieso hatten sie die Bücher von INTERKIDS konfisziert? Er wollte sich »Schritte vorbehalten«.

»Das ist Ihnen unbenommen. Auf Wiedersehen, Herr Müller.«

Etwa zwanzig Minuten später steckte Maywald noch einmal kurz die Nase zur Tür herein, um sich zu verabschieden. Er war ein bißchen erhitzt, aber er hatte jetzt wieder sein geschäftliches Lächeln im Gesicht.

Van Appeldorn donnerte ihnen das Tonbandgerät auf den Tisch und spielte das Gespräch vor:

v. A.: Herr Maywald, können Sie mir sagen, wie Eltern normalerweise ihr Kind bekommen?

Astrid beherrschte sich, auch Toppe schaute angestrengt auf seine Hände, nur Heinrichs prustete los: »Das sollte eigentlich allgemein bekannt sein.«

Aber dann fuhr van Appeldorn auf dem Band schon fort:

v. A.: Aus Indien zum Beispiel.

M.: Oh mein Gott, das habe ich doch alles schon erzählt! Aber bitte. Wir arbeiten mit ausgesuchten Waisenhäusern und Kinderheimen zusammen, vornehmlich in Bombay, Kalkutta und Santiago. Die Einrichtungen sind überwiegend in katholischer Trägerschaft. Von diesen Häusern werden wir benachrichtigt, wenn ein gewünschtes Kind vorhanden ist. Dann fliegen die zukünftigen Eltern nach Indien oder eben Chile und holen das Kind ab.

v. A.: Die Eltern holen das Kind selbst ab?

M.: In der Regel ja. Es kann hin und wieder vorkommen, daß eine andere Begleitperson beim Kind ist, in Abstimmung mit den Behörden vor Ort.

v. A.: Wer ist diese andere Begleitperson?

M.: Verschieden. Das kann jemand von INTERKIDS sein oder auch jemand von der dortigen Organisation.

v. A.: Und wie läuft das mit den Kindern aus Bulgarien? Wie war das zum Beispiel mit den Zwillingen Schimmelpfennig?

M.: Mit Bulgarien läuft das ganz ähnlich wie mit Indien. Auch dort haben wir bestimmte Waisenhäuser. Im osteuropäischen Raum sind die Leute allerdings kulanter. Die verlangen dort zum Beispiel nicht diese vierteljährlichen Entwicklungsberichte und...

v. A.: Wie läuft das in Bulgarien mit der Begleitung?

M.: Genauso. Entweder die Eltern holen das Kind selbst ab, oder die Kinder werden von einem Mitarbeiter der dortigen kollegialen Organisation begleitet.

v. A.: Die Kinder Schimmelpfennig?

M.: Die habe ich teilweise begleitet.

v. A.: Teilweise? Was heißt das?

M.: Ja, ich habe sie am Flughafen in Düsseldorf abgeholt. Bis da hatten die eine Begleitperson aus Bulgarien.

v. A.: Flughafen? Die Kinder fliegen also. Oder werden sie auch mal mit dem Zug gebracht? Oder vielleicht mit dem Lastwagen?

M.: Nein, nein, sie fliegen immer. Meist nach Düsseldorf, kann aber auch schon mal Schiphol sein. Und dann hole ich sie dort ab.

v. A.: Sie holen also die Kinder persönlich ab?

M.: Ja, das kommt vor.

v. A.: Das heißt also, Sie haben die beiden bulgarischen Säuglinge, die am 29. Juli erwartet wurden, persönlich am Flughafen abgeholt.

M.: Was? Nein! Wieso? 29. Juli? Ach, jetzt weiß ich. Die Kinder sind gar nicht erst in Bulgarien abgereist. Das Waisenhaus hat mich benachrichtigt, daß dort Komplikationen eingetreten sind. Was das war, haben die mir nicht gesagt, nur daß das in den nächsten vierzehn Tagen in Ordnung käme.

v. A.: Darüber haben Sie die Eltern nicht informiert.

M.: Doch, doch, natürlich. Wie war das noch genau? Ach ja, ich war ziemlich unter Zeitdruck an dem Tag. Hatte einen wichtigen Versicherungstermin, und dann war abends die Mitgliederversammlung von der MEILE. Sie wissen vielleicht, daß ich dort im Vorstand bin. Aber ich habe noch vor der Versammlung die Paare benachrichtigt, daß die Ankunft der Kinder sich verzögern wird.

v. A.: Schreiben Sie mir bitte Ihre bulgarischen Kontaktadressen auf, Herr Maywald.

M.: So aus dem Stegreif? Na gut, ich versuch's mal. Aber ich kann nicht garantieren, daß die Hausnummern stimmen.

»Hee!« rief Flintrop von der Tür her. »War das die Stimme von dem Typ, der gerade bei euch oben war? Ich weiß nicht, ob das wichtig ist, aber ich habe den Mann schon mal gesehen.«

»Ja, Flintrop, ich auch«, meinte van Appeldorn sauer.

»Bitte! Dann kann ich ja wieder gehen.«

»Wo haben Sie ihn gesehen?« hielt Astrid ihn auf.

»Am Kartenspielerweg an der Absperrung, als Günther totgefahren worden war. Da kam der und wollte nach Grafwegen. Hat noch rumgequakt, was passiert ist und so.«

»Himmelarsch, Flintrop!« schrie van Appeldorn. »Hättest du das nicht sagen können, als der noch hier war?«

»Nein, hätte ich nicht!« schnauzte Flintrop zurück. »Ich hab den nämlich erst gesehen, als er rausging.«

27

Bärbel Peters mußte ziemlich laut werden. Auf der erweiterten Vorstandssitzung, die sie heute morgen eilig einberufen hatte, ging es heiß her.

»Jetzt gebt doch mal ein bißchen Ruhe! Wenn wir alle durcheinander reden, kommen wir keinen Schritt weiter.«

»Ruhe?« schnauzte Heino Müller. »Wo soll ich die denn hernehmen? Die Sponsoren setzen uns die Pistole auf die Brust nach dem ganzen Rummel in der Presse. Heute morgen ruft mich der Bürgermeister von Kranenburg an: der Standort der Schule sei auch für seine Gemeinde äußerst interessant, und es sei im Rat längst über entsprechende Unterstützung gesprochen worden.«

»Kranenburg?« fragte Maywald.

»Ja, Kranenburg! Die planen dort ein riesiges deutsch-holländisches Wohngebiet, und da sei eine internationale Schule natürlich ganz in ihrem Sinne. Aber die Schwierigkeiten bei uns im Verein seien ja wohl so gravierend, daß man sich nun gezwungen sähe, sich Richtung Holland zu orientieren. Blablabla. Jedenfalls war es ganz offensichtlich, daß sie an unserer Seriosität zweifeln.«

Bärbel Peters stand auf. »Ich hole uns jetzt erst mal den Tee, und dann gehen wir alle Punkte in Ruhe durch.« Damit verschwand sie in der Küche.

»Und jetzt auch noch die Sache mit INTERKIDS!« rief Heino Müller ihr hinterher und drehte sich zu Maywald um. »Ich will wissen, wieso sich plötzlich die Polizei für uns interessiert. Erklär mir das mal.«

Jens Maywald blieb ruhig. »Das weißt du doch, die Geschichte mit den toten Säuglingen. Die suchen Anhaltspunkte, brauchen Insiderinformationen, das ist alles.«

»Ach, erzähl mir doch nichts! Deshalb beschlagnahmen die doch nicht deine Bücher.«

Maywald zuckte die Achseln. »Weiß der Teufel, was die sich in den Kopf gesetzt haben.«

»So etwas können wir uns aber überhaupt nicht leisten, Herr Maywald«, meinte Christa Salzmann-Unkrig spitz. »Schon gar nicht bei der schlechten Publicity, die wir im Augenblick haben.«

Bärbel Peters quetschte sich mit dem Tablett hinter ihr vorbei. »Tee?« Es war reichlich eng in ihrem Wohnzimmer, aber diese Sitzung war so dringend gewesen, daß sie keine Zeit mehr gehabt hatte, sich um einen anderen Raum zu kümmern. Vier Leute vom Vorstand waren da, außerdem Herr Sato, Frau Salzmann-Unkrig und ein Anwalt, den Müller mitgebracht hatte.

»Am besten bedient sich jeder selbst«, meinte sie und setzte sich. »Laßt mich mal zusammenfassen: Heinos Chef hat also damit gedroht, uns die zugesagte Summe nicht zur Verfügung zu stellen, wenn ...«

»Gedroht!« fiel Müller ihr ungehalten ins Wort. »Er hat

mir höflich zu verstehen gegeben, daß es in Korschenbroich einen Verein gibt, der ähnliche Ziele verfolgt wie wir, und ich möge bedenken, daß unsere Niederlassung in Mönchengladbach in nächster Zukunft erweitert werde. Und auch der dortige Militärflughafen … Mein Gott! Ihr kennt das doch.«

»Herr Sato, wie sieht das denn bei Ihnen aus?« fragte die Peters, bemüht, sich ihre Nervosität nicht anmerken zu lassen.

Der Japaner lächelte nicht. »Darüber gesprochen haben wir nicht«, sagte er. »Wir sind sehr langmütig, aber …«

»Was aber?« Heino Müller wollte ihn nicht so einfach davonkommen lassen.

Sato legte den Kopf schief. »Es sieht nicht so gut aus, wenn Sie meine Meinung hören wollen. Aber Sie müssen entschuldigen. Etwas Konkretes kann ich Ihnen nicht sagen.«

»Aber ich!« fuhr Salzmann-Unkrig dazwischen. »Mein Mann hatte ein Gespräch mit der Stadtverwaltung. Dabei ist sehr deutlich geworden, daß man uns nicht mehr ernst nimmt und daß die schon ganz andere Pläne mit unserem Grundstück haben.«

Ulrike Schnackers, die die ganze Zeit noch kein Wort gesagt und nur säuerlich vor sich hin geschaut hatte, gab ein Quäken von sich. »Es ist unglaublich«, schnarrte sie mit triefender Stimme, »einfach unfaßbar! Da kommt jemand ums Leben, der uns allen nahe gestanden hat, und alles, was ihr tut, ist über Geld reden. Nicht einmal ihr Name ist hier gefallen!«

»Oh, mein Gott!« Heino Müller schloß gequält die Augen, aber Christa Salzmann-Unkrig legte schnell ihren Arm um die Schultern der Nachbarin. »Frau Schnackers, ich bitte Sie«, raunte sie eindringlich. »Natürlich sind wir alle sehr betroffen. Aber es muß doch irgendwie weitergehen, nicht wahr? Es ist sicher auch nicht in Frau Jansens Sinn, wenn der ganze Verein kaputtgeht.«

Die Schnackers zog die Schultern nach vorn und stand auf. »Ich will mit all dem nichts zu tun haben. Ich gehe.«

Bärbel Peters und Müller tauschten einen aufgescheuchten Blick. Wenn die Schnackers ging, waren sie nicht mehr beschlußfähig.

»Komm.« Die Peters faßte sie beim Arm. »Laß uns mal einen Moment in die Küche gehen.«

Im Wohnzimmer kam nun der Anwalt ins Spiel. »Nein, eine Auflösung des Vereins MEILE wird nicht nötig sein. Sie müßten lediglich mit sofortiger Wirkung Ihre Ämter niederlegen und einen Trägerverein gründen – unabhängig vom bestehenden Verein. Ich habe da schon mal etwas ausgearbeitet.« Er reichte ein paar hektographierte Blätter herum.

»Und was wird aus INTERKIDS?« fragte Maywald. »Soll ich damit etwa bei der MEILE bleiben?«

»Da sehe ich leider keine andere Möglichkeit«, antwortete der Anwalt.

»Nein«, sagte Maywald entschieden, »auf gar keinen Fall.«

»Sie könnten ja Ihren Posten bei INTERKIDS zur Disposition stellen und innerhalb des Trägervereins eine neue Adoptionsvermittlung ins Leben rufen.«

Die Schnackers hatte dicke Augen, als sie jetzt hereinkam, aber sie setzte sich still hinter ihre Teetasse.

Bärbel Peters kam nicht dazu, sich zu setzen. Es klingelte an der Haustür. Durch den Spion sah sie zwei Männer, die sie nicht kannte: der eine lang und dürr, mit blasser Haut und lackschwarzem Haar, der andere im Hintergrund erinnerte sie an einen dicken, roten Gummiball. Für Zeugen Jehovas waren sie zu nachlässig gekleidet.

Als sie öffnete, nickten beide grüßend, und der Lange hielt ihr einen Ausweis hin: »Kripo, van Appeldorn. Sind Sie Frau Peters, die Vorsitzende des Vereins MEILE e. V.?«

»Ja«, antwortete sie stirnrunzelnd. »Die bin ich. Was wollen Sie von mir?«

Der Lange musterte sie, verzog keine Miene. »Wir hätten gern mal mit Ihnen gesprochen.«

Er trat einen Schritt vor, aber sie verstellte ihm sofort den Weg. »Tut mir leid, aber ich habe jetzt überhaupt keine Zeit.«

Der Dicke knipste ein breites Lächeln an. »Es dauert

nicht lange, nur ein paar Minuten, Frau Peters. Wir brauchen einige Auskünfte über Frau Jansen.«

»Sie kannten doch Heiderose Jansen?« fragte der Dünne.

»Selbstverständlich kannte ich Frau Jansen. Aber ich habe im Augenblick wirklich keine Zeit.« Sie verschränkte die Arme. »Ich glaube übrigens nicht, daß ich dazu verpflichtet bin, mit Ihnen zu reden. Aber ich werde kurz meinen Anwalt fragen. Er ist zufällig gerade hier.«

Der Gummiball blickte sanft. »Das ist nicht nötig, denn Sie haben recht. Sie müssen jetzt nicht mit uns sprechen.«

»Eben«, nickte sie zufrieden. »Kommen Sie morgen wieder.«

»Nein.« Der Lange lächelte zum ersten Mal. »Sie kommen zu uns: morgen um 15 Uhr, Mordkommission. Sie werden's schon finden.«

28

»Renn doch nicht so!«

Heinrichs blieb stehen und lehnte sich schnaufend gegen die Hauswand. Sie hatten ihr Auto auf dem Großen Markt abgestellt und mußten den steilen Hasenberg hoch.

Van Appeldorn kam zurück und sah ihm besorgt ins schweißnasse Gesicht. »Geht's dir nicht gut?«

»Na ja, bei diesem Waschküchenwetter merke ich einfach, daß meine Pumpe ganz schön verrostet ist«, japste Heinrichs.

»Entschuldige, ich habe nicht dran gedacht. Diese dumme Pute!«

Heinrichs setzte sich wieder in Bewegung, langsam, Stufe für Stufe. An der Ecke vom Grünen Heideberg parkte ein dunkelblauer BMW.

»Maywalds Auto«, sagte van Appeldorn. »Der ist bestimmt bei der Peters. Am liebsten hätte ich mir den heute noch mal vorgeknöpft.«

Heinrichs lehnte sich schwer atmend gegen den Kotflügel.

»Kann ich verstehen«, meinte er nach einer Weile. »Aber trotzdem hat Helmut recht. Der kann uns das Blaue vom

Himmel erzählen, wieso der an dem Abend nach Grafwegen wollte. Erst mal gucken, was Ackermann findet. Der Maywald läuft uns nicht weg.« Er stieß sich vom Auto ab. »Laß uns lieber was über die Tote rauskriegen. Der zweite Vorsitzende von dem Verein heißt Müller – dieser nette Mann, der vorhin angerufen hat. Er wohnt oben am Klever Berg. Vielleicht ist der ja kooperativer.«

»Nee«, van Appeldorn tippte auf seine Armbanduhr. »Heute nicht mehr. Es ist gleich sieben, und ich hab heut' noch Training.«

»Ist mir auch recht. Meine Frau wird sich freuen, wenn ich mal vor der Tagesschau zu Hause bin. Laß uns aber noch mal eben ins Büro hochspringen. Vielleicht hat Ackermann ja angerufen.«

Toppe wartete schon; Ackermann hatte sich tatsächlich gemeldet.

»Die Papiere der bulgarischen Kinder sind gefälscht.«

»Adieu Training«, fügte sich van Appeldorn.

»Nein«, sagte Toppe entschieden. »Wir warten ab, bis Ackermann die Bücher geprüft hat. Er hat mir versprochen, daß er bis morgen nachmittag damit fertig ist. Außerdem möchte ich auch mit Lowenstijn reden.«

»In Ordnung«, meinte van Appeldorn. »Ich bin dann weg, oder gibt's sonst noch was?«

»Ja. Stasi war vorhin hier und hat sich für eine Woche verabschiedet, auf eine Fachtagung nach Köln. Der war unheimlich kusch. Irgendwas muß da in Holland vorgefallen sein.«

»Vielleicht hat dem ja endlich mal einer den Wurm gesegnet«, freute sich Heinrichs.

Toppe packte seine Sachen zusammen. »Und was habt ihr über die Jansen rausgekriegt?«

Astrid hatte einen Termin mit dem Makler. Sie sollte sich ein Haus in Materborn auf der Esperance anschauen. Als Toppe nicht aus dem Büro wegkam, hatte sie kurzerhand ihren Vater angerufen und ihn gebeten mitzukommen. Er hatte sie am Präsidium abgeholt.

Das Haus war ein Traum: ein ehemaliger Bauernhof, gerade renoviert. Zweigeschossig, unten eine große Wohnküche, vier helle Zimmer, eine geschnitzte Holztreppe nach oben, wo noch mal vier Zimmer waren; im ehemaligen Schweinestall ein Palast von einem Badezimmer, die angebaute Scheune mit dem Heuboden. Das Grundstück war fast 5000 qm groß, ein Obsthof mit Kirsch- und Apfelbäumen, ein Stück Nutzgarten, Wiesen und eine verwunschene Buchenlaube.

»Und so was kann man sich von einem einfachen Polizistengehalt leisten?« fragte ihr Vater.

»Ja, kann man, stell dir vor«, antwortete Astrid und schluckte an der Galle. »Wirklich, Papa, du bist ein solcher Snob. Du vergißt immer, daß ich auch 'nur' Polizistin bin.«

»Du weißt ganz genau, daß es mir nicht darum geht«, sagte er knapp.

Sie betrachtete ihn, wie er da neben seinem blitzenden Mercedes stand: hellgrauer Anzug, italienische Schuhe, schlank und sportlich, die Haare nachlässig gefönt – ein Bilderbuchpromi. Er war nur zehn Jahre älter als Helmut.

»Das Haus ist wirklich schön«, meinte er, »aber doch wohl viel zu groß für zwei Personen.«

Sie reckte sich. »Es muß ja nicht bei zwei Personen bleiben«, sagte sie vage und freute sich, als seine Lippen schmaler wurden. »Wer weiß, kann sein, daß ich schon schwanger bin.« Es konnte nicht sein, und Helmuts Erleichterung, als sie heute morgen die Tampons aus dem Spiegelschrank nahm, hatte weh getan. Er hatte nichts gesagt, aber sein Gesicht sprach Bände. Den ganzen Tag war ihr zum Heulen gewesen.

Ihr Vater schloß den Wagen auf. Kein Wort, eisiges Schweigen. Es tat ihr schon wieder leid, daß sie es ihm auf diese Art gesagt hatte, aber dann sah sie die Wut in seinen Augen.

»Du kannst mich am Gemeindeweg absetzen, Vater. Ich muß mal mit Gabi reden.«

»Mit seiner Frau?«

»Ja, mit seiner früheren Frau.«

Er schüttelte nur den Kopf.

Gabi saß mit Oliver beim Abendbrot. Wenn sie erstaunt war, daß Astrid allein kam, zeigte sie es nicht.

»Willst du was mitessen?«

»Nee, laß mal. Wir wollten heute abend noch zum Griechen, Helmut und ich«, antwortete Astrid müde. »Haben mal wieder den ganzen Tag nichts Warmes gekriegt.«

»Aber einen Kaffee trinkst du doch?«

Gabi merkte gut, daß was in der Luft lag, und sie schickte Oliver mit seinem Brot ins Wohnzimmer vor den Fernseher.

»Was ist los? Habt ihr Krach?«

»Krach kann man das wohl nicht nennen.« Astrid erzählte. »Ich muß einfach mit jemandem drüber reden, sonst werd ich verrückt.«

Gabi schluckte. Sie mochte Astrid, und seit der Scheidung sahen sie sich ziemlich oft. Astrid und Helmut – damit hatte sie sich abgefunden, aber ein Kind, eine neue Familie? Trautes kleines Glück. Es schmerzte doch, aber sie wollte es nicht zeigen.

»Das war schon immer Helmuts größtes Problem, Entscheidungen zu treffen. Er kann einfach Leuten, die er liebt, nicht weh tun. Letztendlich ist unsere Ehe daran gescheitert, so absurd das klingt. Irgendwann hat er festgestellt, daß er ein Leben führt, das jemand anderes für ihn ausgesucht hat.«

Astrid sah sie hilflos an. Sie kämpfte mit den Tränen.

»Hör zu.« Gabi nahm ihre Hand. »Als das damals mit euch losging, habe ich gedacht, bitte entschuldige, aber ich habe geglaubt, es wäre eine reine Bettgeschichte.«

»Du brauchst dich nicht zu entschuldigen, Helmut hat das wohl auch so gesehen, und ich bin nicht sicher, ob das heute anders ist«, sagte Astrid bitter, aber Gabi schüttelte den Kopf.

»Hör doch auf, Mensch. Du weißt ganz genau, daß das nicht stimmt. Ich habe das ziemlich schnell kapiert. Deshalb habe ich dann auch so auf die Scheidung gedrängt. Er... er liebt dich wirklich.«

Jetzt weinte Astrid doch. »Ja, vielleicht. Ach, verflucht, wir müssen doch irgendeinen Plan für unser Leben haben. Ich meine, ich habe immer das Gefühl, daß er sich noch nicht mal sicher ist, ob er überhaupt mit mir leben will. Da sind immer wieder Momente, da... ach Mist!« Sie schniefte. »Du meinst also, ich muß ihm Zeit lassen?« Da war eine Menge unterdrückter Wut.

»Nein, das meine ich nicht«, erwiderte Gabi und lächelte. »Das klingt jetzt vielleicht kitschig, aber ich habe ihn immer noch unheimlich gern, und ich will nicht, daß er noch mal auf die Nase fällt. Rede mit ihm, laß ihn nicht wegtauchen.«

»Das hört sich so leicht an.«

Gabi lachte. »Ja, ich weiß, aber du bist anders gestrickt als ich.«

»Ach!« winkte Astrid ab. »Manchmal macht mich das alles einfach nur sauer. Der Mann ist doch erwachsen!«

»Nein, das ist er nicht. Jedenfalls nicht in diesem Punkt.«

Sie goß Kaffee nach, Astrid putzte sich die Nase. Es war alles gesagt, das wußten beide.

Sie erzählte von dem Haus, das sie sich gerade angesehen hatte.

»Wenn's für euch zwei zu groß ist, vielleicht wäre es ja was für die Jungen und mich.«

»Vielleicht«, meinte Astrid. »Willst du denn nicht mit deinem Freund zusammenziehen?«

Gabi kniff die Augen ein klein wenig zusammen. »Nein, das will ich ganz bestimmt nicht.«

»Okay«, sagte Astrid hastig. »Du kannst es dir ansehen, wenn du willst. Ich habe den Schlüssel noch, weil ich es Helmut zeigen wollte.«

»Prima. Wie wär's mit morgen abend? Ich habe übrigens zwei Interessenten für dieses Haus. Kannst du Helmut sagen, vielleicht kommt er ja mal vorbei, damit wir's besprechen.«

Van Appeldorn humpelte zur Theke. Er hatte beim Trainingsspiel einmal mit Schmackes in den Rasen getreten, und sein rechter Knöchel fühlte sich an, als wäre er unter eine Dampframme gekommen.

»Tja, Norbert, wir werden alle nicht jünger«, tröstete der Wirt. »Ein Alt?«

»Ja, aber ein großes«, muffelte van Appeldorn und knallte die Sporttasche auf den Barhocker.

»Ist schon in Arbeit, Junge!« Er zapfte kurz nach und schob ihm das Glas rüber.

Wolfgang, der Keeper, stand schon hinter seiner Cola-Korn und sah ihn aus seinen Triefaugen an. »Kannste damit denn am Samstag überhaupt spielen?«

»Weiß ich doch jetzt noch nicht«, grunzte van Appeldorn.

»Sach ma', Norbert«, Wolfgang senkte dramatisch die Stimme, »diesen Geldek, diesen Baufritzen aus dem Ruhrpott, den hattet ihr doch auch mal am Kanthaken?«

»Stimmt«, nickte van Appeldorn. »Ist aber schon ein paar Jahre her.«

Er trank sein Bier in einem Zug und winkte mit dem leeren Glas. Der Wirt hatte das frische schon gezapft. »Warum fragst du?«

»Ach, ich hatte bloß gedacht, der wär weg vom Fenster.«

»War der auch. Hatte sich nach Südamerika abgesetzt. Aber war ihm wohl zu öde. Jedenfalls ist er zurückgekommen und hat sich einen cleveren Anwalt besorgt. U-Haft, mehr war nicht.«

»Jetz' is' er jedenfalls wieder dick im Geschäft.«

»Echt?«

»Haste dat denn noch nich' gehört? Der kauft doch da die ganzen Grundstücke am Wolfsberg zusammen. Da soll doch 'ne Schule hin, oder so wat.«

»Sieh an, Geldek! Ich dachte, der hätte seinen Wirkungskreis nach Westfalen verlegt.«

»Da müßt er schön bescheuert sein, wo er hier doch die ganzen Connections hat.«

29

Für Helmut Toppe wurde es ein ruhiger Dienstag morgen. In der Frühe hatte Arend Bonhoeffer angerufen: er müsse sowieso nach Kleve und würde den Pathologiebericht von Heiderose Jansen gleich selbst vorbeibringen.

Toppe trank Kaffee, rauchte, las die Tageszeitung und wartete.

Warten, das taten sie im Grunde alle: sie warteten auf die Rückmeldung aus Krefeld, ob es sich wirklich um Brandstiftung handelte, sie warteten auf einen eindeutigen Hinweis, daß Jens Maywald tatsächlich in diesen illegalen Kinderhandel verwickelt war, sie warteten darauf, daß irgendeine Autowerkstatt anrief, in der ein roter Mercedes der C-Serie repariert wurde. Aber sie konnten ja schlecht die Beine hochlegen und Däumchen drehen.

Also hatten sich Heinrichs und van Appeldorn zu Heino Müller aufgemacht, um etwas über die Jansen herauszufinden und um Heinrichs' Neugier zu befriedigen, was das für ein Verein war, in dem man sich öffentlich den Dreck um die Ohren schleuderte.

Astrid war zur Schreiberin des zweiten Leserbriefes gefahren, Frau Salzmann-Unkrig, die ja wohl mit der Jansen ein Hühnchen zu rupfen gehabt hatte.

Um halb zehn tickerte ein Fax aus Krefeld herein. Die Herren Brandexperten hatten doch zügiger gearbeitet als erwartet. Toppe kämpfte sich durch das Fachchinesisch. Brandstiftung, ganz ohne Zweifel. Der Täter hatte Dieselkraftstoff auf der Stufe vor der Hintertür ausgegossen, und ein großer Teil davon war unter der Tür hindurch in den Flur geflossen. In Brand gesetzt hatte er den Kraftstoff mit Hilfe eines Lappens (Baumwolle), der mit Nitrobenzol getränkt war. Netterweise hatten die Krefelder hinzugefügt, daß man Nitrobenzol in Form von Nitroverdünnung in jedem Malergeschäft kaufen könne.

Um Hinweise auf den Täter, eventuelle Spuren am Tatort hatten sich die Experten natürlich nicht gekümmert. Der Erkennungsdienst mußte raus, und das möglichst sofort.

Berns freute sich, Toppes Stimme zu hören. »Der Herr Hauptkommissar, wie reizend! Sofort? Also das tut mir jetzt aber leid, wir sind bis oben zu mit Arbeit.«

Toppe blieb dienstlich.

»Wissen Sie eigentlich, wieviele Abteilungen es in diesem Hause gibt, Herr Toppe? Soweit ich informiert bin, ist der ED kein Sonderkommando vom K 1, oder sehe ich das falsch?«

Toppe ließ sich auf gar nichts ein. »Geben Sie mir van Gemmern.«

»Der kann auch nicht. Den brauche ich hier.«

»Geben Sie mir van Gemmern!«

»Wie Sie wünschen. Es kann aber dauern, der ist mitten in einer Analyse.«

»Ich warte.« Er klemmte den Hörer zwischen Schulter und Ohr und zündete sich eine neue Eckstein an.

Bonhoeffer lugte fragend um die Ecke.

»Komm rein, ich bin gleich fertig.«

Bonhoeffer kam auf Zehenspitzen näher, stellte eine schwarze Ledertasche auf dem Stuhl ab und legte Toppe den Bericht auf den Schreibtisch.

Toppe las was von *thermischen Oberflächendefekten, Inhalationsintoxikation, Pyrolysetoxinen* und schob die Blätter sofort wieder weg.

»Setz dich doch. Herrgott, wieso dauert das so lange?«

Dann legte er die Hand über die Muschel. »Was hast du denn in diesem Hebammenkoffer?«

Bonhoeffer griente spitzbübisch und holte erst eine blaue Thermoskanne heraus, zwei Gläser und dann eine Flasche Calvados.

Toppe lachte laut. Dieser Calvados war zu einem Ritual geworden. Oft genug mußte Toppe bei Leichenöffnungen anwesend sein, und dabei wurde ihm regelmäßig übel. Bonhoeffer ließ ihn meistens in der hintersten Ecke der Prosektur sitzen und tröstete ihn, wenn die Sektion vorbei war, immer mit einem Calvados.

»Na endlich, van Gemmern!«

»Wieso? Warten Sie schon lange?«

»Ach, egal.« Toppe hatte einfach keine Lust sich aufzuregen. Er erklärte van Gemmern, was los war, und beobachtete dabei, wie Bonhoeffer aus der Thermoskanne zerstoßenes Eis in die Gläser gab, bevor er den Calvados einschenkte.

»Alles klar«, meinte van Gemmern. »Die Adresse hab ich notiert. Vor heute abend werde ich es nicht schaffen, aber es ist ja lange hell.«

Toppe hob sein Glas. »Prost, Arend!«

»Prost, mein Jung!«

Sie waren seit Jahren befreundet, und auch wenn sie sich nur selten sahen, verstanden sie sich doch, ohne viele Worte machen zu müssen.

»Den kannst du gebrauchen. Kommt ja ganz schön dicke bei dir in den letzten Wochen.«

Toppe nickte nur und hielt das Glas gegen das Licht. Der Calvados schimmerte goldgelb.

»Was ist mit Breitenegger? Habt ihr da schon was?«

»Keine Spur. Wir wissen, daß es ein roter Mercedes war, das ist alles. Wir wissen nicht, ob der Unfall was mit diesem Kinderhandel zu tun hatte. Und ob Günther zufällig da war oder ob er einen Tip gekriegt hat, kann uns auch kein Mensch sagen.«

Bonhoeffer goß noch mal nach. »Ich kann mir eigentlich nicht vorstellen, daß Breitenegger auf eigene Faust ermittelt hat. Den kriegten doch keine zehn Pferde hinter seinem Schreibtisch hervor.«

»Stimmt schon. Er hatte an dem Tag frei, und seine Frau sagt, daß er nur kurz mal spazierengehen wollte.«

»Und? Wie werdet ihr fertig mit der ganzen Geschichte?«

Toppe lehnte den Kopf zurück und rieb sich die Schläfen mit den Handballen. »Gar nicht. So richtig kapiert hab ich das immer noch nicht, daß er tot ist, geschweige denn verdaut. Wie auch? Es ist doch seitdem in einer Tour weitergegangen.«

Er erzählte Bonhoeffer, was sie inzwischen über die beiden Säuglinge wußten, daß der Fahrer des Wagens in Amsterdam ermordet worden war und daß es ganz so aussah, als habe INTERKIDS etwas damit zu tun. »Zumindest der Geschäftsführer, ein gewisser Maywald, aber auch das haben wir noch nicht sicher. Die Holländer wissen wohl eine ganze Menge mehr als wir, bloß bis jetzt halten die damit hinterm Berg. Weiß der Teufel, was das soll. Ich zumindest komme mir ziemlich dämlich vor bei dieser Klein-klein-Ermittlerei, wenn ich den Hintergrund und die Zusammenhänge nicht kenne.«

»Hm, versteh ich. Willst du denn jetzt was über die Brandleiche hören?«

»Das ist auch so was«, nickte Toppe. »Irgendwie gibt es eine Verbindung zwischen den drei Fällen, oder zumindest scheint es so. An Günthers Unfallort die toten Kinder, die uns zu INTERKIDS und Maywald führen. Und jetzt stellt sich raus, daß die Frau, die verbrannt ist, auch was mit diesem Verein und Maywald zu tun hatte.« Er richtete sich auf. »Was hilft's? Ich hör jetzt auf zu jammern. Schieß los.«

Heiderose Jansen war an einer CO-Vergiftung gestorben, Kohlenmonoxid, quasi in ihrem Bett erstickt. »Daß die von dem Feuer nichts mitgekriegt hat, ist nicht weiter verwunderlich. Die Dame hatte nämlich ganz schön gebechert: 1,6 Promille. Rotwein war's, mehr als ein Liter.«

Toppe sah ihn nachdenklich an. »Gebechert, Rotwein. Vielleicht hatte sie ja Besuch.«

Bonhoeffer drehte die Handflächen nach oben.

»Da wollte doch ein Mann bei ihr einziehen«, murmelte Toppe und war schon dabei, die Nummer vom Labor zu wählen.

»Van Gemmern? Glück muß man haben. Hören Sie mal, die Frau hatte Wein getrunken, eine ziemliche Menge. Vielleicht finden Sie ja die Flaschen, aber vor allem, gucken Sie mal, wieviele benutzte Gläser da sind. Falls man so was noch feststellen kann.«

Astrid kam als erste zurück, so eifrig, daß sie ihn nicht, wie sonst, wenn keiner im Büro war, erst einmal küßte.

»Diese Salzmann-Unkrig, das ist vielleicht eine aufgeblasene Pute! Und so richtig katzenfreundlich. Genau der Typ Frau, den ich liebe. Also, erst einmal sind sie und ein paar andere gestern abend aus der MEILE ausgetreten und haben einen neuen Verein, einen sogenannten Trägerverein gegründet, weil die nämlich was Größeres vorhaben.«

Sie erklärte ihm, was es mit der UNICEF-Schule auf sich hatte. »Das scheint der Salzmann-Unkrig unheimlich wichtig zu sein, hatte ich den Eindruck. Zu Heiderose Jansen konnte ich ihr nicht viel entlocken, nur daß... warte mal, das hab ich mitgeschrieben...« Sie suchte auf ihrem Block.

Astrid kam oft mit dem genauen Wortlaut, weil sie als einzige im K 1 noch Steno konnte. »Ach ja, hier: 'Heidi Jansen war eher basisdemokratisch orientiert und manchmal ein wenig verbissen in ihren Ansichten. Es hat ein paar Mißverständnisse gegeben, weil sie die Entwicklung des Vereins, meiner Meinung nach, falsch interpretiert hat.' Ich wollte wissen, was das bedeutet, aber da ließ sie sich auf gar nichts ein, meinte nur, das sei ja alles Schnee von gestern, denn man habe sich ja nun von der MEILE getrennt, damit die Schule schnell gebaut werden könne. Das war mir dann alles doch ein bißchen zu konfus und zu dünn. Mein Vater ist ja in der CDU, und ein Parteifreund von ihm sitzt im Schulausschuß. Zu dem bin ich dann gefahren. Also, diese UNICEF-Schule scheint ein ziemliches Prestigeobjekt zu sein für eine ganze Reihe von Leuten, besonders wohl für die Salzmann-Unkrig und diesen Heino Müller. Sogar die Stadt hat sich da ordentlich mit reingehängt. Ich kenne mich ja mit Vereinen überhaupt nicht aus, aber so wie ich das verstanden habe, war Heiderose Jansen dagegen, daß MEILE diese Schule gründet, und sie hatte wohl auch schon eine ganze Menge Leute auf ihre Seite gezogen und war auf dem besten Weg, das Projekt zu verhindern. Die Stadt zum Beispiel war nämlich überhaupt nicht begeistert, als die Querelen öffentlich ausgetragen wurden. Außerdem gibt es ein paar Sponsoren, von denen die Schulgründung abhängt, und die kriegen wohl auch schon kalte Füße. Deshalb haben die jetzt ganz schnell diesen Trägerverein gegründet, über den sie das Projekt UNICEF abwickeln wollen.«

»Und was ist mit INTERKIDS?«

»Was meinst du? Vereinstechnisch? Die gehören wohl noch zur MEILE.«

»Nein, das ist mir egal. Was hat die Salzmann-Unkrig zu der Anschuldigung gesagt, es würden Profite erwirtschaftet?«

»Wenig. Sie sei nicht im Vorstand und habe auch überhaupt keine Ahnung vom Geschäftlichen. Ihres Wissens nach würden kleine Profite erwirtschaftet, die für wohltätige Zwecke verwendet würden.«

»Hast du sie gefragt, wo sie am Sonntag morgen zwischen halb fünf und sechs war?«

»Nein...« antwortete Astrid gedehnt.

»Es ist nämlich Brandstiftung gewesen.«

Van Appeldorn war mit seiner direkten Art bei Heino Müller gerade an den richtigen geraten. Der wollte sich noch einmal in aller Breite über die »Beschlagnahmung« der INTERKIDS-Bücher auslassen. Van Appeldorns »Was regen Sie sich eigentlich so auf?« hatte die Dinge nicht gerade vorangetrieben, aber schließlich war Müller doch mit einer Vorstands- und einer Mitgliederliste herausgerückt, allerdings nicht ohne die Bemerkung, sie mögen ihn nicht weiter behelligen, er habe nämlich sein Amt gestern zur Verfügung gestellt. Es war Heinrichs zu verdanken, daß er ihnen dann doch noch was erzählte. Die Informationen über die Schule und den Ärger im Verein deckten sich mit dem, was Astrid auch schon gehört hatte. Müller machte allerdings keinen Hehl daraus, daß er eine Stinkwut auf Heidi Jansen hatte und sie für ausgesprochen dämlich hielt.

»Dann haben wir ja jetzt einiges zu tun«, meinte Toppe und nahm Kuli und Papier, um einen vorläufigen Plan für die nächsten Tage zu machen.

»Och nee«, maulte Heinrichs. »Können wir das nicht in der Kantine besprechen? Ich komme um vor Hunger.«

Die Kantine war zwar seit der Renovierung gemütlicher geworden – man hatte Holzboden verlegt und statt der orangefarbenen Resopaltische Kiefernmöbel reingestellt – der Koch jedoch war derselbe geblieben, und die Qualität des Essens war nach wie vor abhängig von seiner Tagesform. Heute mußte er strahlender Laune sein: das Wiener Schnitzel war zart, die Bratkartoffeln kroß, und selbst die Erbsen waren als solche zu identifizieren. Heinrichs hatte ganz schön mit sich zu kämpfen, daß er sich nicht noch eine zweite Portion holte.

Toppe knüllte seine Serviette zusammen und warf Astrid einen finsteren Blick zu. Sie hatte ihn während des Essens kein einziges Mal angesehen. Was hatte er denn jetzt schon wieder falsch gemacht? Er spürte, wie vom Nacken her der Kopfschmerz hochkroch. Auf Knatsch zu

Hause und fruchtlose Diskussionen über die Tiefe seiner Gefühle und ihre gemeinsame Zukunft konnte er im Moment wahrhaftig verzichten. Hier ging doch sowieso schon alles drunter und drüber.

»Um wieviel Uhr kommt Frau Peters?« fragte er van Appeldorn.

»Um drei.«

»Dann übernehmt ihr die, und ich fahre in die Hamstraße und klappere die Nachbarn ab. Möglicherweise hat ja doch irgendeiner was beobachtet.«

»Sonntag morgens um fünf?« meinte Heinrichs zweifelnd.

»Du hast natürlich recht, aber soll ich es deshalb bleiben lassen?« gab Toppe gereizt zurück.

Heinrichs zog den Kopf ein. »Bitte nicht schlagen!« grinste er.

Toppe sah weg.

»Und ich?« fragte Astrid. »Soll ich meinen Bericht schreiben, oder was?«

»Ja«, erwiderte er knapp. »Und bleib im Büro. Kann sein, daß Ackermann gleich kommt.«

30

Bärbel Peters gab sich alle Mühe, den Eindruck von gestern abend wett zu machen. Als sie kam, entschuldigte sie sich offen für ihr abweisendes Verhalten und erklärte, daß sie wirklich in einer sehr wichtigen Besprechung gewesen sei.

Van Appeldorn und Heinrichs nahmen sie mit ins Vernehmungszimmer, einem spärlich möblierten Raum am Ende des Flures. Den Rücken sehr gerade, ging sie vor ihnen her, eine selbstsichere, auffallende Frau: 1,80 m groß, sehr schlank, sehr kurzes, blondes Haar. Sie war dreiundvierzig Jahre alt, geschieden, hatte zwei fast erwachsene Kinder, war Lehrerin im Hauptberuf, aber auch politisch aktiv und sozial engagiert im Kinderschutzbund und in der MEILE. Bis gestern jedenfalls.

Es lag an ihr, daß aus der Vernehmung nicht das übliche Frage- und Antwortspiel wurde. Keinen Augenblick lang gab sie das Heft aus der Hand. Offensichtlich glaubte sie, daß man sie wegen INTERKIDS herbestellt hatte und erläuterte ruhig, wie die Adoptionsvermittlung arbeitete und daß sie sich überhaupt nicht vorstellen könne, daß irgend jemand da »unsaubere Geschäfte« gemacht habe. Aber Heinrichs unterbrach sie, er wollte erst einmal alles über die MEILE wissen. Man merkte, daß sie den Verein schon oft präsentiert hatte, sie begann mit der Idee, mit den Schwierigkeiten, die es in der Anfangsphase gegeben hatte, kam dann zu den Inhalten, den vielen Projekten und endete mit den aktuellen Mitgliederzahlen und den Erfolgen. »Von den ursprünglichen Vereinsgründern sind jetzt nur noch drei Leute im Vorstand gewesen, was auf eine gesunde Entwicklung hindeutet, nicht wahr? Wir haben es offensichtlich verstanden, neue Mitglieder gleich so einzubinden, daß sie bereit sind, nicht nur Aufgaben, sondern auch Verantwortung zu übernehmen. Das ist in vielen anderen Vereinen nicht der Fall.«

»Und warum haben Sie Ihr Amt niedergelegt?« wollte Heinrichs wissen.

»Das hat mehrere Gründe«, lächelte sie ein wenig nachdenklich. »Zum einen muß man sagen, daß einen zehn Jahre in der ersten Reihe doch ein bißchen mürbe machen, und zum anderen ist es wohl so«, sie sah van Appeldorn in die Augen, »daß man in unserem Alter vielleicht den Wunsch hat, noch einmal was Neues anzufangen. Diese internationale Schule reizt mich sehr.«

»Sie wollen an der neuen Schule als Lehrerin arbeiten«, vermutete van Appeldorn.

»Ja«, kam es spontan, dann zögerte sie einen Moment. »Ich mache gerade meine Rektorenprüfung. Wenn ich Glück habe, komme ich sogar in eine leitende Position.«

»Und mit der MEILE war das Projekt nicht zu verwirklichen?« fragte Heinrichs.

»Es wäre zumindest sehr schwierig gewesen, weil einige aus dem Verein absolut gegen die Schule sind.«

»Ja«, bestätigte Heinrichs, »ich habe die Briefe in der Zeitung gelesen. Ganz besonders war es doch wohl Heiderose Jansen, die das Projekt verhindern wollte.«

Die Peters schüttelte den Kopf. »So einfach ist das nicht. Es ging bei den Differenzen ja nicht um die Schule allein.«

»Das konnte man nicht übersehen«, grinste Heinrichs, aber Bärbel Peters ließ sich nicht unterbrechen. »In einem Verein gibt es immer verschiedene Gruppierungen, das wissen Sie doch auch. Heidi war eine von denen, die sich traute, den Mund aufzumachen, auch für andere. Sie kümmerte sich nicht drum, wenn sie Schelte bezog.«

»Wie gut kannten Sie Frau Jansen?«

Sie runzelte die Stirn. »Gestern haben Sie mich auch schon nach Heidi gefragt. Warum? Warum interessieren Sie sich für sie?«

»Weil ihr Tod kein Zufall ist«, antwortete van Appeldorn. »Es handelt sich um Brandstiftung.«

Bärbel Peters brachte nur ein bestürztes »Was?« heraus.

»Sie kannten sie also gut«, sagte Heinrichs sofort, aber sie nahm sich die Zeit, die Nachricht zu verdauen. »Würden Sie mir wohl eine Zigarette geben?« fragte sie, den Blick auf van Appeldorns Brust geheftet. »Ich hab meine im Auto gelassen.«

Van Appeldorn holte die Schachtel aus der Hemdtasche, schnippte zwei Zigaretten nach vorn und hielt sie ihr hin. Das Feuerzeug nahm sie ihm aus der Hand.

»Ja, ich kannte sie gut. Wenn man zehn Jahre lang so eine Sache durchzieht, mit all den Schwierigkeiten, die es immer wieder gibt, dann kennt man sich.«

»Mochten Sie die Frau?« Heinrichs handelte sich mit dieser Frage einen tadelnden Blick von van Appeldorn ein.

»Mögen?« Sie stieß geräuschvoll den Rauch aus. »Sie war ziemlich schwierig. Ein wenig bitter, meist unzufrieden. Sie hat vielen Leuten auf die Zehen getreten, aber Mord...«

»Moment«, Heinrichs hob abwehrend die Hände. »Mord ist das falsche Wort. Brandstiftung, so was ist oft ein Racheakt. Da geht's nicht darum, jemanden zu töten, sondern ihm kräftig eins auszuwischen.«

Sie schnaubte. »Rache, da könnte die Liste aber lang werden.« Aber dann hielt sie inne. »Nein, vielleicht doch nicht. Wenn man zu so einem Mittel greift, dann...«

»Ja? Was wollten Sie sagen?« bohrte Heinrichs.

Sie sah ihn an. »Ich meine, erstens muß man doch wohl sehr tief getroffen worden sein, nicht wahr? Das macht doch keiner, der sich einfach nur so geärgert hat. Und dann muß man vielleicht auch ein bißchen, wie soll ich das ausdrücken? Einfach strukturiert sein.«

Heinrichs Augen blitzten. »Und Sie meinen, dann wird die Liste doch nicht so lang? Würden Sie uns helfen und uns ein paar Namen nennen?«

Sie zog erschrocken den Kopf zurück. »Das kann ich doch nicht machen!«

»Wo soll die UNICEF-Schule eigentlich hin?« fragte van Appeldorn zusammenhanglos.

Sie brauchte ein paar Sekunden. »In die Nähe vom Wolfsberg«, meinte sie dann, »fast schon in Nütterden. Die Stadt hat uns dort ein Grundstück zugesagt.«

»Komisch«, brummelte van Appeldorn. »Haben Sie das schriftlich?«

»Wieso?«

»Weil ich gehört habe, daß der Bauunternehmer Geldek dort ein Grundstück gekauft hat, auf dem eine Schule gebaut werden soll.«

Heinrichs fuhr herum. »Geldek?«

Van Appeldorn nickte beschwichtigend.

»Das kann nicht sein«, sagte die Peters bestimmt.

»Na ja«, meinte van Appeldorn, »Thekengespräche… aber meist ist was dran. Ich würde mich an Ihrer Stelle mal erkundigen.«

»Worauf Sie sich verlassen können!«

»Frau Peters«, meinte Heinrichs sanft, »ich würde gern noch einmal auf die Liste zurückkommen. Wer hatte das Bedürfnis, sich an Heiderose Jansen zu rächen?«

»Herr Heinrichs, Sie können doch nicht allen Ernstes von mir erwarten, daß ich…« Sie brach ab.

»Bitte. Sie brauchen sich auch keine Sorgen zu machen, daß Ihr Name erwähnt wird. Wir sind ausgesprochen verschwiegene Leute.«

Sie lächelte schwach. »Je länger ich nachdenke, um so weniger kann ich mir vorstellen, daß irgend jemand, den ich kenne, einen Brand legt.«

»Aber Sie haben doch vorhin ganz spontan an jemanden gedacht.«

»Na gut«, gab sie zu, »der erste, der mir in den Sinn kam, war ihr Exmann. Aber das wäre absurd. Der würde doch nicht sein eigenes Haus anzünden, oder?«

Währenddessen saß Astrid im Büro und brütete vor sich hin. Ackermann hatte zweimal geklopft, aber keine Antwort gekriegt, und so lugte er vorsichtig durch den Türspalt. »Ist ja doch einer hier!«

Astrid fuhr erschrocken auf.

»Tut mir leid. Ich hab aber angeklopft, echt.«

»Schon gut, ich war nur in Gedanken.« Sie ließ schmunzelnd den Blick über sein frisch gebügeltes Karohemd gleiten. »Ihre Frau ist wieder zu Hause«, stellte sie fest.

Ackermann riß den Mund auf. »Woher wissen Sie dat denn?« Dann lief er zum Fenster und schaute hinunter auf den Parkplatz. »Tut sich no' nix«, murmelte er, kam zurück und ließ sich genüßlich in Toppes Sessel nieder.

»Kind«, meinte er breit, »jetz' krisse wat zum Mitschreiben.«

Die Bilanzen von INTERKIDS aus den Jahren 90 bis 93 waren einwandfrei in Ordnung. Sie hatten nur einen kleinen Schönheitsfehler: die drei Kinder aus Bulgarien tauchten nirgendwo auf.

»Ich war dann bei die Familien Schimmelpfennig un' Klein, un' die hatten netterweise noch die Durchschriften vonne Überweisungen. Jeweils 10.000 Eier Anzahlung un' dann noch ma' 10.000, wenn se die Kinder gekricht haben. Bloß überwiesen ham die dat Geld nich' auf dat Konto von INTERKIDS, sondern auf dat Konto von Maywald.«

Ackermann hatte sich auch noch die Bilanz des laufenden Jahres angesehen und mit den Eltern gesprochen, die am besagten Freitag ihre Kinder erwartet hatten. Auch sie hatten je 10.000 auf Maywalds Konto angezahlt. »Dat Geld is' auch fein sorgfältich verbucht bei INTERKIDS, bloß leider am falschen Tach, nämlich ers' am Donnerstag, dem 11. August. Dat war ein Tach, nachdem der Chef un' Sie bei dem Maywald auf 'n Busch gekloppt haben. Is' ihm wohl der Arsch auf Grundeis gegangen, wa?«

»Mein Gott, ist der blöd!« schnaubte Astrid. »Warum hat der denn die Bilanzen von den Jahren davor nicht auch noch frisiert?«

Ackermann lachte meckernd. »Dat hätt' der Heini ma' versuchen sollen! Aber nich' mit Ackermann, sach ich Ihnen, nich' mit Ackermann. So wat riech ich auf Kilometer.«

»Vielleicht hatte er das Geld ja auch gar nicht mehr«, überlegte Astrid.

»Aber hallo, Mädchen! Wenn ich bloß 'n Zehntel von dem seiner Knete hätt' un' wär 'n Stücksken damit weg... Wat hat der gute Ackermann nämlich gemacht? Richtich! Is' nache Staatsanwaltschaft gedüst, dat de Socken gequalmt haben, un' Freund Wimmer, dat is' der für de Wirtschaftssachen, war ganz aussem Häusken, sach ich Ihnen. Warten Se ma', ich glaub, ich hör wat.« Er lief wieder zum Fenster. »Jau, gleich geht et loss.«

Astrid kam ihm nach. »Mannschaftswagen?« staunte sie.

Ackermann rieb sich die Hände. »Dat lieb ich ja so am Wimmer. Der Mann hat Sinn für Dramatik. Ich sach bloß eins: Showdown.«

Ackermann hatte mit Staatsanwalt Wimmer Maywalds Konto eingesehen und die Bestätigung gefunden: Das Geld von allen bulgarischen Kindern war auf Maywalds Konto geflossen. Wimmer hatte daraufhin sofort angeordnet, daß sämtliche Akten im Büro von INTERKIDS, aber auch in Maywalds Versicherungsagentur abgeholt und geprüft würden. Deshalb der Mannschaftswagen.

»Bloß der Maywald war nich' da, un' Wimmer hat ihm 'n Schatten vor't Haus gestellt, der Bescheid sacht, wenn...« Unten sprang der Motor vom Einsatzwagen an.

»Ah, jetz' is' Maywald wieder zu Hause«, freute sich Ackermann.

»Müssen Sie nicht mit?«

»Ach wat, ich fahr mit meine Kiste hinterher. Dann kann ich wens'tens abhauen, wenn die Show gelaufen is' un' et bloß öde wird.« Aber er sprang dann doch auf.

»Wie is' dat jetz' mit Lowenstijn? Rufen Sie den an? Der will dabei sein, wenn wer den Maywald durch de Mangel drehen, dat hab ich sicher.«

Astrid nickte.

Ackermann war schon an der Tür. »Un' Chef Toppe müßte auch gefracht werden, ob wer den Maywald jetz' gleich hops nehmen, oder wat...«

Astrid nickte wieder nur und brachte Ackermann damit aus dem Konzept.

»Ich mein ja nur. Nich' dat der uns noch durch de Lappen geht, wie damals der Geldek.«

»Wird er nicht«, sagte Astrid. »Ich kann mich selbst um den Haftbefehl kümmern. Da müssen wir gar nicht auf den 'Chef' warten. Ich bin nämlich Kommissarin, wissen Sie?«

Ackermann schlug sich auf den Mund. »Oh, oh, Zoff inne Bude. Ich hab dat doch die ganze Zeit gemerkt, dat Sie wat haben. Wenn ich et nich' so eilich hätt'... Wissen Se wat? Et müßt Sie ma' einer feste inne Arme nehmen, wenn Se mich fragen.«

Als Toppe bei der Hausnummer 96 angekommen war, konnte er die Leute gut verstehen, die es vorzogen, in einer Großstadt zu leben. Die Hamstraße war ein Dorf. Jeder wußte alles über jeden, oder glaubte das zumindest. Nicht daß die Leute ihm besonders viel erzählt hätten, Gott bewahre! Sie begegneten ihm mit einer Mischung aus Neugier und Vorsicht. Sie waren auf der Hut, so als ginge es ihm insgeheim darum, ihnen auf die Schliche zu kommen. Daran war er gewöhnt – wenn das Wort Kripo fiel, waren die wenigsten Leute entspannt, geschweige denn offen. Meistens machte ihm das nichts aus; er fragte sich grinsend, welch dunkle Geheimnisse die Leute glaubten, hüten zu müssen. Manchmal aber ging es ihm auf die Nerven, heute ganz besonders. Keiner hatte am Sonntag morgen etwas Verdächtiges beobachtet, das glaubte er ihnen sogar, aber als er nach Heiderose Jansen fragte, kam nichts als falsche Anteilnahme, Heuchelei kübelweise, so daß ihm ganz schlecht davon wurde.

Man beobachtete ihn, wie er von Haus zu Haus ging, die Gardinen bewegten sich.

Hausnummer 96, das waren Kleinmanns, die unmittelbaren Nachbarn der Jansen, von denen Frau Joosten gesagt hatte, sie hätten wegen des Gartens im Streit gelegen. Als er über den plattierten Weg ging, auf dem es kein Tüpfelchen Moos, keinen vorwitzigen Grashalm gab, konnte er Heiderose Jansen fast verstehen.

Herr Kleinmanns war noch nicht von der Arbeit zurück, aber die Frau bat ihn, nachdem sie ihn von Kopf bis Fuß gemustert hatte, herein. Eine Frau in den Fünfzigern, wie aus dem Ei gepellt. Das Haus war so vollgestopft mit Seidenblumensträußen, Tiffanybildern und Porzellantellern und -figuren, daß Toppe sich möglichst wenig umschaute. Er lehnte den Likör ab, setzte sich auf die Kante des wuchtigen Sessels – braunes Leder und Eiche – und stellte seine erste Frage. Nein, sie hatten nichts gehört oder gesehen am Sonntag morgen. »Anständige Leute schlafen um diese Zeit.« Sie waren erst durch die Feuerwehr geweckt worden. Als er nach Frau Jansen fragte, schlug ihm Haß entgegen. Wenigstens mal ein echtes Gefühl, dachte er und hielt den Mund, die Frau war sowieso nicht mehr zu bremsen.

»Vor bösen Nachbarn und vor bösem Wetter kann man nicht weglaufen, hat meine Mutter immer gesagt. Und recht hat sie gehabt. Die Jansen hat uns das Leben zur Hölle gemacht. Immer wegen dem Garten. Zweimal hat sie meinen Mann sogar angezeigt. Ist natürlich nichts bei rausgekommen. Aber für meinen Mann mit seinem kaputten Magen ist so was Gift. Ich weiß genau, was Sie jetzt denken!« Der kindische Trotz in ihren Augen paßte nicht zu ihrem glatten Gesicht. »Aber so primitiv sind wir nicht. Wir haben den Brand nicht gelegt!«

»Woher wollen Sie denn wissen, daß der Brand gelegt worden ist?«

»Ach, kommen Sie, uns können Sie doch nicht für dumm verkaufen! Wir haben so was jedenfalls nicht nötig. Wir wollen nämlich jetzt einen Anwalt einschalten, wegen dem Unkrautsamen, der von deren Wiese immer zu uns rüberfliegt. So was lassen wir uns nicht mehr bieten!«

»Das Problem hat sich ja jetzt erledigt.«

Der Timmersche Hof lag eigentlich zu weit weg von der Straße, als daß die Leute etwas beobachtet haben konnten, aber man wußte ja nie, immerhin standen Bauern sehr früh auf.

Als Toppe den Schotterweg hochkam, schlugen Hunde

an. Ein kleines Mädchen stand an der Hauswand und fuhr mit dem Zeigefinger die Fugen nach.

»Guten Tag«, grüßte Toppe munter.

Sie sah nicht auf. »Guten Tag, guten Tag, guten Tag...« wiederholte sie monoton mit fadendünner Stimme.

31

Toppe drehte sich um. Der Hof lag auf einer leichten Anhöhe, so daß man die ganze Hamstraße einsehen konnte.

Das Mädchen ließ sich mit geschlossenen Augen an der Wand hinabgleiten.

An der Haustür gab es keine Klingel. Er klopfte und wartete, aber nichts geschah.

Von der Scheune her hörte er Kinderstimmen. Die beiden Schäferhunde sprangen bellend gegen den Zwingerdraht. Als er um die Ecke bog, schlug ihm ein beißender Geruch entgegen; der Misthaufen lag in der prallen Sonne, blau- und grünschillernde Fliegen, ganze Schwärme.

Mitten in der Scheune unter der Luke zum Heuboden ein grüner Hänger, hoch beladen mit Strohballen. Ein blonder Junge, höchstens zwölf Jahre alt, stand oben, stach eine Forke in einen der Ballen und warf ihn mit Schwung hoch auf den Heuboden, wo er am Rand kippelte. »Martin!« brüllte er, das Gesicht verzerrt. »Komm endlich, du Arsch!«

Oben in der Luke erschien ein anderer Junge mit strubbeligen braunen Haaren und grinste. »Ich hab keinen Bock mehr.«

Der andere antwortete nicht, sondern warf den nächsten Strohballen hoch. Der Braunhaarige duckte sich weg und ließ sich dann auf den Hänger hinab. Der Blonde wischte sich durchs Gesicht, seine Finger hinterließen schwarze Spuren. »Jetzt hör auf zu spinnen. Du weißt genau, was los ist, wenn wir nicht fertig sind.«

Der Jüngere zog die Mundwinkel nach unten. »Ist mir doch egal. Der kann mich mal, der alte Wichser.«

Er zuckte heftig zusammen, als er Toppe durch das Tor

kommen sah. Der hob beschwichtigend die Hand. »Tag. Ich suche Herrn oder Frau Timmer.«

Die beiden sahen ihn nur stumm an, so daß er schon dachte, sie hätten ihn nicht verstanden.

»Mama ist im Kälberstall«, meinte der Blonde hastig und griff zur Forke. Der Kleinere verschwand wieder auf dem Heuboden.

»Und wo ist der Kälberstall?« Aber da sah Toppe die Frau schon aus einer niedrigen Tür eines Stalls hinter dem Misthaufen kommen, in jeder Hand einen roten Plastikeimer; eine große Frau mit breiten Schultern. Ihr blondes Haar war über der Stirn und an den Schläfen weiß. Sie trug einen Overall, Gummistiefel und eine lange, gestreifte Schürze, die im Schoß dunkel war von Nässe. Mit großen Schritten kam sie auf ihn zu, stellte die Eimer ab und sah ihm ins Gesicht. »Kann ich Ihnen helfen?« fragte sie schleppend.

»Ja, vielleicht«, antwortete Toppe. »Frau Timmer?«

Sie nickte. »Eier sind aber heute keine mehr da.«

Er runzelte verwirrt die Stirn, verstand dann und lachte. »Nein, ich wollte nichts kaufen. Mein Name ist Toppe. Ich bin von der Kripo und habe ein paar Fragen.«

»Ja?«

»Frau Jansen… Sie wissen ja, was passiert ist…«

Ihr Gesicht verschloß sich vollkommen. Sie nahm die beiden Eimer wieder auf. »Da kann ich Ihnen nicht helfen. Ich habe nichts gesehen und nichts gehört.« Sie wandte sich zum Gehen.

»Einen Augenblick«, sagte er schroff, bereute es sofort, aber sie blieb stehen, seufzte, sah ihn an. »Ich hab schon gehört, daß Sie überall rumfragen, ob einer am Sonntag morgen was gesehen hat. Wir haben aber nichts gesehen.«

»Um wieviel Uhr stehen Sie denn so auf?«

»Sonntags? Halb sieben rum.«

Jetzt stellte sie die Eimer wieder hin und putzte sich die Hände mit der Schürze ab. Von der Scheune kam plötzlich lautes Gekreische, und dann witschte der kleine Braunhaarige an ihnen vorbei und verschwand hinter der Hausecke. Frau Timmer sah zu dem Älteren hinüber und schüttelte mißbilligend den Kopf.

»Haben Sie Frau Jansen gut gekannt?« fragte Toppe.

Sie gingen nebeneinander auf das Wohnhaus zu.

»Das war so 'ne Grüne.«

Er wartete, aber mehr kam nicht. »Hatten Sie näheren Kontakt?«

»Sie kam schon mal Eier kaufen, Milch und Gemüse.«

Durch das offene Küchenfenster konnte man ein Kind wimmern hören.

Das kleine Mädchen hatte sich von der Hauswand gelöst, saß im Dreck und reihte Kieselsteine aneinander. Toppe sah jetzt erst, wie schmuddelig und stumpf ihr Haar war, wie durchsichtig die Haut.

»Die Nachbarn haben mir erzählt, daß Frau Jansen kein besonders angenehmer Zeitgenosse war. Hatten Sie auch schon mal Ärger mit der Frau?«

Sie hatte die Tür schon geöffnet, drehte sich aber wieder um. »Nicht mehr als alle anderen auch. Entschuldigung, ich muß jetzt nach dem Kleinen sehen.« Das Wimmern hatte sich zum Geschrei gesteigert.

Toppe nickte. »Ihre Tochter«, begann er und sah auf das Kind hinunter.

»Das ist unsere Hanna. Sie ist ein bißchen eigen. Kümmern Sie sich nicht drum. Sie will in Ruhe gelassen werden.« Damit war sie im Haus verschwunden.

Toppe hörte einen Traktor kommen, konnte aber nichts sehen. Unschlüssig hockte er sich neben das Mädchen, aber sie nahm ihn nicht wahr, legte weiter Kieselreihen. Er konnte ein Muster erkennen, der Abstand zwischen den einzelnen Steinen war exakt gleich. Als er sich wieder aufrichtete, tuckerte der Traktor auf den Hof. Der Bauer sprang vom Sitz. Auch er trug einen blauen Overall, hatte einen kleinen, glanzschwarzen Lederhut auf dem Kopf. Er kam sofort auf Toppe zu, aber bevor er etwas sagen konnte, war die Frau schon wieder da, ein verschlafenes Kind auf dem Arm, vielleicht gerade mal zwei. Es nuckelte am Daumen und versteckte sein Gesicht am Hals der Mutter.

»Das ist ein Kriminaler, Ewald.«

»Tach«, sagte Herr Timmer und gab Toppe die Hand. »Und? Was ist los?«

»Wegen Sonntag«, erklärte die Frau.

»Ach so.« Er nahm den Hut ab, wischte sich über den Kopf. »Wir haben nichts gesehen, wenn Sie deswegen hier sind.«

»Ja, deswegen bin ich eigentlich gekommen. Ihre Frau sagte eben, Sie hätten schon mal Ärger mit Frau Jansen gehabt.«

Die Frau sperrte den Mund auf.

»Die?« schnauzte der Bauer. »Die hat doch jeden angeschissen. Hat doch keinen mehr gekratzt. Wollte mit mir über Gentechnik diskutieren.« Er schnaubte. »Ich muß jetzt die Schweine füttern.« Damit setzte er seinen Hut wieder auf, tippte sich kurz an die Krempe und ging an Toppe vorbei. Als er die rostige Eisentür zum Stall aufschob, begann ein ohrenbetäubendes Kreischen und Quieken. Toppe rümpfte die Nase. Die Frau stand immer noch mit dem Kind auf dem Arm. Sie könnte eher die Oma sein, dachte er. »Eier haben Sie also keine mehr?« Er lächelte. »Gibt's sonst was Gutes, was Sie mir verkaufen könnten?«

Astrid hatte sich gerade auf den Balkon gelegt, um die Abendsonne auszukosten, als es klingelte. Schimpfend suchte sie nach ihrem Bikinioberteil, aber sie hatte es wohl im Schlafzimmer gelassen. Also hängte sie sich ihre schwarze Bluse über, schloß zwei Knöpfe und ging zur Tür. Es war Christian. Der hatte ihr gerade noch gefehlt!

»Ist mein Vater da?«

»Hallo, Chris. Nein, der ist noch nicht da. Ich weiß auch nicht, wo er bleibt. Komm doch rein.«

Der Junge blieb an der Tür stehen und musterte sie. Er hatte getrunken.

»Okay.«

Sie schickte ihn auf den Balkon. »Willst du 'ne Cola?« fragte sie, wartete die Antwort gar nicht ab, brachte zwei Dosen aus der Küche mit. Dann legte sie sich wieder in den Liegestuhl.

»Auch eine?« hielt sie ihm ihre Zigaretten hin. Er schüttelte den Kopf und ließ seinen Blick über ihren Körper gleiten.

»Ist was?« Sie sah irritiert an sich herunter.

Er grinste dünn. »Warum tust du eigentlich immer so gönnerhaft?«

»Was?« Sie setzte sich auf. »Bist du nicht mehr ganz dicht?«

Er nickte steif. »Du denkst, du bist was Besseres als ich, ne? Da könnt ich mich drüber kaputtlachen!«

»Du bist ja betrunken.« Sie knöpfte die Bluse ganz zu und machte kleine Augen.

Er lachte. »Jetzt kommt deine Erwachsenentour, wie? Ausgerechnet! All die Jahre bei Mama und Papa im warmen Nest. Und dann gleich ins nächste. Und wenn da keins ist, dann baut man sich eins mit der Brechstange.«

Astrid schossen zehn Gedanken auf einmal durch den Kopf, aber sie kriegte nicht einen so zu fassen, daß sie etwas hätte entgegnen können. Das war auch nicht nötig, Christian war noch nicht fertig. »Wer bist du denn schon? 'ne Nobeltussi, die sich 'n Job gesucht hat, mit dem sie Mama und Papa schocken kann. Und wenn das noch nicht reicht, dann ziehst du dir eben einen Typen rein, der dein Vater sein könnte, ohne Rücksicht auf Verluste.«

Es klatschte. Er hielt sich nicht mal die Backe. »Prima Argumente«, nickte er nur und stand auf. »Die kenne ich von meinen Alten. Übrigens 'Chris' geht jetzt.« Aber er blieb dann doch stehen. »Du bist echt komisch, Astrid.« Er hörte sich versöhnlicher an. »Spielst immer die große Emanze, laberst klug rum und machst doch bloß auf Familie und Blagen und Heititei.«

Sie griff nach seinem Arm. »Setz dich, Christian. Ich will mit dir reden. Ich war es nicht, die...«

»Ich hab aber keinen Bock, mit dir zu reden«, unterbrach er sie. »Ich wollte meinen Vater sprechen.«

Er schüttelte ihre Hand ab. »Laß mich in Ruhe! Ich brauch keine Ratschläge. Jedenfalls nicht von dir!« Er zog den Kopf zwischen die Schultern.

»Laßt mich alle in Ruhe!« Die Haustür krachte ins Schloß.

Zuerst war sie sprachlos, außer sich – was fiel dem Kerl eigentlich ein? – aber dann verwandelte sich ihre Wut wieder in die Traurigkeit, die ihr schon seit Tagen im Bauch hockte. Er hatte sie wirklich getroffen, dieser Schnösel, es war schon was dran, an dem, was er gesagt hatte. Nein, sie würde Helmut nichts davon erzählen. Gab nur wieder Ärger zwischen Vater und Sohn, und was sollte das auch bringen? Sie würde auch nicht das große Gespräch suchen, Helmut zu einer Entscheidung drängen, wie Gabi ihr geraten hatte. In Ruhe nachdenken, aber erst einmal raus hier! Sie zog sich Shorts an und ein langes Trägerhemd. Irgendwo hatte sie noch ihre alten Joggingschuhe. Sie suchte in dem Koffer, der immer noch halb ausgepackt in der Abstellkammer stand, fand die Schuhe, band ihre Haare zusammen, steckte den Hausschlüssel in den Hosenbund und lief los, Richtung Wald.

Über der Hamstraße hing immer noch der Brandgestank. Van Gemmerns Wagen parkte vor der schwarzen Ruine. Astrid wechselte schnell auf die andere Straßenseite und bog in den Feldweg ein. Bloß keinen Bekannten treffen, mit jemandem reden müssen! Im Wald war es kühl, und es roch gut nach satter Erde und Moos.

Schluß machen mit Helmut und dem ganzen Familienklüngel, den Job schmeißen. Irgendwo von vorn anfangen. Ganz weit weg. Schwachsinn! Sie liebte ihren Beruf, zumindest in dem Punkt hatte Christian unrecht. Die Revolution gegen ihre Eltern hatte sie lange hinter sich. Als sie zwei Monate vor der Gesellenprüfung die Goldschmiedelehre geschmissen hatte. An dem Tag, als ihr Vater mit ihr in die Stadt gegangen war, um ihr den kleinen Laden zu zeigen, den er gekauft hatte, damit sie sich gleich selbständig machen konnte. In der Nacht noch hatte sie ihre Sachen gepackt und war abgehauen, weg von dem gemachten Bett. Vier Monate kreuz und quer durch Europa. Goldschmieden – das war nicht die Erfüllung gewesen. Das Entwerfen von Schmuckstücken, das hatte ihr schon Spaß gemacht, da hatte sie auch immer die besten Noten gehabt. Komisch, daß sie nie wieder einen Gedanken daran verschwendet hatte. Was hatte sie tatsächlich noch außer der Arbeit und Helmut? Wollte sie ein Kind, damit ihr Leben mehr Farbe kriegte? Das wäre ein übler Grund. Aber das war's ja auch nicht. Sie holte tief Luft und legte einen Sprint ein, gute zweihundert Meter, volles Tempo. Schwitzend und außer Atem lehnte sie sich gegen einen

Baum, ließ den Oberkörper hängen, die Arme baumeln, kam wieder hoch. Tat verdammt gut. Sport war ihr auch mal sehr wichtig gewesen.

Als sie zu Hause ankam, war Helmut schon da. »Wo, um Himmels willen, warst du denn?«

»Joggen.«

»Klar, Joggen, hätte ich drauf kommen müssen. Machst du ja schließlich auch jeden Tag.«

Es sollte frotzelnd klingen, aber sein Blick war vorsichtig. Ihr war elend, sie war den ganzen Tag zickig zu ihm gewesen. Sie umarmte ihn, er hielt sie ganz fest, dann strich er ihr zwei feuchte Locken aus der Stirn. »Kannst du nicht öfter mal joggen? Du siehst verdammt verführerisch aus.« Sie lachte. »Bloß riechen tu ich nicht so.«

Er ließ sie los, stupste sie. »Geh duschen. Ich backe uns Pfannkuchen. Hab bei einem Bauern an der Hamstraße Kirschen gekauft.«

Astrid schaffte anderthalb Kuchen, dann gab sie auf. »Keiner kann so gute Obstpfannkuchen wie du. Hast du das bei deiner Mutter gelernt?«

»Nö, hab ich mir selbst beigebracht. Aus dem Kochbuch.« Jetzt schob auch er seinen Teller weg. »War es schwierig, den Haftbefehl für Maywald zu kriegen?«

»Eigentlich nicht.« Sie goß sich noch einmal Milch ein. »Wenn's nur um die Betrugsgeschichte gegangen wäre, hätte ich wohl keine Chance gehabt. Aber irgendwie hängt er ja doch bei den toten Babies mit drin. Schließlich sollte er die Kinder abholen. Und außerdem war er am Kartenspielerweg. Das konnte ich dem Richter schon beibiegen. War übrigens ein neuer. Hermsen oder Hermanns. Kannte ich jedenfalls nicht.«

»Hast du Lowenstijn erreicht?«

»Nur einen seiner Kollegen. Die kommen morgen früh um neun, und dann kann's losgehen. Bin gespannt, was Maywald uns erzählen wird.«

Toppe nickte nachdenklich. Wieviel hatten sie in der Hand?

32

Ackermann war schon im Büro, als die anderen kamen, schaute sie grimmig an. So kannte ihn keiner.

»Hab die ganze Nacht kein Auge zugekricht, bloß gegrübelt. Montach is' mein Urlaub vorbei.«

»Ja und?« Van Appeldorn verstand nicht. »Meiner doch auch.«

Aber Ackermann hörte sowieso nicht hin. Er sah Toppe an. »Ich hab gesacht, ich find den Kerl, der Günther auf dem Gewissen hat, und wat hab ich gefunden? 'n Scheiß Kinderhändler! Der interessiert mich doch ga' nich'. Aber diese Nacht sind mir so 'n paar Sachen eingefallen, wo ich noch suchen könnt. Wenn ich also freie Hand hab, Chef…«

Toppe nickte. »Sicher, aber was…?«

»Nix! Da sach ich noch nix drüber. Nachher heißt et bloß wieder: der spinnt doch, der Ackermann. Aber da wär noch wat.« Er druckste rum, sah richtig unglücklich aus. »Ich muß dat jetz' einfach von euch wissen. Ich hätt' gern die Stelle von Günther hier bei euch un' wollt mich bewerben. Meint ihr, dat is' pietätlos?«

Bis auf Toppe sahen alle ganz schön entgeistert aus. Ackermann hechtete zur Tür. »Könnter ja ma' drüber nachdenken.«

»Nur über meine Leiche«, sagte van Appeldorn mit brechender Stimme, aber das hörte Ackermann schon nicht mehr.

Lowenstijn kam mit einem Assistenten. Auch heute trug der Holländer einen teuren Leinenanzug mit Weste, diesmal matt rosenholzfarben. Was für ein Schnulli, dachte Astrid, mußte aber ihr Urteil revidieren, als sie ihm eine Weile zugehört und beobachtet hatte, wie er mit den anderen umging. Ein spannender Mann mit wahnsinnig schönen Händen und einem empfindsamen Mund. Er betrachtete sie interessiert, und ihm schien zu gefallen, was er sah. Aber da war kein Geifer in seinem Blick. Er schaute ihr in die Augen und lächelte amüsiert, als hätte er ihre Gedanken gelesen. Sie lächelte zurück. Noch hatten sie kein Wort miteinander gewechselt.

Toppe runzelte ärgerlich die Stirn. »Es sind eindeutig ein paar Leute zuviel hier«, sagte er rauh. »Wir können in dieser Horde unmöglich eine vernünftige Vernehmung durchführen. Maywald kommt mit seinem Anwalt.« Er sah auf die Uhr. »Der ist schon seit einer Stunde bei ihm. Ich würde vorschlagen, Norbert, Lowenstijn und ich. Das ist mehr als genug. Die anderen blieben hier und können – was weiß ich – Däumchen drehen.«

Heinrichs grinste, wohlweislich hinter vorgehaltener Hand.

Jens Maywald sah ziemlich mitgenommen aus; er hatte wohl nicht allzu viel geschlafen. Sein Anwalt, ein älterer Herr mit glatten, weißen Haaren, kam aus Krefeld, und sie kannten ihn nicht. Offensichtlich hatte er seinem Mandanten geraten, kooperativ zu sein, denn Maywald fing von sich aus an zu erzählen: er habe eine Frau und eine kleine Tochter; seine Familie sei der Mittelpunkt seines Lebens und bedeute ihm alles. Vor zehn Jahren habe er sein Haus gebaut. Die Hypothek sei recht hoch, und es wäre nicht immer ganz leicht gewesen, sie allmonatlich zu zahlen von dem, was die Versicherungsagentur abwarf. Deshalb habe er sich auf eine vielversprechende Immobiliengeschichte eingelassen, bei der er betrogen worden sei. Jetzt habe er einen Berg Schulden, und das Schlimmste sei, daß seine Frau von all dem keine Ahnung habe. So sei er schließlich auf die Idee gekommen, unter der Hand Kinder zu vermitteln. Das wolle er gar nicht leugnen. Er lehnte es aber rundweg ab, irgend etwas mit den Holländern oder gar mit den toten Babies zu tun zu haben. Sein einziger Kontakt sei ein Waisenhaus in Sofia – die Adresse habe er der Polizei schon gegeben – und die Kinder habe er, wie gesagt, persönlich am Flughafen in Empfang genommen.

Damit lehnte er sich zurück. Sein Anwalt hatte noch keinen Ton von sich gegeben. Er blätterte in Papieren und schien desinteressiert.

Van Appeldorn schob Lowenstijn einen Zettel rüber: *Noch keine Antwort von Interpol zu Waisenhaus Sofia.*

Lowenstijn nickte. » Da brauchst du nicht mehr drauf zu warten«, meinte er. »Wir kennen dieses 'Institut'. Unsere

Organisation in Holland hat ein Großteil der Kinder von dort bezogen. Es ist ein katholisches Heim, das von Nonnen geleitet wird. Die vermitteln überhaupt keine Adoptionen ins Ausland. Allerdings sind die heiligen Schwestern bereit, ab und zu mal Kinder zeitweise in Pflege zu nehmen. Zum Beispiel Säuglinge, deren Mütter bei der Geburt gestorben sind und die auf eine Vermittlung in eine Pflegefamilie warten. Eine gelegentliche Spende für wohltätige Zwecke hat auch lange Zeit dafür gesorgt, daß die ehrwürdigen Damen dabei sehr verschwiegen waren. Es war nicht ganz einfach für uns, die Namen der Gynäkologen in Erfahrung zu bringen, in deren Kliniken so erstaunlich viele Frauen bei Geburten sterben.« Lowenstijn hatte ganz allgemein in die Runde gesprochen, aber jetzt sah er Maywald direkt ins Gesicht. »So, und jetzt wollen wir mal diese kleine Komödie beenden. Sie bereitet mir nämlich Übelkeit.« Er holte eine rehbraune Brieftasche aus der Jacke und entnahm ihr zwei Fotos. Sie zeigten den toten Rob de Boer, nachdem man ihn aus der Amsterdamer Gracht gefischt hatte, und waren alles andere als appetitlich.

»Das ist Ihr Kontaktmann.«

Maywald starrte auf die Fotos und schüttelte heftig den Kopf. »Den Mann kenne ich nicht.« Seine Stimme klang gepreßt.

Lowenstijn machte ein betrübtes Gesicht. »Das ist schade«, sagte er leise, »schade für Sie, meine ich. Ich habe Sie tatsächlich für klüger gehalten. Aber offenbar kapieren Sie wirklich nicht, mit wem Sie es zu tun haben. Das ist eine internationale Organisation, Herr Maywald!«

Dann lächelte er sanft. »Haben Sie hier in Kleve nicht auch einen Kanal und sogar einen kleinen, romantischen Fluß?«

Maywald schaute den Anwalt an.

»Es reicht!« Van Appeldorn ließ seine Faust auf den Tisch fallen. »Jetzt beantworten Sie mir mal folgende Frage: was hatten Sie am 29. 7. gegen 19.30 Uhr am Kartenspielerweg verloren?«

»Am 29. 7.? Was war das denn für ein Tag?« stammelte Maywald.

Van Appeldorn blitzte ihn wütend an. »Hör endlich auf

mit dieser Schau!« knurrte er. »Wir haben dich sowieso. Du warst nämlich so dämlich, dich bei dem Kollegen an der Absperrung auch noch zu erkundigen, was da eigentlich passiert sei. Und da stand der Laster mit den toten Kindern noch da, und Breiteneggers Leiche lag direkt daneben.«

Maywald verzog den Mund. »Ja.« Er sah aus, als würde er anfangen zu heulen.

Endlich, dachte Toppe. Der Mann hatte sich verdammt lange gehalten, dabei hatte er doch schon mürbe ausgesehen, als er kam.

»Ja, ich habe die bulgarischen Kinder über Holland bekommen, der Rothaarige hat sie mir gebracht. Seinen Namen kannte ich aber nicht.« Es klang trotzig.

»Dann schildern Sie uns jetzt einmal ganz genau, wie das am Freitag, dem 29. Juli gewesen ist«, forderte Toppe ihn bedächtig auf.

Maywald sprudelte nur so los. »Ich sollte die beiden Kinder um 17 Uhr in Empfang nehmen, und zwar auf dem Parkplatz an der Ecke Klever Ring/Uedemer Straße. Der Rothaarige sollte mich über sein Handy anrufen, wenn er in der Nähe von Kleve war, denn auf die Minute pünktlich war er selten, und keiner von uns wollte zu lange auf dem Parkplatz rumstehen. Dann sollte ich die Kinder zu ihren Adoptiveltern bringen. Ich war ziemlich knapp mit der Zeit, weil ich um 18.30 Uhr noch einen wichtigen Termin hatte.«

»Was für einen Termin?«

»Ein Kunde wollte eine Lebensversicherung abschließen, und die Provision konnte ich mir auf gar keinen Fall entgehen lassen. Außerdem mußte ich abends noch auf die Versammlung von der MEILE.«

»Weiter.«

»Ich habe also gewartet, aber der Rote meldete sich nicht. Erst gegen Viertel vor sechs. Er hätte eine Panne und läge auf dem Kartenspielerweg fest. Ich habe gesagt, okay, dann nehme ich die Kinder eben dort in Empfang. Er sollte warten, ich hätte noch einen Termin, aber es würde nicht lange dauern. Er war auch einverstanden. Ja, und als ich schließlich ankam, war die Straße gesperrt und... ach, das wissen Sie ja selbst.«

»Haben Sie den Versicherungsvertrag noch abgeschlossen?« fragte Toppe.

»Ja.«

»Name und Adresse.«

»Manfred Thelosen, Monte Bello. Die Hausnummer weiß ich nicht aus dem Kopf.«

»Das reicht auch so.« Toppe ging ins Büro hinüber, um die Angaben zu überprüfen.

Jetzt übernahm Lowenstijn wieder. »Was haben Sie gemacht, nachdem Sie vom Kartenspielerweg weggefahren sind? Haben Sie mit jemandem Kontakt aufgenommen?«

»Ja, ich habe sofort telefoniert«, nickte Maywald. »Ich hatte doch keine Ahnung, was eigentlich los war.«

»Mit wem?«

»Ich weiß nicht. Ich habe nur eine Telefonnummer, keine Namen.« Er zog seinen Taschenkalender hervor und schlug die Seiten mit den Adressen auf. »Hier.«

Lowenstijn sah zufrieden aus. »Amsterdamer Vorwahl, schön. Haben Sie jemanden erreicht?«

»Ja, die Frau, mit der ich auch sonst immer gesprochen habe. Ich habe ihr gesagt, was ich gesehen und gehört hatte, das bißchen, was ich wußte. Sie meinte, ich solle mir keine Sorgen machen. Ich würde die Kinder so schnell wie möglich bekommen. Sie würde sich wieder melden.«

Lowenstijn schwieg, und Maywald sah ihn nervös an. »Ach ja«, sagte er hastig, »ich habe später noch mal bei denen angerufen, weil ich nichts mehr gehört habe. Jeden Tag eigentlich, aber da ist keiner mehr ans Telefon gegangen.«

Toppe kam wieder rein, nickte van Appeldorn und Lowenstijn zu – Manfred Thelosen hatte Maywalds Angaben bestätigt.

»Ihre Geschichte hört sich wirklich rührend an, Herr Maywald«, meinte van Appeldorn, samtweiche Stimme. »Komisch, daß mir so häßliche Sachen einfallen wie unterlassene Hilfeleistung und fahrlässige Tötung. Den beiden Kindern ging es nämlich schon um 17 Uhr sehr schlecht, wenn sie nicht sogar schon tot waren. Und Sie wollen uns weismachen, daß de Boer Ihnen das am Telefon nicht gesagt hat?«

»Nein! Ja...« Maywald schwitzte. »Ich meine, er hat kein Wort von den Kindern gesagt.«

»Ach komm, Maywald, wer soll dir das wohl glauben?«

Der Anwalt hob kritisch die Augenbrauen, als van Appeldorn sich schon zum zweiten Mal im Ton vergriff.

Van Appeldorn registrierte es gelassen. »Haben Sie eigentlich einen Zeugen dafür, daß de Boer Sie tatsächlich um Viertel vor sechs angerufen hat? Vielleicht hat er ja schon viel früher angerufen, und Sie waren sogar dabei, als die Kinder starben.«

Natürlich war es Toppe klar, daß van Appeldorn ziemlich blind in die Gegend schoß – sie wußten ja, daß de Boer um 17.45 Uhr mit Kleve, vermutlich also Maywald, telefoniert hatte – aber auch er hatte die Nase voll von dem Kerl. »Und als unser Kollege Breitenegger Sie und die Holländer dort beobachtet«, spann Toppe den Faden weiter, »die toten Kinder sieht, da überfahren Sie ihn kurzerhand.«

»Was?!« Maywald fiel nichts mehr ein.

Wieder wurde ein Zettel geschoben. Van Appeldorn schrieb: *Er fährt einen blauen BMW.*

Jetzt hatte Maywald seine Sprache wiedergefunden: »Das ist doch alles Quatsch! Wenn ich gewußt hätte, daß die Kinder tot sind, oder wenn ich sogar Ihren Polizisten umgefahren hätte, warum sollte ich dann um halb acht noch mal wiederkommen?«

»Dafür gibt es ein paar durchaus einleuchtende Erklärungen«, lächelte van Appeldorn. »Soll ich die Ihnen vorkauen, oder kommen Sie von selbst drauf?«

Der Anwalt befand offensichtlich, jetzt sei der richtige Zeitpunkt gekommen, sich einzuschalten. »Meine Herren, Ihre Phantasie in allen Ehren, aber ich muß Sie doch wohl nicht darauf hinweisen, daß Sie damit keinen Haftrichter der zivilisierten Welt überzeugen können. Oder gibt es Fakten, die Sie mir bisher vorenthalten haben?«

»Nein«, entgegnete Toppe, so beherrscht wie möglich.

Lowenstijn wollte wissen, wie Maywald an den holländischen Kontakt gekommen war, mit wem er gesprochen, wen er getroffen hatte. Maywald gab sein Wissen nur bröckchenweise von sich, und es zog sich wie Kaugummi. Toppe und van Appeldorn sahen sich an und standen auf. Im Moment gab es für sie hier nichts mehr zu tun. Aus der Sache mit dem Kinderhandel waren sie wohl erst einmal raus.

Auf dem Flur hielt Toppe van Appeldorn am Ärmel fest. »Was wird jetzt aus den Kindern?«

»Welche Kinder meinst du?«

»Die Zwillinge und den kleinen Jungen, bei dem du warst. Wenn sich jetzt rausstellt, daß deren Papiere gefälscht sind, dann sind die doch illegal hier, oder?«

»Mensch, ja, die werden abgeschoben!«

»Eben.«

33

»Wer zwingt uns eigentlich dazu, die Geschichte mit den gefälschten Papieren ans Jugendamt weiterzuleiten?« fragte Toppe, als sie später alle beim Kaffee im Büro saßen.

Lowenstijn hatte das Jackett geöffnet, den Daumen in den Armausschnitt der Weste gehakt. »Ich wollte das von mir aus nicht so direkt sagen, aber in der Tat: wer zwingt euch?«

Heinrichs schaute ins Leere. »Bis es zum Prozeß kommt, vergehen Monate.«

»Jahre«, meinte Lowenstijn. »Bei internationalen Sachen kann das Jahre dauern.«

»Um so besser«, nickte Astrid. »Bis dahin sind die Adoptionsverfahren längst abgeschlossen, und kein Mensch wird die Kinder dann noch abschieben.«

Van Appeldorn beendete das Thema mit einem zufriedenen Grunzen und goß allen noch einmal Kaffee nach. »Den Maywald müssen wir wohl laufen lassen«, sagte er. »Oder sieht einer von euch Fluchtgefahr?«

»Wohl kaum«, antwortete Toppe. »Bis zum Prozeß kann der nach Hause.« Er sah Lowenstijn nachdenklich an. »Sagen Sie mal, der Siegelkötter, der war neulich, als er von Ihnen kam, so verdächtig friedfertig. Ist da was gewesen?«

Lowenstijn schmunzelte sibyllinisch. »Doch, ich glaube,

mein Chef hat ihn sich mal zur Brust genommen.« Dann pustete er konzentriert in seine Kaffeetasse.

»Warum schreibt ihr nicht mal eine Beschwerde an den Innenminister?« fragte van Appeldorn. »So wie der Alte sich bei euch aufgeführt hat.«

Lowenstijn trank seine Tasse leer, stellte sie sorgsam auf den Teller zurück. »Beschwerden schreiben, auch so eine schlechte deutsche Angewohnheit. Aber im Grunde bin ich ganz eurer Meinung: das Männeken ist ein Fall für das Innenministerium.« Damit stand er auf und knöpfte sein Jackett zu. »Für mich wird es Zeit. Ich hoffe, das war nicht das letzte Mal, daß wir zusammengearbeitet haben.« Sein Blick ruhte lange auf Astrid. »Und sagt eurem Kollegen Jupp, es tut mir wirklich leid, daß wir ihm noch nicht mit einer Werkstatt dienen konnten. Wir bleiben aber weiter am Ball.« Er griente. »Ackermann ist zwar eine Marke für sich, trotzdem, wenn ihr mal keinen Bedarf mehr für den habt, ich nehme ihn mit Kußhand. So einen wie den muß man heutzutage mit der Lupe suchen.«

Van Appeldorn fragte sich grimmig, ob ihm Lowenstijn wirklich so sympathisch war.

Sie machten sich daran, die Fäden aufzuwickeln: den Fall der beiden toten Kinder konnten sie abschließen. Heinrichs sprach aus, was sie alle empfanden. »Es ist zum Kotzen, daß wir diese Verbrecher, die die Kinder auf dem Gewissen haben, nicht zu packen kriegen.« Keiner antwortete ihm. »Ist ja schon gut. Ich weiß schon, was jetzt wieder kommt. Wir sind hier nicht in Hollywood, wo die Gerechtigkeit immer siegt.«

»Quatsch!« raunzte Toppe. »Du hast doch recht.«

»Das ist jetzt Lowenstijns Sache«, meinte van Appeldorn. »Wir haben ja wohl auch so mehr als genug zu tun. Ich finde, wir sollten noch mal hingehen und die ganze Sache von Günthers Unfall her aufrollen.«

»Nein«, entgegnete Toppe, lauter als es nötig war. »Ich habe Ackermann gesagt, er hat freie Hand. Wenigstens in den nächsten zwei, drei Tagen. Dann sehen wir weiter.«

»An dieser Brandstiftung haben wir sowieso reichlich zu knacken«, meinte Heinrichs leise.

»Das denke ich auch.« Toppe griff zum Telefon. »Vielleicht hat van Gemmern ja was gefunden.«

»Nett, daß Sie anrufen, Herr Toppe.« Berns war immer noch sauer auf ihn. »Dann kann ich mich gleich persönlich bei Ihnen bedanken, daß Sie mir meinen einzigen Mitarbeiter abgezogen haben.«

»Van Gemmern ist also noch in der Hamstraße?«

»Was weiß denn ich?« bellte Berns zurück. »Zum Dienst ist er heute morgen jedenfalls nicht erschienen, und krank gemeldet hat er sich auch nicht. Also wird er wohl bei Ihrem verdammten Brand sein.«

Heute kostete es Toppe schon mehr Mühe, die Ruhe zu bewahren, aber er schaffte es dann doch, sich mit einem »schönen Tag noch« zu verabschieden.

»Gut, fangen wir an: wer wollte dieser Frau Jansen Übles?« begann er das alte Fragespiel.

»Viele«, sprang Heinrichs sofort an. »Selbst die loyale Frau Peters hat zugegeben, daß die Jansen eine Querulantin war. Von den Nachbarn ganz zu schweigen.«

Van Appeldorn nahm sich ein DIN A 4 Blatt. *Erstens: der Exmann,* schrieb er auf.

»Zweitens bis x-tens: die Leute von der MEILE«, diktierte Heinrichs. »Und die Nachbarn natürlich. Und bei all denen dürfen wir nach Dieselöl und Nitroverdünnung suchen. Prost Mahlzeit.«

Astrid räusperte sich, daß alle zu ihr hinschauten. »Es tut mir leid, aber ich bin immer noch nicht so ganz mit INTERKIDS fertig. Was ist mit Maywalds Mitarbeiterin? Wie hieß die Frau noch? Hängt die auch mit drin?«

»Mensch, du hast recht. An die habe ich überhaupt nicht mehr gedacht.« Toppe rieb sich den Nacken. »Ich wüßte zu gern, ob van Gemmern irgendeinen Hinweis gefunden hat, daß die Jansen am Samstag abend nicht allein war. Da sollte nämlich jemand bei ihr einziehen, ein Mann.«

»Einziehen?« Van Appeldorn runzelte die Stirn. »Was für ein Mann?«

»Davon stand aber nichts in deinen Berichten!« Heinrichs' Stimme kippelte zwischen vorwurfsvoll und eingeschnappt.

Toppe wischte mit der Hand durch die Luft. »Ich habe

nicht mehr dran gedacht. Erst als Arend... egal! Die Nachbarn konnten mir nicht sagen, um welchen Mann es sich gehandelt hat. Wie kriegen wir das also raus?«

»Der Exmann«, meinte van Appeldorn.

»Na, der ja wohl als letzter«, lachte Astrid.

»Ich würde Bärbel Peters anrufen. Die weiß zumindest, mit wem die Jansen näheren Kontakt hatte«, schlug Heinrichs vor.

»Okay, Walter.« Toppe war schon aufgestanden. »Dann häng dich mal ans Telefon und versuche, was rauszukriegen. Es ist besser, wenn du heute im Büro bleibst...«

»... und ein bißchen mit den Akten spielst«, frotzelte van Appeldorn, aber Toppe überhörte ihn.

»... falls van Gemmern mit seinen Ergebnissen kommt. Ich werde mit Jansens Exmann sprechen, und Norbert kann mit Astrid zu Frau Versteyl fahren, Maywalds Mitarbeiterin.«

Er wußte genau, warum Astrid ihn so giftig anfunkelte. Die Kombination Steendijk/van Appeldorn war nicht gerade ideal, und normalerweise versuchte Toppe auch, sie zu vermeiden, aber mit Heiderose Jansens früherem Mann wollte er unbedingt selbst reden.

»Und noch was, Walter«, überlegte er, schon im Hinausgehen. »Wenn du schon mal am telefonieren bist. Es geht nicht nur um diesen Mann, der bei ihr einziehen wollte. Wir müssen generell rekonstruieren, was die Jansen in den letzten Stunden vor ihrem Tod gemacht hat. Die Nachbarn haben gesehen, wie sie mit den Kindern und mit Gepäck weggefahren ist. Offensichtlich zu ihren Eltern. Aber keiner hat sie zurückkommen sehen.«

Van Appeldorn überließ Astrid den ersten Schritt, das leidige Telefonieren. Bei Dina Versteyl zu Hause meldete sich niemand, und so probierte sie es im INTERKIDS-Büro und hatte tatsächlich Glück. Frau Versteyl war dort, weil sie »ein bißchen Ordnung machen wollte«, aber als sie ankamen, saß sie mitten in dem Durcheinander leer geräumter Regale und offener Schubladen und wirkte ziemlich aus den Fugen geraten.

Van Appeldorn nickte Astrid auffordernd zu; er wollte

ihr bei dem Gespräch den Vortritt lassen – sie konnte es nicht glauben.

Frau Versteyl lamentierte zusammenhanglos über die Schicksalsschläge, die ihren Verein in den letzten Wochen getroffen hatten, schlang rastlos die Hände umeinander, wollte sich nicht beruhigen, und Astrid hatte Schwierigkeiten, sich Gehör zu verschaffen.

»Waren Sie am Freitag, den 29. Juli, hier im Büro?«

Van Appeldorn zog die Stirn in Falten. Das war offenbar nicht die Frage, mit der er angefangen hätte, aber er hielt sich gnädig zurück.

»Freitag, neunundzwanzigster Juli«, wiederholte die Frau dümmlich.

»Das war der Tag, an dem die beiden toten Säuglinge am Kartenspielerweg gefunden wurden«, half ihr Astrid auf die Sprünge.

»Ach ja, jetzt weiß ich.« Dina Versteyls Blick verfinsterte sich. »Aber ich verstehe das alles nicht. Ich verstehe rein gar nichts mehr. Was haben wir mit all dem zu tun?«

»Die beiden Kinder wurden über INTERKIDS vermittelt«, erklärte Astrid bedächtig.

»Nein!« Sie sah Astrid streng ins Gesicht. »Sie täuschen sich, das weiß ich genau. Unsere Kinder kamen immer mit dem Flugzeug, und die meisten sind sogar von den Eltern persönlich abgeholt worden. Fast alle eigentlich.« Sie schüttelte energisch den Kopf. »Außerdem sollen diese Kinder doch aus Bulgarien gekommen sein. INTERKIDS hat aber überhaupt keine Kontakte dorthin.«

»Doch, INTERKIDS hat durchaus Kontakte nach Bulgarien.«

»Dummes Zeug! Das müßte ich doch wohl wissen.«

»Sie hatten also Zugang zu allen Akten?«

»Aber ja! Ich habe doch Herrn Maywald voll vertreten, wenn er im Urlaub oder sonstwie verhindert war.«

»Die bulgarischen Kinder sind nicht über die Bücher gelaufen, Frau Versteyl.«

Sie brauchte eine Weile, das zu verdauen.

»Was?« kam es dann leise. »Aber das wäre ja Betrug.«

»Genau«, schnauzte van Appeldorn. »So nennt man

das.« Die Frau zerrte an seinen Nerven – so einfältig konnte doch kein Mensch sein.

Sie schaute ihn an wie geprügelt, stand dann auf, humpelte zum Fenster und sah hinaus. Heute trug sie einen Rock, und Astrid sah, daß ihr rechtes Bein so dünn war wie das eines zehnjährigen Kindes und der Fuß in einem plumpen, hohen Schuh steckte.

Sie drehte sich wieder zu ihnen herum. »Das hätte ich von Herrn Maywald nie gedacht. Für den Mann hätte ich jederzeit meine Hand ins Feuer gelegt.«

»Wollen Sie sich nicht wieder setzen?« Astrid wartete. »Kommen wir also zurück zu besagtem Freitag...«

Frau Versteyl fuhr sich über die Augen. »Wenn ich es jetzt so überlege, war das schon seltsam.« Man konnte ihr genau ansehen, wie ihr ein Licht nach dem nächsten aufging. »Ich wollte an dem Tag eigentlich gar nicht ins Büro kommen, aber dann hatte ich nachmittags auf einmal doch noch Zeit. Herr Maywald hatte furchtbar schlechte Laune, als ich kam, und hat mich quasi gleich wieder nach Hause geschickt. Er müsse noch den Jahresbericht für die MEILE-Versammlung an dem Abend schreiben, und er bräuchte Ruhe dafür.« Sie stockte. »Der wollte mich nicht hier haben, wenn die Kinder ankommen!«

»Kannten Sie Heiderose Jansen?« fiel ihr van Appeldorn ins Wort.

Dina Versteyl sah ihn bestürzt an, schluckte. »Stimmt das, was man so munkelt? War das Brandstiftung?«

»Ja, das stimmt.« Keine Silbe zuviel.

Sie schluchzte auf, sah sich fahrig um, fing an zu weinen. »Es ist so furchtbar! Die armen Kinder...«

Astrid fand Tempotücher in ihrer Handtasche und hielt ihr eins hin. »Waren Sie mit Frau Jansen befreundet?«

Dina Versteyl wischte sich die Augen trocken. »Gott, sie hat mir immer so leid getan. Wie die sich das Leben schwer gemacht hat. Was wird denn jetzt aus den Kindern? Daß ihr jemand so was antut!«

»Womit wir beim Thema wären«, sagte van Appeldorn. »Jemand hat den Brand gelegt. Haben Sie eine Idee, wer dieser Jemand gewesen sein kann?«

»Um Gottes willen, nein!«

Astrid fragte nach dem Mann, der bei Heidi Jansen hatte einziehen wollen, aber davon wußte Dina Versteyl nichts. »So nahe haben wir uns nicht gestanden.«

»Hatte Frau Jansen eigentlich auch etwas mit INTERKIDS zu tun?«

»Nein, im Grunde nicht. Ich meine, sie kam schon mal vorbei, um zu klönen, fragte auch schon mal, was so lief... der Verein lag ihr doch sehr am Herzen... aber sonst... obwohl, Herr Maywald hat mir neulich erzählt, er hätte sie ertappt, wie sie hier in unseren Papieren geblättert hat. Wir wußten gar nicht, daß sie einen Schlüssel hatte. Herr Maywald war ganz schön sauer. Der hatte sich aber schon vorher über Heidi aufgeregt, weil sie im Verein soviel Theater machte wegen der neuen Schule.«

Sie schlug sich auf den Mund, die Augen weit offen. »Was rede ich denn da? Das hört sich ja so an, als ob der Herr Maywald... bitte, nein, so habe ich das nicht gemeint!«

Fred Jansen hatte für die Tatzeit kein Alibi, aber das schien ihm nichts auszumachen. Er saß mit Toppe auf seinem winzigen Balkon, der zum Innenhof ging und der selbst jetzt um die Mittagszeit keinen Sonnenstrahl abkriegte. »Trotzdem kann man es hier immer noch besser aushalten als in der stickigen Bude.«

Er sah grau und sehr müde aus, lange Bartstoppeln und das Haar fettig.

Seine Kinder waren noch bei den Schwiegereltern. »Ich werd noch verrückt. Haben Sie sich schon mal richtig überlegt, wie das ist, wenn man abbrennt?«

Toppe schüttelte den Kopf.

»Ich bis jetzt auch nicht. Die Kinder haben kein einziges Kleidungsstück mehr, kein Spielzeug, nicht mal den Lieblingsteddy, keine Bücher, nix. Kassy hat noch nicht mal mehr ihr Schulzeugs. Das muß alles neu gekauft werden, von der Unterhose und der Zahnbürste bis zu den Wachsmalern. Aber wovon?« Er saß breitbeinig, ließ die Schultern hängen. »Meine Schwiegereltern haben erst mal das Nötigste besorgt und bezahlt.«

»Verstehen Sie sich gut mit Ihren Schwiegereltern?«

Toppe nippte an der Dose Pils, die Jansen ihm angeboten hatte.

»Viel besser, als ich gedacht hätte. Wir hatten ja über zwei Jahre nichts miteinander zu tun. Aber jetzt…« Auch er trank. »Jetzt warten wir auf das Geld von der Versicherung. Und wenn alles über die Bühne ist, baue ich mein Haus wieder auf und wohne da mit den Kindern. Aber bis dahin? Die Kassy muß in die Schule. Ob ich sie für die Zeit nach Rees umschulen lasse?«

Es war eine ernstgemeinte Frage, und es fiel Toppe nicht leicht, sich auf seine Aufgabe zu besinnen.

»Herr Jansen, die Nachbarn in der Hamstraße haben mir erzählt, daß am Wochenende ein Mann bei Ihrer früheren Frau einziehen wollte. Wußten Sie etwas davon?«

»Nein«, antwortete Jansen und sah noch müder aus. »Wer war es denn jetzt schon wieder? Es ist nicht das erste Mal, wissen Sie.«

»Und das hat Sie nicht gestört?«

»Es hat mich verdammt gestört! Wegen der Kinder.«

Toppe schwieg.

»Ach so«, lächelte Jansen schräg. »Sie denken, daß ich vielleicht eifersüchtig war. Ach, Herr Toppe! Wenn Sie wüßten, wie absurd Ihre Gedanken sind. Ich habe diese Frau gehaßt.« Das sagte er ganz ruhig. »Drei Kreuze hätte ich gemacht, wenn die sich einen anderen Kerl genommen hätte. Dann hätte ich endlich wieder atmen können. Aber die wäre eher verreckt, als mir den Gefallen zu tun.« Er lachte auf. »Verreckt… irgendwie gut in dem Zusammenhang, nicht? Ich habe mir hundertmal gewünscht, die wäre tot. Wissen Sie, warum? Weil das meine einzige Chance war, wieder auf die Füße zu kommen. Gucken Sie sich das Loch hier doch an. Glauben Sie, ich lebe freiwillig hier? Die hat mir finanziell die Luft so abgedreht, daß ich kaum selber über die Runden komme. Und das wäre in den nächsten zwölf Jahren so geblieben. Lassen Sie sich das mal auf der Zunge zergehen, Herr Toppe, zwölf Jahre! Ich konnte nicht mal davon träumen, eine neue Beziehung einzugehen, geschweige denn eine neue Familie zu gründen. Und wissen Sie, wie alt ich bin? Wissen Sie, was ich noch vor mir haben könnte?«

Toppe erwiderte nichts, Jansen erwartete keine Antwort. Wenn er ihm erzählt hätte, daß er selbst geschieden war, daß er mit seiner Exfrau das Finanzielle gemeinsam regelte und sie alle beide einigermaßen gut leben konnten, und was eine neue Beziehung anging...

»Was machen Sie eigentlich beruflich?« fragte er statt dessen.

»Ich bin bei der Post. Ein Schreibtischhengst, verstehen Sie? Ich habe nicht mal was gelernt, wo ich nebenbei Kaweikes machen könnte, damit ich was für mich selbst habe.«

»Kawei...?«

Jansen schmunzelte. »Sie sind nicht von hier. Kaweien... Schwarzarbeit, verstehen Sie?« Er stellte die Bierdose zwischen seinen Füßen ab und sah Toppe eindringlich an. »Ich habe das beste Motiv, das man sich denken kann, Herr Kommissar, trotzdem habe ich den Brand nicht gelegt. Ich habe ihr die Pest an den Arsch gewünscht, aber ich habe sie nicht getötet. Das schwöre ich.«

»Wann haben Sie Ihre frühere Frau zuletzt gesehen?«

»Vorletztes Wochenende, als ich die Kinder zurückbrachte. Ich habe sie alle vierzehn Tage übers Wochenende bei mir.«

»Wußten Sie, daß Ihre Kinder am letzten Wochenende bei Ihren Schwiegereltern sein würden?«

»Nein, woher denn? Heidi hat mir zwischen den Besuchswochenenden jeden Kontakt zu den Kindern untersagt. Selbst telefonieren durften sie nicht mit mir.«

»Wie lange leben Sie schon getrennt?«

»Ich bin ausgezogen, als sie mit Merlin schwanger war. Ich konnte sie nicht mehr ertragen.« Er schnaubte scharf. »Und sie war verdammt selig, mich endlich loszuwerden! Diese Frau war so zum Kotzen selbstgerecht, der Nabel der Welt. Anfangs war das nicht so, aber vielleicht war ich auch nur zu blöd, das zu sehen. Für die war die Welt so, wie sie sie sah, und sie führte sich auf wie, wie... Kennen Sie Orwells '1984'? Die Gedankenpolizei, das Wahrheitsministerium? Manchmal hab ich gedacht, sie ist krank. Wer weiß, vielleicht war sie's wirklich...«

34

»Mußten Sie so grob sein zu der Frau?« fuhr Astrid ihn an, kaum daß sie zur Tür hinaus waren.

Van Appeldorn verzog das Gesicht. »Ach, kommt jetzt wieder der übliche Sermon, von wegen so zynisch wie ich wollen Sie nie werden, eher den Job schmeißen?«

»Ist doch wahr! Ehrliche Menschen scheint es in Ihrer Vorstellungswelt nicht zu geben.«

»Oh, nein, bitte nicht, bitte nicht das schon wieder! Wissen Sie was, unten bei Piva gibt's leckeren Eiskaffee. Ich lade Sie ein.«

Astrid sah verblüfft zu ihm hoch, aber sein Gesicht war undurchdringlich wie immer.

Sie ließen das Auto stehen und gingen am Kermisdahl entlang in die Stadt.

Van Appeldorn schlackste so locker wie möglich, aber Astrid bemerkte es trotzdem. »Sie humpeln ja!«

»Nicht der Rede wert. Beim Training neulich, halb so schlimm.«

Sie fanden einen freien Tisch im Schatten.

»Ich sehe das einfach anders als Sie. Ich bin kein Seelsorger, ich bin Polizist. Meine Aufgabe ist es, was aus den Leuten rauszukriegen«, nahm van Appeldorn den Faden wieder auf.

»Das geht auch auf andere Weise.«

»Mag sein, aber ich bin sicher, daß die Leute durch mich auch keinen irreparablen seelischen Schaden davontragen.«

Die Kellnerin brachte den Kaffee, und van Appeldorn bezahlte gleich. Astrid steckte den Strohhalm in den Becher, trank einen kleinen Schluck. »Ich käme mir mies vor, wenn ich jemanden so behandeln würde.«

»Ich nicht.«

Sie gab es auf. Sie würden sich nie verstehen. Immerhin hatten sie es diesmal beide geschafft, sich nicht unter der Gürtellinie zu treffen, und das war wahrhaftig ein Fortschritt.

»Danke für den Kaffee.«

»Gern geschehen.« Er lächelte, und dann sprach er genau das aus, was ihr gerade durch den Kopf ging. »Wissen Sie, wir müssen uns ja nicht unbedingt lieben, Frau Kollegin.«

Sie lachte leise und nickte. »Also gut. Nach allem, was Frau Versteyl gesagt hat, ist es durchaus möglich, daß die Jansen etwas in den INTERKIDS-Papieren entdeckt hat, was sie stutzig machte.«

Van Appeldorn, den ganzen Mund voll Schlagsahne, wiegte den Kopf. »Die Anzahlungen der Eltern für die bulgarischen Kinder hat Maywald sicher erst nachgetragen, nachdem er wußte, daß die Kinder tot waren, und wir ihm auf den Zahn gefühlt hatten«, sagte er dann. »Aber vielleicht hat sie was anderes gefunden. Notizen, Telefonnummern, Adressen.«

»Und als das mit den toten Kindern durch die gesamte Presse ging, hat sie zwei und zwei zusammengezählt und Maywald unter Druck gesetzt.«

»Ist zumindest nicht auszuschließen. Auf alle Fälle sollten wir uns anhören, wo der ehrenwerte Herr Maywald zur Tatzeit gesteckt hat. Und zwar sofort. Der dürfte im Moment noch ganz schön von der Rolle sein, und da werden ihm so schnell keine neuen Märchen einfallen.«

Maywald öffnete ihnen die Tür, zeigte nicht die geringste Überraschung, ließ sie wortlos vorausgehen ins Wohnzimmer. Sie platzten mitten in die Familienkrise. Auf dem Sofa saß ein kleines Mädchen, das einen Berg Kissen auf seinem Schoß gestapelt hatte, neben ihm Frau Maywald, eine verhuschte Maus; die rotgeränderten Augen ließen ihr Gesicht noch blasser aussehen. Auch sie zeigte kein Erstaunen, als Astrid und van Appeldorn hereinkamen, sah sie ohne Ausdruck an.

Astrid unterdrückte ein Seufzen. Wenn es stimmte, was Maywald gesagt hatte, dann hatte seine Frau bis heute nicht einmal etwas von seinen Schulden gewußt, geschweige denn von allem anderen.

Als van Appeldorn sich vorstellte, stand die Frau auf, nahm das Kind an die Hand und zog es mit.

»Nein«, rief van Appeldorn, »bleiben Sie bitte hier, Frau Maywald.«

Sie blieb steif stehen. »Aber das Kind kann doch gehen?« Ihre Stimme war trocken. »Lauf in den Garten, Sabine, geh ein bißchen schaukeln«, flüsterte sie.

Astrid wartete, bis die Tür sich hinter dem Mädchen geschlossen hatte. »Herr Maywald, wo waren Sie am Sonntag morgen zwischen vier und sechs Uhr?«

Er stierte sie an, vollkommen perplex. »Ich war im Bett.« Aber dann begriff er, warum sie fragte, und seine ganze mühsam unterdrückte Wut entlud sich in einem wilden Gebrüll. Sie konnten ihn kaum verstehen, nur Bruchstücke wie »Leben ruiniert«, »meine Familie«, »mir nicht anhängen«, wüste Beschimpfungen.

Van Appeldorn trat auf ihn zu, ganz nah. »Es reicht«, sagte er, nicht einmal besonders laut.

Maywald schwieg, sah auf van Appeldorns Schuhe.

»Haben Sie ein gemeinsames Schlafzimmer, Frau Maywald?« fragte Astrid.

»Ja.«

»Kann ich es sehen?«

»Ja.«

Die Frau wußte ganz offensichtlich nicht, warum sie danach fragten. Sie ging voraus durch die Diele und öffnete eine Tür. Im Schlafzimmer war es kühl und dämmerig; die Rolladen waren halb geschlossen, um die Nachmittagssonne auszusperren; ein Kleiderschrank, eine Kommode, ein Doppelbett.

»Hat Ihr Mann die Nacht von Samstag auf Sonntag hier mit Ihnen im Bett verbracht?«

»Ja.«

»Die ganze Nacht?«

»Ja.« Man konnte das Fragezeichen hören.

»Hätten Sie es denn gemerkt, wenn er aufgestanden wäre?«

Maywald stand neben van Appeldorn im Türrahmen.

»Natürlich hätte ich das gemerkt. Warum sollte er aufstehen?« Sie sah Astrid an, die Pupillen weit in dem Schummerlicht. »Ich verstehe das alles nicht.« Sie schlug die Hände vors Gesicht. »Ich kann es nicht glauben. Diese Kinder, sie waren noch so klein, und sie sind so jämmerlich...« Sie brach schluchzend ab.

»Aber ich habe keine Schuld!« schrie Maywald.

»Und ich habe keinen Durchsuchungsbeschluß«, meinte van Appeldorn kühl. »Können wir uns trotzdem ein wenig umsehen?«

»Sehen Sie sich um«, sagte Maywald. »Sehen Sie sich um, bis Ihnen die Augen aus dem Kopf fallen, aber lassen Sie uns endlich in Ruhe.«

Van Appeldorn ging in den Keller – Gasheizung, kein Öl – schaute in jeden Raum, jedes Regal, jeden Schrank, dann in die Abstellkammer neben der Küche. Auch unter der Spüle, im Topfschrank, nichts.

Astrid ließ sich die Garage aufschließen. Der BMW war ein Benziner und das einzige Auto der Familie. An der Rückwand der Garage ein offenes Regal mit Farbeimern und Lackdosen, Autowaschzeug. Sie entdeckte eine Büchse *Pinselklar*. War das Nitroverdünnung? Aus dem Handschuhfach in van Appeldorns Wagen holte sie einen Plastikbeutel, packte die Dose vorsichtig ein und nahm sie mit.

Heinrichs sah ganz zufrieden aus, als Toppe ins Präsidium zurückkam. »Du bist früher, als ich dachte. Was ist denn nun mit dem Exmann?«

Toppe hängte seine Jacke über die Stuhllehne. »Er hat kein Alibi. Er hat ein wunderbares Motiv. Aber er war es trotzdem nicht, wenn du mich fragst. Was hast du rausgefunden?«

Bei Bärbel Peters, die er aus dem Unterricht hatte holen lassen, hatte Heinrichs kein Glück gehabt. Sie wußte angeblich nicht, daß jemand bei Heidi Jansen hatte einziehen wollen, versprach aber, sich im Verein und auch sonst umzuhören.

»Ich habe den Namen des Mannes aber trotzdem rausgekriegt«, rieb Heinrichs sich die Hände. »Durch Zufall.«

Er hatte mit Heiderose Jansens Eltern telefoniert und auch mit Kassandra gesprochen. »Ein ganz vernünftiges Kind. Wie alt ist die, hast du gesagt?«

»Zehn, glaube ich.«

»Redet wie eine Dreißigjährige. Der Mann heißt Martin Klinger, wohnt auf der Horionstraße in Hau. Er ist verheiratet und hat vier Kinder. Kassandra sagt, sie kennt ihn schon seit Ewigkeiten, weil nämlich das Ehepaar Klinger mit der Jansen befreundet war, und auch die Kinder haben oft miteinander gespielt. Im letzten Sommer waren sie sogar zusammen im Urlaub auf Ameland. Ich habe den Mann herbestellt, müßte eigentlich schon hier sein. Ich wußte ja nicht, wann du zurück bist, und da hätte ich ja schon mal mit ihm sprechen können.«

»Hat der sich nicht gewundert?«

»Ich habe nur mit seiner Frau gesprochen. Der war auf der Arbeit, Krankenpfleger. Hat aber um zwei Dienstschluß. Sie wollte ihn dann sofort schicken.«

Toppe streckte sich. »Gut, warten wir also.«

»Bei der Rekonstruktion der letzten Stunden vor Jansens Tod gibt es fast nur blinde Flecken. Um halb vier ist sie mit ihren Kindern bei ihren Eltern in Rees angekommen, hat dann da noch Kaffee getrunken und ist so gegen fünf wieder abgefahren. Sie wollte das Spielzimmer der Kinder ausräumen, damit Klinger Platz für seine Klamotten hatte. Der wollte noch am selben Abend einziehen.«

Das Telefon schellte. Es war van Gemmern. »Herr Toppe? Ich bin jetzt durch an der Hamstraße. Könnten Sie hochkommen ins Labor? Ich habe einiges zusammengetragen.«

»Kommst du mit hoch, Walter?« Toppe war schon halb im Gehen.

Es klopfte, und die Tür wurde geöffnet. »Guten Tag. Sie wollten mich sprechen?«

Martin Klinger, blondes, lichtes Haar, eine dünne Nickelbrille. Er war älter, als Toppe gedacht hatte, sicher Ende Vierzig.

»Herr Klinger? Vielen Dank, daß Sie gekommen sind.« Auch Toppes Stimme war geschäftsmäßig. »Würde es Ihnen etwas ausmachen, ein paar Minuten hier zu warten?« Er deutete auf die triste Stuhlreihe an der Flurwand. »Es wird nicht lange dauern.«

»Kein Problem«, nickte der Mann freundlich.

Berns Maulerei über den »bestialischen Gestank« schlug ihnen wesentlich lauter entgegen als der teerige Brandgeruch. Heinrichs riß sich weiß Gott nicht um »klare Worte«, womöglich noch weniger als Toppe, aber jetzt hatte er genug. »Paul, kannst du mal kommen, bitte?«

»Wieso? Willst du mich jetzt auch noch zusammenscheißen? Danke, kein Bedarf!« Damit stürmte Berns hinaus.

Van Gemmerns einzige Reaktion auf die Szene war ein kleines Zucken im Mundwinkel.

Sachlich erstattete er Bericht: sechs leere Weinflaschen hatte er gefunden, vier davon in der Küche, zwei im Wohnzimmer, dort auch, in der Nähe der Flaschen, ein Glas. Er zeigte es ihnen, ein kleines Wasserglas, von einem schwarzen Fettfilm überzogen.

»Nichts deutet auf eine zweite Person hin«, sagte er.

Weder Nitroverdünnung noch Öl oder Benzin hatte er im Haus entdeckt. »Nur ein paar Pötte Ökofarbe, da wo es zum Keller runtergeht.«

»Auch nicht draußen irgendwo?« fragte Toppe.

Van Gemmern schüttelte den Kopf, nahm eine lange Pinzette und hob ein stinkendes, schwarzes, schlammiges Etwas hoch. »Aber das hier lag gleich neben der Stufe vor der Hintertür.«

»Was soll das denn sein?« Heinrichs rümpfte die Nase.

»Ich mußte mir das auch erstmal gründlicher ansehen«, nickte van Gemmern. »Das ist eine Baskenmütze. Könnte wichtig sein, oder? Gleich an der Stelle, wo das Initialfeuer war.«

»Brandexperten!« schnaubte Toppe und sah sich das Ding genauer an. »Was ist das denn da?«

Van Gemmern drehte die Mütze. »Habe ich auch schon dran rumgedoktert. Irgendeine Plakette, ein Abzeichen, aber es ist so zusammengeschmolzen, daß ich es beim besten Willen nicht identifizieren kann. Ich schicke die Mütze heute noch zum LKA. Vielleicht haben die mehr Glück.« Er warf Toppe einen knappen Blick zu. »Hadern Sie nicht allzu sehr mit den Brandexperten. Wenn ich an der Stelle nicht ausgerutscht wäre und mit meinem Schuh den Schlamm weggeschoben hätte, läge die Mütze da jetzt noch begraben.«

35

Martin Klinger hatte geduldig auf sie gewartet, und auch bei ihrem Gespräch war er die Ruhe selbst. »Ich habe sofort gewußt, warum Sie mich sprechen wollten. Es ist Brandstiftung gewesen, nicht wahr?«

Er war der erste, der ein wasserdichtes Alibi hatte: seine Frau hatte beschlossen, ihrer Ehe doch noch eine Chance zu geben, und so hatten sie am Samstag ihre Kinder bei Anita Klingers Vater abgegeben und sich übers Wochenende in einem Sporthotel in Kevelaer einquartiert, um in Ruhe miteinander zu reden.

»Die Heidi wußte das aber, ich habe mit ihr telefoniert.«

»Wann?« wollte Toppe wissen.

»Na, am Samstag. Ich hab's ein paarmal am Nachmittag probiert, aber da war keiner zu Hause. Abends hab ich sie dann vom Hotel aus doch noch erreicht.«

»Um wieviel Uhr war denn das?«

»Nach dem Abendessen irgendwann. Gegen neun, oder so. Aber vielleicht wissen die das im Hotel genauer.«

Sie wußten es sogar ganz genau – 21.11 Uhr – und bestätigten, daß das Ehepaar Klinger von Samstag bis Montag um die Mittagszeit bei ihnen zu Gast gewesen war. Toppe legte den Hörer auf.

»War Frau Jansen allein, als Sie mit ihr telefoniert haben?«

»Ich glaube, ja«, antwortete Klinger. Sein Gesicht hatte sich verfinstert.

»Können Sie sich genau an das Telefongespräch erinnern?«

»Nicht besonders gut.«

Toppe neigte fragend den Kopf.

»Ich war sauer, weil sie so blöd reagiert hat. Eigentlich hatte ich erwartet, sie freut sich, daß Anita und ich es noch mal versuchen wollten, aber sie war ganz kurz ab, 'du mußt ja wissen, was du tust' und so was. Dabei sind wir seit Jahren befreundet.«

»Sie wollten also Ihre Frau verlassen?« fragte Heinrichs barsch.

Klinger schien den Unterton nicht zu bemerken. »Bei

uns kriselt es schon ziemlich lange, aber wir wollen jetzt wohl eine Partnertherapie machen.«

»Und wie sind Sie auf den Gedanken gekommen, bei Frau Jansen zu wohnen?«

»Heidi hat es mir angeboten, öfter schon.«

»Hatten Sie etwas miteinander?« fragte Toppe geradeheraus.

»Meinen Sie, ob ich Anita wegen Heidi verlassen wollte? Nein, Quatsch! Ich meine, da ist mal was vorgefallen mit uns letzten Sommer, aber das war eine einmalige Angelegenheit. Wieso fragen Sie das alles?«

»Wir versuchen, uns ein Bild von Heiderose Jansen zu machen«, sagte Toppe. »Hatte sie einen festen Freund?«

»Nein. Ich glaube nicht mal, daß sie nach der Scheidung noch was mit einem anderen Mann gehabt hat, außer... naja... letzten Sommer. Sie war nicht unbedingt ein Männertyp.«

»Was ist denn das«, fragte Heinrichs, »ein Männertyp?«

»Na ja, nicht gerade eine Frau, mit der man sofort ins Bett will. Die war mehr so mütterlich.«

»Mütterlich?« entgegnete Toppe. »Das ist das erste Mal, daß jemand sie so nennt.«

Klinger sah ihn unsicher an. »Ich weiß auch nicht, wie ich das sagen soll, ich meine nur. Ihre Kinder waren das Wichtigste in ihrem Leben. Es muß furchtbar schlimm sein für die Kleinen.«

»Können Sie sich vorstellen, wer den Brand gelegt hat?«

»Nein. Ich meine, wer tut so was?«

Ja, dachte Toppe, genau das habe ich dich gerade gefragt. Der Mann war so simpel, daß es ihm schon gegen den Strich ging.

»Wie haben Sie Frau Jansen kennengelernt?«

»Na, über die MEILE.«

»Ach«, klinkte sich Heinrichs ein, »Sie sind auch in diesem Verein tätig.«

»Nicht mehr. Unsere Kinder sind ja schon groß. Aber als die noch in der Grundschule waren.«

Sie redeten noch eine gute halbe Stunde mit ihm, aber es kam nichts dabei heraus. Er war einfach ein Mann, der sich nicht allzu viele Gedanken machte und die Dinge so nahm, wie sie sich ihm darstellten.

Astrid kam zwanzig Minuten zu spät zu ihrer Verabredung. Sie schaffte es immer noch nicht, Gabi einfach so gegenüberzutreten, ohne optische Kilometer zu machen. Also hatte sie nach dem Dienst geduscht, sich frische Sachen angezogen, sich geschminkt.

»Ich bin ganz froh, daß du so spät kommst«, schnitt ihr Gabi die Entschuldigung ab. Sie war selbst noch im Bademantel, hatte ein Handtuch um den Kopf gewickelt. Sie redete weiter auf dem Weg ins Bad und zwang Astrid damit, hinter ihr herzukommen. »Mann, das war ein Tag!« Sie rubbelte sich das Haar trocken, zog den Bademantel aus und griff nach ihrem Höschen. Astrid lehnte sich mit dem Rücken gegen den Türrahmen. »Heute morgen war Christians Verhandlung. Hat ewig gedauert, und die Zeit durfte ich nacharbeiten.«

»Heute morgen?« wunderte sich Astrid. »Davon hat mir Helmut gar nichts gesagt.«

»Helmut wußte es auch gar nicht.« Gabi knöpfte sich die Bluse zu, stopfte sie in die Jeans und fuhr sich mit dem Kamm durchs Haar. Astrid sagte nichts. Es kostete sie Mühe, aber sie hielt den Mund. Gabi fing ihren Blick im Spiegel auf. »Sprich's aus.«

Astrid schüttelte den Kopf.

»Ich bin inzwischen so daran gewöhnt, allein für die Kinder und mein Leben verantwortlich zu sein…« Sie stockte, und ihre Augen blitzten, als sie sich zu Astrid herumdrehte. »Aber manchmal tu ich's tatsächlich auch aus Trotz.« Dann lachte sie. »Du hast natürlich recht. Ich kann nicht einerseits verlangen, daß Helmut sich mehr kümmert und ihn andererseits ausschließen.«

»Wie ist es denn ausgegangen mit Christian?«

»Nicht so arg. Der Richter war ziemlich gnädig, weil es das erste Mal war. Trotzdem werden wir Christian jetzt wohl ziemlich häufig im Tiergarten antreffen. Einen größeren Gefallen hätte der dem Jungen gar nicht tun können. Der hatte doch die ganze Zeit Sorge, er müßte in die Altenpflege oder so was.«

Gabi war von dem Bauernhaus genauso begeistert wie Astrid. Fast eine Stunde liefen sie rum und richteten es ein, legten Gemüsebeete an, mähten die Wiese mit der Sense, Blumenwiese, versteht sich. Als sie sich schließlich unter dem Kirschbaum wiederfanden, wo sie Rezepte für Konfitüre und Chutney austauschten, sahen sie sich plötzlich an und lachten los.

»Es muß an diesem Haus liegen«, meinte Gabi. »Es ist einfach traumhaft.«

»Aber es ist zu groß«, erwiderte Astrid.

»Ja, es ist zu groß. Trotzdem würde ich das gern mal durchrechnen. Dieser eine Interessent für unser Haus hat schon zweimal wieder angerufen. Ich muß unbedingt mit Helmut reden.«

»Komm doch mit«, lud Astrid sie ein. »Wenn wir Glück haben, ist er schon zu Hause.«

Helmut Toppe war zu Hause. Er saß auf dem Balkon, die Hände im Nacken verschränkt, die Augen geschlossen und dachte nach. Als er die Frauen im Flur kichern hörte, seufzte er.

»Ich bin hier draußen!« rief er dann doch.

Gabi merkte sofort, daß ihm nicht nach Reden war, und machte es so kurz wie möglich. Er nickte. »380.000 ist eine gute Verhandlungsbasis. Mach einen Termin mit dem Mann, ich nehme mir dann frei.«

Astrid brachte Gabi zur Tür, und als sie wieder auf den Balkon kam, stand Toppe die Hände aufs Gitter gestützt und starrte auf den Betonbau gegenüber.

»Was ist los mit dir?«

»Nichts, ich denke nur nach.«

»Helmut?«

»Hm?«

»Ich muß die Schlüssel für das Bauernhaus morgen früh zurückgeben. Wenn du es dir also noch ansehen willst...«

Das Haus war ein Traum, sie hatte nicht übertrieben. Hier ließ es sich leben. »Es ist zu groß für uns.«

»Ja, ich weiß. Komm trotzdem.« Sie zog ihn mit in den

Obsthof. Er sah sich um, atmete ein paarmal tief durch und ließ sich dann ins dicke Gras fallen.

Astrid setzte sich neben ihn und wartete.

»Du würdest deinen Beruf nicht aufgeben, wenn wir ein Kind hätten.« Es war eine Feststellung, und ihr »nein« war gar nicht nötig. »Und wie soll das dann gehen?«

»Hör zu, Helmut«, unterbrach sie ihn. »Ich habe es mir überlegt. Es ist zu früh für ein Kind. Es muß nicht sein, sowieso nicht. Wir brauchen nicht darüber zu sprechen.«

»Doch«, beharrte er. »Wir müssen darüber sprechen. Wie hast du dir das konkret vorgestellt?«

»Also gut, erst mal Erziehungsurlaub. Den könnten wir auch teilen, wenn du das willst.«

»Und dann?«

»Ich könnte auf eine halbe Stelle gehen.«

»Du weißt ganz genau, daß es bei uns keine halben Stellen gibt. Und du kennst unsere unregelmäßige Arbeitszeit so gut wie ich.«

Sie stöhnte. »Hör doch auf. Das Problem hat doch jede berufstätige Mutter. Da wird sich in den nächsten Jahren einiges tun. Und es gibt ja auch Tagesstätten und...«

»... und Kinderfrauen«, fiel er ihr ins Wort. »Vielleicht springt ja auch deine Frau Mutter ein. Und wie ist das? Möchtest du heiraten, oder sollen wir unsere Kinder in Sünde großziehen?«

»Du kannst aufhören«, sagte sie leise, ohne ihn anzusehen. »Du mußt mir nicht wehtun. Ich weiß, was du sagen willst: das Kind zu Oma, ein halbes Leben auf allen Seiten. Das hast du schon alles hinter dir.«

»Genau«, sagte er hart. »Das habe ich schon alles hinter mir, und es hat nicht funktioniert. Es würde sich alles wiederholen.«

»Nein«, sie legte ihm die Hand auf den Arm und wartete, bis er sie ansah. »Es würde sich nicht wiederholen, aber egal. Solange du das Gefühl hast, will ich auf gar keinen Fall ein Kind.«

Er antwortete ihr nicht. Sie stupste ihn an und lachte. »Jetzt mach doch nicht so ein Drama draus. Ich bin nicht unglücklich.« Sie wußte, daß er ihr nicht glaubte. »Also gut, du willst es nicht anders, muß ich halt kitschig werden: du bist mir wichtiger. Und weißt du was, ich stelle gerade fest, daß ich mir auch wichtig bin.«

»Wenn wir jeder unser eigenes Arbeitszimmer hätten, ein Schlafzimmer, ein Gästezimmer, ein Wohnzimmer...«

»Wie wäre es mit einer Bibliothek und einem Musikzimmer? Astrid, hör auf zu spinnen. Das Haus ist und bleibt zu groß.«

Sie standen in der Küche, jeder ein Butterbrot in der Hand, eine Flasche Bier auf dem Tisch, die sie sich teilten. Für ein richtiges Abendessen blieb keine Zeit, denn Astrid hatte beschlossen, daß sie dringend mal wieder ins Kino mußten.

»Warum mußt du bloß immer so vernünftig sein?« seufzte sie.

Er machte große Augen. »Ausgerechnet ich! Ich und vernünftig!«

Es schellte. »Oh nein«, stöhnte Astrid. »Bitte nicht die Kinder jetzt.«

Aber es war Ackermann, der sich hundertmal für die Störung entschuldigte – »also, ich mach dat echt nich' gern, so privat, sach selbs' immer my home is my castle, un' die Arbeit soll ma' schön draußen bleiben« – bis er endlich in der Küche war.

»Ich glaub, ich muß wohl ganz vorne anfangen. Dat, wat mein Freund Bernd is, wa? Wir ham schon zusammen inner Sandkiste gesessen. Also, der is' Mercedesfahrer, un' der hat mir dat gesacht von diese Schrottklitsche.«

Toppe verstand kein Wort, Astrid kicherte.

»Da gibbet so 'n Typ in Hommersum, der is' eigentlich Schrotthändler, aber so nebenbei repariert der auch Mercedesse. Un' zwar für 'n Appel und en Ei. Holt sich die Ersatzteile alle hinter de Grenze. Sind natürlich vom Lastauto gefallen.« Ackermann lachte meckernd. »Kennt man doch. Un' jetz' hätt' ich 'n Anliegen, Chef.« Seine Miene wechselte zwischen aufgekratzt und zerknirscht hin und her. »Ich war also heut' da draußen bei dem Typ un' hab so 'n paar Takte mit dem gequakt. Von wegen, 'n Freund von mir hätte bei ihm nämlich 'ne Stoßstange und en Scheinwerfer, un' so.« Er tippte sich an die Stirn. »Popöchen! Un' ich spüret genau, dat der Dreck am Stecken hat. Bloß, ich glaub, man braucht 'n bisken Überredungskunst bei dem Kerl. Der is' nämlich nich' von gestern und en ganz schönes Kaliber, meine Fresse! Da dacht ich, ob ich wohl den Norbert morgen früh ma' für 'n Stündken kriegen könnt. Weil, der Norbert is' nämlich bei so wat echt klasse!«

Toppe verbiß sich nur mit Mühe das Lachen. »Von mir aus haben Sie grünes Licht. Sie müssen van Appeldorn schon selbst fragen.«

»Dat isset ja grad.« Treuherziger Blick.

Toppe ging ins Schlafzimmer, wo das Telefon stand, und wählte van Appeldorns Nummer.

»Du hältst das nicht für eine von Ackermanns üblichen Spinnereien?« fragte der trocken, nachdem Toppe ihm alles erzählt hatte.

»Keine Ahnung. Aber es lohnt sich, dem nachzugehen, meine ich.«

»Wenn du's sagst. Er soll mich morgen früh anrufen.«

36

»Dina Versteyl hat mit der ganzen Sache jedenfalls nichts zu tun, da bin ich sicher«, faßte Astrid ihre gestrigen Ergebnisse zusammen. Es war früh am Donnerstag morgen, und van Appeldorn war nicht zum Dienst gekommen. Offenbar hatte er sich durchringen können, Ackermann nach Hommersum zu begleiten.

»Damit wäre der Fall INTERKIDS für uns wohl endgültig abgeschlossen. Aber Maywald hat kein Alibi für die Brandstiftung. Und ich weiß nicht, der steht immer noch unter einem unheimlichen Druck.« Sie erzählte, wie er gestern einmal völlig die Beherrschung verloren hatte. »Und wenn die Jansen in den Unterlagen was Verdächtiges gefunden hat, dann hat Maywald ein 1a Motiv.«

»Du meinst, wenn die Jansen ihn mit ihrem Wissen erpreßt hat«, sagte Toppe zögernd. »Aber das paßt nicht zu der Frau. Die hätte so was sofort an die große Glocke gehängt. Und Maywald? Wenn man überlegt, wie dem in den letzten Wochen Stück für Stück der Boden unter den Füßen weggezogen wurde und daß er zum Schluß offenbar eine ganz schöne Angst hatte, es könnte ihm genauso gehen wie Rob de Boer…«

»Aber vielleicht gerade deswegen«, beharrte Astrid. »Der muß wirklich verzweifelt gewesen sein. Ich meine, logisch gehandelt hat er jedenfalls nicht mehr. Sonst hätte er doch zum Schluß die Bücher nicht mehr gefälscht. Der mußte doch davon ausgehen, daß das sofort rauskommt.«

»Trotzdem, Brandstiftung?« Heinrichs hörte auf, in den Akten zu blättern. »Nein, das paßt nicht. Aber in Ordnung, man erlebt die dollsten Dinger. Maywald bleibt also auf der Liste. Wenn ihr allerdings meine Meinung hören wollt: für mich hat der Exmann das wesentlich bessere Motiv. Da kommen auch nicht so viele 'Wenns' zusammen: wenn die Jansen in den Papieren was Belastendes gefunden hat, wenn sie Maywald damit erpreßt hat. Daß sie versucht hat, ihren Mann fertigzumachen, das wissen wir, und der gibt ja sogar selbst zu, daß er sie gehaßt hat. Und wenn ich an das Gespräch mit der Nachbarin denke über sein Elternhaus und wie er dran gehangen hat…«

Toppe stand auf, lehnte sich mit dem Rücken gegen die Fensterbank und knibbelte am Kinn. Es gab immer noch Momente, in denen er seinen Vollbart vermißte.

»Aber das spricht doch eher dagegen«, erwiderte Astrid. »Wieso sollte er dann das Haus abfackeln?«

»Das kennen wir doch«, sagte Heinrichs. »Wenn ich es selbst nicht haben kann, dann soll die es auch nicht haben. Außerdem wußte der Mann ja wohl am besten, wo man das Feuer legen mußte, damit das Haus auch wirklich in Flammen aufging. So gesehen könnte man ihm sogar eine Tötungsabsicht unterstellen. Der wußte ja wohl, wo seine Exfrau schlief; nämlich direkt über der Hintertür.«

»Und damit seine eigenen Kinder in Gefahr bringen?« Toppe stieß sich von der Fensterbank ab und kehrte zu seinem Platz zurück.

»Die waren ja gar nicht zu Hause. Der kann uns doch viel erzählen, von wegen das hätte er nicht gewußt!«

»Ich bin ziemlich sicher, daß Fred Jansen damit nichts zu

tun hat«, sagte Toppe ruhig, »aber gut, er bleibt auf der Liste. Und nun?«

Das war für Heinrichs keine Frage: »Ich sehe immer noch jede Menge potentieller Täter in diesem Verein, und bei der Salzmann-Unkrig würde ich anfangen.«

»Gut, dann übernehmt ihr beiden das«, meinte Toppe schnell. »Ich bin in der Nachbarschaft noch nicht ganz durch.«

Astrid warf ihm einen weichen Blick zu und schmunzelte vor sich hin. Wenn er schon wieder am Fenster stand und sich unsichtbare Barthaare ausrupfte… Irgendwas beschäftigte ihn, aber er wollte allein daran puzzeln.

Toppe ging runter in die Zentrale und fragte nach Flintrop. Kollege Heiligers hatte Mühe, sein Befremden zu verbergen. Es war noch gar nicht so lange her, da hatte Toppe Flintrop gemieden, als hätte der die Beulenpest, und Flintrop hatte jedem, der es nicht hören wollte, erklärt, was er von diesem arroganten Pinkel im feinen Anzug hielt, aber in letzter Zeit…

»Der ist nebenan«, zeigte er auf die Tür.

Flintrop hatte inzwischen in seiner Erinnerung gekramt und wußte genau, daß er einmal eine Anzeige von Heiderose Jansen aufgenommen hatte. Gegen wen, konnte er nicht mehr sagen, aber es war um die Höhe einer Hecke gegangen.

»Die Anzeige müßte doch eigentlich in eurem Computer sein, oder?« fragte Toppe mit vorsichtiger Freundlichkeit.

»Sicher.«

»So weit ich gehört habe, hat die Frau mehrere Anzeigen erstattet. Ich meine, es ist wohl nicht möglich, das aus dem Ding da abzurufen, wenn ich keine konkreten Daten habe?«

»Doch, klar ist das möglich.« Flintrop legte sein Frühstücksbrot aus der Hand und erhob sich gewichtig. »Ich bin nicht so furchtbar bewandert mit dem Teil, aber das müßte ich eigentlich hinkriegen.«

Toppe setzte sich und zündete in Ruhe eine Zigarette an, aber Flintrop war fixer, als er gedacht hatte.

»Mannomann«, pfiff der, »eine ganz feine Latte!«

Toppe beugte sich über Flintrops Schulter, um im schräg einfallenden Licht etwas auf dem Bildschirm sehen zu können.

Die beiden Anzeigen gegen Kleinmanns – einmal wegen einem abgeholzten Baum, einmal wegen einer angeblich zu hohen Hecke – waren ein Klacks gegen die Liste der Anzeigen gegen den Bauern Ewald Timmer. Die erste war vor vier Jahren erstattet worden wegen ruhestörenden Lärms, Anlegen einer Silage nach 22 Uhr. Die nächste, weil Timmer angeblich Jansens Katze erschossen hatte. Dann noch eine Ruhestörung, diesmal waren es Erntemaschinen. Bei der vierten Anzeige ging es um das Ausfahren von Gülle im November und bei der letzten, die ziemlich genau vor einem Jahr erstattet worden war, um unerlaubte Genmanipulation.

»Was soll denn das sein?« staunte Toppe.

Flintrop schüttelte den Kopf. »Seid ihr sicher, daß die Alte nicht aus der Psychiatrie entsprungen ist?«

Der Staatsanwalt stöhnte, als er den Namen Heiderose Jansen hörte, und Toppe mußte einiges an Überredungskunst anwenden. »Na gut, ich suche die Unterlagen raus und rufe Sie dann zurück.«

Es dauerte keine zehn Minuten. Die Staatsanwaltschaft hatte sich anfangs bemüht, die Kontrahenten zu einem Schiedsmann zu schicken. »Im Grunde handelt es sich ja um Nachbarschaftsstreitigkeiten, bei denen kein öffentliches Interesse vorliegt, verstehen Sie? Aber die Dame wollte sich darauf nicht einlassen. Zwei Sachen gegen Ewald Timmer sind schließlich zur Verhandlung gekommen: ein ruhestörender Lärm und das Ausbringen von Gülle im November. In beiden Fällen endete es mit einer Geldbuße für den Bauern.«

»Und was war mit der Katze?«

»Warten Sie, Katze erschossen, ja hier. Katzen, das galt damals noch als Sachbeschädigung. Außerdem hatte das Tier sich weiter als 200 Meter vom Grundstück entfernt, und Herr Timmer war im Besitz eines gültigen Waffenscheins. Ist wohl auch Jäger, der Mann.«

Toppe sah auf seinen Zettel. »Dann habe ich hier noch eine unerlaubte Genmanipulation...«

»Genmanipulation?« wunderte sich der Staatsanwalt. »Darüber haben wir hier nichts. Was soll denn das sein?«

»Wenn ich das wüßte!«

»Also, in unseren Unterlagen finde ich da nichts. Sie muß die Anzeige wohl zurückgezogen haben.«

Bei der ersten Anzeige gegen Kleinmanns war es auch zur Verhandlung gekommen, und der Mann hatte eine Geldstrafe zahlen müssen. Frau Kleinmanns hatte Toppe also schlicht belogen, als sie gesagt hatte, bei den Streitigkeiten sei nichts rumgekommen. Außerdem hatte sie verschwiegen, daß sie selbst Heiderose Jansen vor zwei Jahren angezeigt hatten wegen Nichteinhaltung der Mittagsruhe. Eine wirklich sympathische Nachbarschaft!

Christa Salzmann-Unkrig empfing sie gnädig, bat sie, auf der Terrasse unter dem Sonnensegel Platz zu nehmen und ging zurück ins Haus, um »etwas Kühles zum Trinken zu holen«.

Heinrichs sah sich kleinlaut um; so viel Prunk und Protz kannte er nur aus dem Fernsehen. Von vorn hatte die Villa ganz bescheiden ausgesehen, aber sie war an einen Hang gebaut, und an der Parkseite strahlte sie in ihrer ganzen gläsernen Pracht. Der weiße Marmorboden der Halle zog sich über die Terrasse in breiten Stufen bis hinunter zum Pool. Heinrichs ließ seinen Blick über den Rasenteppich schweifen und staunte über die mannshohen Rosenhecken in allen Pinkschattierungen und die exakt geschnittenen Buchsbaumfiguren. »Die haben bestimmt einen Gärtner«, flüsterte er. »Und einen Fensterputzer. Gucken Sie mal, der Glaserker da oben, der sieht aus, als ob er frei in der Luft schwebt.«

Astrid war völlig unbeeindruckt. Derselbe Architekt hatte ihr Elternhaus gebaut. »Jede Wette, die bringt uns hausgemachte Limonade in einem Glaskrug.«

Sie hatte recht.

»Eis?« fragte Frau Salzmann-Unkrig und schenkte ein. »Worum geht es denn? Was kann ich für Sie tun?«

»Wo waren Sie in der Nacht von Samstag auf Sonntag

zwischen vier und sechs Uhr früh?« fragte Astrid und schlug ihren Notizblock auf.

»Wie bitte?« Die Empörung war nicht gespielt.

»Ja?« Astrid wartete.

»In meinem Bett selbstverständlich.«

»Zeugen?«

Ein harter Blick. »Mein Mann.«

Dann stand sie auf. »Bitte entschuldigen Sie mich einen Moment.«

Heinrichs war richtig böse. »Was ist denn in Sie gefahren?«

»Wieso?« schnippte Astrid. »Das ist doch genau das, was wir wissen wollen, oder?«

»Nein, verflucht!«

»Nein? Lieber Herr Heinrichs, Sie glauben doch nicht allen Ernstes, daß Leute wie die hingehen und einen Brand legen.«

»Natürlich nicht, aber gerade Leute wie die haben ihre Lakaien für die Drecksarbeit.«

»Ach«, winkte Astrid ab. »Meiner Meinung nach sind Sie dabei, sich gründlich zu verrennen. Aber bitte, wie Sie meinen. Halte ich eben die Klappe.«

Christa Salzmann-Unkrig war schnell wieder da.

»Ihr Streit mit Heiderose Jansen...« begann Heinrichs.

Sie seufzte. »Es tut mir leid, aber ich muß sagen, langsam ist es genug. Vor ein paar Tagen erst habe ich Ihrer Kollegin versichert, daß es nie einen Streit, wie Sie es nennen, gegeben hat. Ich habe mit dieser Frau seit Monaten kein persönliches Wort mehr gewechselt. Und wenn Sie jetzt wieder auf meinen Leserbrief anspielen, kann ich nur wiederholen: ich habe dieses Mittel bewußt gewählt. Mir ist es niemals um persönliche Animositäten gegangen – gerade denen wollte ich aus dem Weg gehen. Deshalb der Leserbrief. Mir ging und geht es immer noch ausschließlich um die Sache.«

»Und die Sache ist die UNICEF-Schule?«

»Ganz recht.« Dann sprach sie einen minutenlangen Plaudermonolog über Chancengleichheit auch für Kinder aus sozial schwachen Familien, die ausländischen Mitbürger, und wie sie sich gerade in diesem Bereich seit vielen Jahren engagiere.

Astrid schickte Heinrichs ein freches Grinsen, aber er ließ sich nicht aufhalten, fragte, inwiefern Frau Salzmann-Unkrig bei INTERKIDS mitgearbeitet habe.

»Konkret hatte ich mit der Vermittlung nur insofern zu tun, als daß ich mich ein wenig um die Promotion gekümmert habe. Es ist sehr bedauerlich für die Organisation, daß Herr Maywald sich als so wenig vertrauenswürdig erwiesen hat.«

»Haben Sie eigentlich Kinder?« fragte Astrid.

»Keine eigenen, nein.«

»Ach, Sie haben selbst adoptiert?«

»Nein, aber mein Mann hat einen Sohn aus erster Ehe.«

Mit einem Ruck wurde die Glastür aufgeschoben, und ein älterer Mann in dunkelgrauem Anzug kam heraus, deutete eine Verbeugung an. »Unkrig, guten Tag. Wie ich von meiner Frau gehört habe, gibt es Probleme.«

Heinrichs erhob sich halb. »Probleme? Nein, überhaupt nicht. Wir haben lediglich ein paar Fragen gestellt.«

»Dürfen wir uns ein wenig bei Ihnen umsehen?« nahm Astrid ihm das Wort ab.

Unkrig musterte sie. »Haben Sie eine entsprechende Legitimation?«

»Nein.« Astrid reckte das Kinn.

»Dann weiß ich nicht, warum Sie uns belästigen. Guten Tag!«

»Diese scheinheiligen Arschlöcher!« Astrid rannte fast zum Auto.

»Mädchen«, Heinrichs legte ihr die Hand auf die Schulter, aber sie schüttelte sie ab und fuhr zu ihm herum: »Charity begins at home, daß ich nicht lache! Wenn jemand die Knete hat, dann doch wohl die. Die könnten doch einen ganzen Stall Kinder adoptieren, ohne daß sie das überhaupt merken würden. Aber das könnte ja das Erbe des Kronprinzen schmälern. Engagement für die sozial Schwachen, Promotion! Lassen Sie sich das doch mal so nacheinander auf der Zunge zergehen.«

»Wir sind 'n verdammt gutes Team, wat Norbert? Der Typ hatte keine Schnitte gegen uns.«

Van Appeldorn reagierte nicht, was man ihm in diesem Fall allerdings nicht verübeln konnte, denn sie brausten mit 140 die Landstraße entlang. Mit links hielt er das Lenkrad, in der rechten Hand hatte er den Telefonhörer: »Hör zu, Berns. Es könnte sein, daß wir den Mercedes gefunden haben. Gehört einem Karl Braun aus Reichswalde.« Er gab die Adresse durch. »Was? Ja, wir sind auf dem Weg dahin, kurz vor Asperden. Prima, treffen wir uns bei dem vorm Haus.«

»Klappt et?« fragte Ackermann.

Van Appeldorn nickte, ohne den Blick von der Straße zu nehmen.

»Ach übrigens, Norbert...«

Ein Grunzen als Antwort.

»Vielleicht hilft et dir, wenn ich dir sach, dat ich et mir anders überlecht hab. Ich bewerb mich doch nich' auf Günthers Stelle. Et is' wohl besser, wenn ich Libero bleib. Wat meinst du?«

Van Appeldorn lachte. »Libero ist gut. Weißt du was, Jupp, ich sag's nicht gern, aber als Libero bist du unschlagbar.«

37

In der Hamstraße war es still wie auf dem Friedhof. High noon, dachte Toppe, der Beginn der Mittagsruhe. Aus Kleinmanns' Garten kam ein leises Schnippschnipp. Er linste über die Hecke, konnte aber niemanden sehen. Plötzlich ein unterdrücktes Kreischen gleich unter seiner Nase, und Frau Kleinmanns kam aus der Hocke hoch. »Haben Sie mich erschreckt!«

Sie hatte sich eine gestärkte grüne Schürze umgebunden und trug rosa Gummihandschuhe. Unsicher folgte sie seinem Blick. »Ich mache gerade die Rasenkanten...«

Im Gras entdeckte er eine Küchenschere. »Damit?« fragte er verdutzt.

»Ja, das ist viel gründlicher als mit diesen elektrischen Dingern.«

»Ist Ihr Mann zu Hause?«

»Noch nicht. Der kommt aber in der Mittagspause, gegen eins.«

Sie zog die Handschuhe aus und kam die Hecke entlang zum Törchen. »Wenn ich Ihnen vielleicht...«

»Nein, danke«, winkte Toppe schnell ab. »Ich komme später wieder, wenn Ihr Mann da ist.«

Sie sah ihm nach, wie er den Weg zu Timmers Hof hochging.

Nach dem Regen letzte Nacht standen überall Pfützen, und Toppe mußte aufpassen, daß er nicht ausrutschte. Die Hunde schlugen an, kaum daß er über die Hügelkuppe kam. Kein Mensch war zu sehen. Zwölf Uhr mittags, dachte er wieder, da wird bei Bauerns gegessen. Er ging links um die Hausecke herum zum Küchenfenster, erkannte trotz der dichten Gardine Leute am Tisch, klopfte kurz an die Scheibe und ging zur Haustür zurück. Einer der beiden Jungen, die er letztens in der Scheune gesehen hatte, öffnete ihm kauend, murmelte irgendwas, drehte sich um und rannte in die Küche zurück. Es gab Rotkohl und Bratwurst, das konnte man schon im Flur riechen. Der Bauer saß am Kopfende des Tisches, rechts von ihm, mit dem Rücken zur Tür, seine Frau, daneben im Hochstuhl das Baby, gegenüber die beiden Jungs. Frau Timmer drehte sich zu ihm um. »Guten Tag, Herr Kommissar.«

»Mahlzeit«, nickte der Bauer und fuhr dann zu dem kleinen Jungen herum, der seine Wurst in die Hand genommen hatte, um abzubeißen, und schlug ihm auf die Finger. »Messer und Gabel«, kollerte er.

Rechts in der Zimmerecke neben dem Schrank saß das kleine Mädchen mit dem Gesicht zur Wand, den Teller mit dem Essen zwischen den ausgestreckten Beinen. Als Toppe jetzt zum Reden ansetzte, stand das Kind auf und schob sich langsam, den Blick immer auf die Wand geheftet, an ihm vorbei nach draußen. Keiner schien darauf zu achten.

»Ich störe beim Essen, tut mir leid. Es macht mir nichts aus, eine Weile draußen zu warten.«

»Nein«, sagte Ewald Timmer und schob seinen Teller weg. Dann ging er zum Küchenschrank, wo seine Pfeife lag, und fing an, sie sorgfältig zu stopfen. Toppe stand immer noch an der Tür.

»Was gibt's denn noch?« fragte Timmer, ohne ihn anzusehen.

»Ich habe hier eine Liste mit den Anzeigen, die Frau Jansen in den letzten Jahren gegen Sie erstattet hat. Darüber würde ich gern mit Ihnen reden.«

Timmer paffte ein paarmal, stopfte nach, paffte wieder. »Ich wüßte nicht, was es da zu reden gibt.«

»Aber ich«, entgegnete Toppe scharf.

Timmer verstaute den Pfeifenstopfer in der Brusttasche seiner Latzhose. »In Gottes Namen«, stöhnte er und ging an Toppe vorbei in den Flur. »Kommen Sie mit.« Dann drehte er sich noch mal zu seiner Frau um, die immer noch am Tisch saß. »Bring Kaffee.«

Das Wohnzimmer war ein düsterer Raum, vollgestopft mit flämischen Eichenmöbeln, vor den beiden kleinen Fenstern dichte Spitzenstores und Übergardinen aus dunklem Brokat. Timmer zog den schweren Kristallaschenbecher zu sich heran und legte die Pfeife ab.

»Frau Jansen war ein Quertreiber, wie er im Buche steht, da können Sie hier jeden fragen. Deshalb weiß ich auch nicht, wieso Sie sich überhaupt so für meine Anzeigen interessieren. Oder meinen Sie etwa, ich hätte deren Bude in Brand gesteckt, bloß weil die mich mal angezeigt hat? Außerdem, damals die Sache mit der Silage, wo ich die Strafe zahlen mußte, da hatten sich auch andere beschwert. Aber was soll's! Vielleicht hören Sie sich mal bei anderen Bauersleuten um. Mit dem Problem haben wir alle zu kämpfen. Das ist nun mal so, wenn man vom Wetter abhängig ist. Da kann man auf die Uhrzeit keine Rücksicht nehmen. Ich jedenfalls nicht.« Er schwieg erschöpft. Das war eine lange Rede gewesen für einen wie ihn.

»Sie haben zweimal Strafe zahlen müssen.«

»Ja. Und? Die paar Kröten! Konnt ich verschmerzen.«

»Ich habe hier auch eine Anzeige wegen Genmanipulation. Können Sie mir erklären, worum es dabei geht?«

Timmer fing an zu lachen. »Das hat die angezeigt? Die war ja noch bekloppter, als ich gedacht habe.«

Heiderose Jansen hatte herausgefunden, daß Timmer Triticale anbaute, eine Kreuzung zwischen Roggen und Weizen, aber witterungsbeständiger und widerstandsfähig.

Der Bauer lachte wieder. »Seit Jahren bauen wir hier in der Gegend das Zeug an. Wenn die Frau Ahnung gehabt hätte, dann hätte die gewußt, daß gentechnische Neuzüchtungen in der Landwirtschaft gang und gäbe sind. Und vor allen Dingen nicht verboten.«

»Als ich letztens hier war, haben Sie mir gesagt, daß Frau Jansen mit Ihnen über Gentechnik diskutiert hat. Sie wußten also, daß sie Sie wieder anzeigen wollte?«

»Keine Spur. Ich dachte, das wäre deren übliches Gesülze.«

»Haben Sie öfter mit ihr gesprochen?«

»So wenig wie möglich.«

Toppe schüttelte den Kopf, und Timmer erriet seine Gedanken. »Ich sag doch, die war bekloppt. Scheißt einen an und kommt trotzdem jeden Tag und kauft Eier und Milch bei uns.«

»Wo waren Sie am Sonntag morgen zwischen vier und halb sechs?«

»Im Bett. Wo sonst? Da ist für mich die Nacht schon fast rum.«

»Ich nehme an, Ihre Frau kann das bezeugen.«

Timmer sah zur Tür hinüber. »Sie können sie ja selbst fragen.«

Die Frau trug ein Tablett mit Kaffeegeschirr und einer Isolierkanne.

»Waltraud, der Mann will wissen, ob ich am Sonntag morgen, wo der Brand gelegt worden ist, in meinem Bett war.«

Sie stellte das Tablett auf den Couchtisch und sah Toppe ins Gesicht. »Wo soll er sonst gewesen sein?«

Toppe schmunzelte. »Das ist eigentlich keine Antwort.«

Sie zog die Augenbrauen zusammen. »Mein Mann war in seinem Bett.« Dann ging sie.

Timmer goß sich ein und schob die Kanne zu Toppe hinüber.

»Nein, danke. Haben Sie Dieselöl und Nitroverdünnung im Haus?«

Der Bauer trank zwei Schlucke, stellte die Tasse ab. »Ist damit der Brand gelegt worden?«

Toppe antwortete nicht.

»Diesel haben wir reichlich, aber ob noch Nitro da ist, keine Ahnung.«

Er nahm Toppe mit auf die Tenne zu einem ausrangierten Kleiderschrank.

»Wenn, dann müßte es hier drin sein.« Der Schrank war vollgepfropft mit Farbdosen, alten Lappen, Gläsern, Pinseln und Quasten, rostigem Gerümpel. »Ja, hier ist noch ein Rest.« Timmer holte eine verschmierte Büchse aus dem hintersten Winkel und hielt sie Toppe hin, aber der nahm sie nicht.

»Danke«, meinte er. »Sie können das Zeug wieder wegstellen. Ich wollte es nur wissen. Kann ich hier hinten rausgehen?«

Im Apfelbaum neben der Scheune hing das kleine Mädchen mit dem Kopf nach unten und schaukelte hin und her.

»Sprechen Sie sie nicht an«, sagte Timmer.

Heino Müller hatte für die Tatzeit ein Alibi. Er war übers Wochenende mit einem Freund zum Segeln in Friesland gewesen. Anders als Salzmann-Unkrig war er über ihre Fragen nicht entrüstet, eher belustigt.

»Die Frau war eine Nervensäge, aber das ist doch kein Grund, ihr so etwas anzutun«, sagte er. »Ich hatte sowieso keine persönlichen Probleme mit ihr. Unsere Meinungsverschiedenheiten bezogen sich nur auf den Verein. Und das hat sich ja nun Gott sei Dank geregelt.«

»So kann man es auch ausdrücken«, meinte Heinrichs.

Müller lachte. »Sie sehen eigentlich gar nicht aus wie ein Zyniker. Ich meinte natürlich, es ist alles geregelt, weil wir jetzt endlich einen Trägerverein haben und vernünftig arbeiten können.«

Ein paar Minuten später komplimentierte er sie, immer

noch freundlich, aber doch entschieden hinaus. »Wenn Sie mein Alibi überprüfen wollen, gebe ich Ihnen gern die Adresse meines Freundes. Er hat Logbuch geführt.«

Herr Kleinmanns fuhr einen betagten blauen Mercedes Diesel, und in seiner Garage fand Toppe neben einem Schraubglas mit Aceton und einer Flasche Reinigungsbenzin auch eine fast leere Dose Nitroverdünnung.

»Ist ja alles da«, nickte er und sah den Mann eindringlich an.

Bisher war das Ehepaar friedlich gewesen, denn Toppe hatte ihnen gleich zu Anfang deutlich gemacht, was er davon hielt, wenn man ihn mit Lügen und Halbwahrheiten abspeiste, aber nun hatte sich Kleinmanns wieder berappelt. Er kam einen Schritt auf Toppe zu.

»Was soll das denn heißen?« rief er, dunkel vor Wut.

Jetzt kam auch seine Frau in die Garage geschossen. »Sie haben ja wohl einen Vogel! Wegen dem Quatsch sollen wir der das Haus anstecken? Da gibt es doch wohl ganz andere Leute! Ich meine, wenn es an die eigenen Kinder geht...«

»Was heißt das?«

»Nichts. Ich will nichts gesagt haben!«

Toppe ging an Kleinmanns vorbei und blieb dicht vor der Frau stehen. Sie war gut einen Kopf kleiner als er. »Ich möchte sofort wissen, was Sie damit gemeint haben.« Er war sehr laut.

Erschrocken plapperte sie los. »Es wird eben so was gemunkelt in der Nachbarschaft. Die Jansen soll den Ewald Timmer beim Jugendamt angeschwärzt haben, weil der seine Kinder immer so schlägt. Und ich meine, ich hätte da auch schon mal Leute vom Amt auf dem Hof gesehen.«

»Sie kennen also die Mitarbeiter des Jugendamtes.«

»Nein... aber die sahen so aus.«

»Wer hat Ihnen die Geschichte erzählt?«

»Frau Joosten. Letzte Woche erst.«

Sieh an, Frau Joosten, dachte Toppe, die sah gar nicht aus wie eine Klatschbase, aber da hatte er sich wohl vertippt. »Kann man von Ihrem Garten aus aufs Nachbargrundstück?«

»Nein«, antwortete Kleinmanns, »da ist die Hecke zwischen.«

»Das möchte ich mir selbst ansehen«, sagte Toppe, aber Kleinmanns hatte die Wahrheit gesagt. Die Buchenhecke umschloß sein ganzes Grundstück. Sie war dicht und so hoch, daß man eine Leiter brauchte, wenn man rübersteigen wollte.

Frau Joosten waren Toppes Fragen sehr unangenehm. Er gab sich keine Mühe, nett zu sein.

»Alexa hat mir das erzählt.«

»Und woher wußte Ihre Tochter davon?«

»Von Kassandra, nehme ich an.«

»Sie nehmen an?«

»Ja.« Sie errötete.

»Heiderose Jansen hat sich also ans Jugendamt gewendet, weil Timmer angeblich seine Kinder schlägt.«

»Nein!« rief sie. »Davon weiß ich nichts. Es ging um Hanna. Das Kind ist autistisch, und Frau Jansen fand wohl, daß sich die Eltern nicht genug darum kümmern.«

»Und sie hat das Jugendamt eingeschaltet?«

Sie zuckte verunsichert die Achseln. »Ich weiß nicht. Sie wollte es wohl.«

38

Toppe rief bei der Kreisverwaltung an und wurde dreimal zu Tode verbunden: zweimal ließen sie ihn so lange in der Warteschleife hängen, bis er die Computerfassung vom Schwanenseethema nicht mehr aushalten konnte und auflegte, und einmal war nach »ja, ich verbinde« die Leitung schlicht tot. Dann endlich hatte er Glück, mehr oder weniger, und landete beim Leiter des Jugendamtes. »Aha, aha, aha«, hörte er sich Toppes Ausführungen an. »Für diese Dinge ist unsere Frau Derksen zuständig.« Aber die war heute im Außendienst und erst morgen früh wieder zu erreichen. »Frau Derksen? Ich dachte, die ist für Adoptionen zuständig.« – »Das auch, ja. Wir sind hier sehr vielseitig.«

»Bis jetzt sind wir noch keinen Schritt weiter«, meinte Heinrichs, als er kurz darauf mit Astrid zurückkam. Trotzdem schaute er munter in die Runde. »Müller hat ein Alibi, Peters hat offensichtlich ein blütenreines Gewissen, und Unkrigs haben uns schräg von der Seite angepupt, aber damit bin ich noch nicht fertig. Es ist noch nicht aller Tage Abend, Leute. Bärbel Peters hat uns doch noch ein paar nette Geschichtchen von der Jansen erzählt, und wir haben uns ein paar Namen notiert.«

Astrid fummelte gereizt an ihren Haaren herum.

»Wenn ich ehrlich sein soll, Walter«, meinte Toppe vorsichtig, »ich habe das Gefühl, du verrennst dich mit dieser Vereinsidee. Ich meine Müller, Salzmann-Unkrig, das sind doch...«

»Geschenkt!« fuhr Heinrichs dazwischen. »Vielleicht haben diese Leute mit dem Brand wirklich nichts zu tun. Trotzdem schadet es nichts, mit denen zu reden. So langsam kriegt man eine Vorstellung von der Toten.«

Toppe sah Astrid an. »Wollen wir mal gucken, ob die in der Kantine noch was zu essen haben?«

Aber sie kam nicht dazu zu antworten, weil das Telefon auf Toppes Schreibtisch klingelte.

Es war Ackermann, ein sehr ernster Ackermann. »Chef, wir haben den Mercedesfahrer. Gestanden hat er auch schon. Keine zehn Minuten, dann sind wir mit dem bei euch.«

Toppe fühlte sich völlig taub.

Wieder schellte das Telefon. Automatisch nahm er ab. »Berns hier. Das Blut im Scheinwerfer stammt ziemlich sicher von Günther.« Aufgelegt.

»Dann ist der Rest ja nur noch Formsache«, sagte Heinrichs, aber er hatte ein ganz anderes Gefühl.

Sie brachten zwei Männer mit, Karl und Frank Braun, Vater und Sohn. Der Junge war noch keine achtzehn.

Allen, sogar van Appeldorn, fiel es schwer, Routine abzuspulen.

Der Junge sah aus, als hätte er seit Tagen nicht geschlafen. Er sprach wenig und sah niemanden an. Der Vater schwankte zwischen Schuld, Reue und Erleichterung.

Ackermann führte die Vernehmung, ohne Absprache. Er führte sie leise und konzentriert.

Nach und nach wurde das Bild immer schärfer.

Frank Braun wollte demnächst mit dem Führerschein anfangen und hatte gebettelt, schon mal ein bißchen Fahren üben zu dürfen. Sein Vater hatte – widerwillig, denn das Auto war noch neu – schließlich eingewilligt. Der Kartenspielerweg war Karl Braun sofort in den Sinn gekommen. Sein eigener Vater hatte ihm dort das Fahren beigebracht, und bei all seinen Bekannten war es genauso. Daß es in Warbeyen einen Verkehrsübungsplatz gab, wußte er nicht.

Alles war zunächst gut gegangen. Der Junge war bis Grafwegen gefahren und hatte dort gewendet. Auf der geraden, freien Strecke zurück hatte er beschleunigt, bis auf 90 Stundenkilometer ungefähr. Als er den holländischen Kleinlaster, den sie schon auf dem Hinweg gesehen hatten, überholt hatte, waren seine Lenkbewegungen überhastet gewesen, und er war auf die Grasnarbe am rechten Wegrand geraten.

Der Vater hatte den Fußgänger an der linken Seite längst bemerkt, auch noch etwas Warnendes gebrüllt, aber der Junge hatte abrupt gegengelenkt, um von der Grasnarbe runterzukommen, und den Wagen nicht mehr unter Kontrolle gekriegt. Der Vater hatte ihm noch ins Lenkrad gegriffen, aber da war es zu spät gewesen.

»Der Mann hatte einen Dackel an der Leine«, sagte Karl Braun tonlos.

Ob der Junge noch abgebremst hatte, wußten sie beide nicht.

Sie hatten sofort angehalten und waren aus dem Wagen gesprungen, aber der Mann hatte sich nicht mehr bewegt.

»Ich weiß nicht, was dann mit mir passiert ist.« Karl Braun hatte die Ellbogen auf den Tisch gestützt und beide Hände vor die Stirn gelegt. »Ich wollte nur weg mit dem Kind. Bin in den Wagen, hab nur gebrüllt 'Steig ein!', da lief der Motor schon. Dann bin ich losgefahren. Unterwegs..., ich weiß nicht, der Junge war leichenblaß, hat nichts mehr gesagt. Und ich hab immer nur gedacht, die holen schon Hilfe, die holen bestimmt Hilfe. Ich war wie verrückt.«

Er hatte die beiden Männer beim Kleinlaster stehen sehen. »Einer kam doch sofort angerannt. Vielleicht bin ich deshalb sofort losgefahren.«

Nein, er hatte kein Wort mit denen gewechselt.

Ja, und von da an hatte er nur noch darauf gewartet, daß die Polizei sie abholte. Da waren doch die Zeugen. Aber nichts passierte. Und dann kamen auf einmal die Meldungen in der Zeitung, und alles wurde immer konfuser. Ein Beamter hatte ihren Wagen überprüft, aber der war ja längst repariert worden, und ausgerechnet an dem Tag war nur seine Frau zu Hause gewesen, und die wußte ja von nichts. Die Angst, geschnappt zu werden, nahm ab; es gab sogar Stunden, wo er darüber Genugtuung fühlte. Die Schuld blieb da, und mit jedem Tag, der verging, wurde es immer schwieriger, sich zu stellen.

»Ich habe immer nur meinen Jungen gesehen. Ich wußte doch, der wird eingebuchtet, der kommt jahrelang nicht mehr raus. Das ganze Leben kaputt, wegen einer... weil ich so dumm war. Es ist doch meine Schuld.«

Er weinte.

Astrid stand auf und ging hinaus.

Ackermann setzte sich an die Schreibmaschine und fing an zu tippen.

Van Appeldorn stieg die Treppe hinauf zum Labor, holte Berns' Untersuchungsbericht und legte ihn in die grüne Mappe, auf der in Heinrichs' sauberer Schrift »Günther Breitenegger« stand und das Datum.

Um halb vier war keiner mehr im Büro.

»Ich habe es dir sofort gesagt, Helmut. Fred Jansen lügt. Das hatte ich doch im Gefühl.«

Heinrichs war als erster im Büro gewesen und hatte noch einmal mit Kassandra telefoniert.

»Ihr Vater wußte sehr wohl, daß die Kinder in Rees waren. Kassandra hat ihn nämlich von den Großeltern aus angerufen, nachdem ihre Mutter abgefahren war.«

Toppe schüttelte den Kopf. Es war ihm noch nie passiert, daß er sich so getäuscht hatte.

»Und das dickste Ei kommt noch.« Heinrichs lehnte sich weit über den Tisch. »Fred Jansen wollte am Samstag abend zu seiner Frau, um irgendwas wegen der Herbstferien zu regeln. Das hat er seiner Tochter hoch und heilig versprochen.«

»Ist Jansen ein Typ, der Baskenmützen trägt?« fragte Astrid.

Toppe zuckte die Achseln. Das gefiel ihm alles nicht.

Van Appeldorn blätterte in den Berichten von gestern und gähnte. Jetzt nahm er die Beine vom Schreibtisch. »Du wirst bestimmt diesen Timmer überprüfen wollen, oder liege ich da falsch?«

»Ich fahre gleich raus zum Jugendamt«, nickte Toppe.

»Hört mir hier eigentlich überhaupt einer zu?« schnauzte Heinrichs.

Van Appeldorn grinste ihm ins Gesicht. »Ich würde sagen, wir beide fühlen diesem netten Herrn Jansen mal auf den Zahn, Walter.«

Astrid stand auf und hängte sich ihre Jeansjacke um. »Dann geben Sie mir mal unsere Liste von gestern.«

Heinrichs sah sie verständnislos an. Sie schlug die Augen zur Decke. »Die Namen, die uns Bärbel Peters gegeben hat.«

»O je!« Er fing an, die Papierstapel auf seinem Schreibtisch durchzuwühlen.

Astrid setzte sich wieder.

Verrückt, dachte Toppe. Was für eine Katerstimmung. Auch er war gereizt. Daß Günther durch einen schnöden, dämlichen Unfall ums Leben gekommen war, machte seinen Tod noch sinnloser. Es erfüllte ihn mit einer dumpfen Wut, die sich gegen niemanden richten konnte.

»Wegen Günther«, begann er, aber van Appeldorn fuhr ihm sofort dazwischen. »Hör auf, Helmut! Wir haben alle dasselbe beschissene Gefühl. Ob wir drüber reden oder nicht, ändert auch nichts. Am besten, wir gehen einfach an unsere Arbeit und fertig.«

»Ich weiß nicht.« Heinrichs hatte aufgehört, den Zettel zu suchen. »Das bete ich mir seit gestern auch immer wieder vor: Arbeit lenkt ab. Deshalb war ich ja auch heute schon so früh hier. Aber wenn ich ehrlich sein soll, mir ist zum Heulen.«

Astrid strich ihm leicht über die Hand. »Mir auch, aber ich glaube, van Appeldorn hat recht.«

Heinrichs fand die Liste schließlich in der Innentasche seiner Jacke. »Ich würde mit Ulrike Schnackers anfangen«, tippte er auf den Namen. »Das ist Heidi Jansens beste Freundin gewesen. Die sollte ja wohl wissen, wer der Frau eins auswischen wollte.«

Astrid nickte. »Ich bin schon unterwegs.« Aber dann blieb sie noch einmal stehen, umarmte Toppe von hinten und küßte ihn. Er hielt sie fest.

Keiner hatte Stasi anklopfen hören.

Astrid wirbelte herum wie ein ertapptes Kind, zauberte Charme in ihr Gesicht. »Guten Morgen, Herr Siegelkötter. Nett, daß Sie wieder da sind.«

Er straffte irritiert die Schultern. »Guten Morgen. Darf ich Platz nehmen?«

Dicke Zufriedenheit sprang ihm aus jedem Knopfloch. »Es ist ganz großartig, daß Sie diesen tragischen Fall abschließen konnten.«

»Das Lob gebührt Ackermann, nicht uns«, unterbrach ihn van Appeldorn sofort.

»Selbstverständlich ist mir das bekannt«, tadelte Siegelkötter, »aber im Augenblick geht es mir um die Pressekonferenz, die ich um 14 Uhr anberaumt habe. Da muß verständlicherweise der Leiter des K 1...«

»Auf gar keinen Fall!« Toppe sah Stasi eindringlich in die Augen. »Bei unseren Ermittlungen in Sachen Brandstiftung ist eine entscheidende Wende eingetreten, und wir können es uns nicht leisten, Zeit zu verlieren.« Er wunderte sich selbst, wie schnell ihm inzwischen die Ausreden einfielen.

Erstaunlicherweise gab sich Stasi sofort damit zufrieden. Zweifellos hatte er irgendwas in der Hinterhand. Aber dann wollte er doch nur die Berichte über die Brandstiftung mitnehmen.

»Beachtlich, beachtlich«, nahm er Heinrichs den Stapel ab, und dann platzte es aus ihm heraus: »Offiziell ist es noch nicht, aber ich finde, da wir in den letzten Wochen so eng zusammengearbeitet haben, quasi ein Team waren, sollen Sie es als erste erfahren. Also...« Er machte tatsächlich einen kindischen Diener. Was hatte den armen Kerl nur so aus seiner Kontrollbahn geworfen?

»Man hat mich ans Innenministerium berufen.«

»Ach«, kam es von van Appeldorn, und auch die anderen verstanden kein Wort.

»Ja, der Anruf kam vor einer halben Stunde. Selbstverständlich schwingt bei mir ein bißchen Wehmut mit.« Stasi lachte fahrig. »Sie verstehen? Mein kleines Präsidium am Rande der Stadt, nicht wahr? Aber Sie wissen ja, daß ich seit Jahren – recht erfolgreich übrigens – in internationalen Kommissionen gearbeitet habe und, na ja, wie soll ich es sagen? Die Stelle, die man mir jetzt angeboten hat, ist quasi auf mich zugeschnitten.«

»Wann?« fragte Astrid, offene Trauer in der Stimme und im Blick. Toppe fand, daß sie doch ein wenig überzog, aber Siegelkötter war gleich mit seinem Trost zur Stelle.

»Zum 1.1. erst, keine Sorge. Und vielleicht kann ich ja auch meinen Einfluß geltend machen, wenn es um die Wahl meines Nachfolgers geht.«

Er bat dann noch um ihre Verschwiegenheit in den nächsten paar Wochen und schwebte hinaus.

Sie sahen sich nur an.

»Lowenstijn«, sagte Toppe.

»Lowenstijn«, bestätigte van Appeldorn und hatte schon gewählt.

Lowenstijn lachte aus vollem Hals. »Siehst du, ich habe doch gesagt, ich finde auch, das Männeken ist ein Fall für das Innenministerium. Ihr Deutschen immer mit euren Beschwerden.«

»Komm schon«, lockte van Appeldorn. »Wie hast du das gedreht?«

»Wir haben einen netten Brief an euren Innenminister geschrieben, wie phantastisch die internationale Zusammenarbeit mit Herrn Siegelkötter gewesen ist und was für ein fähiger Mann das sei, der in seinem jetzigen Aufgabenbereich unterfordert... bla, bla... Mein Chef meinte schon, ich soll nicht so dick auftragen, sonst würde Siegelkötter noch heilig gesprochen.«

»Mann!« war alles, was van Appeldorn rausbrachte.

»Tja«, lachte Lowenstijn. »Ich dachte, ich tu euch mal einen kleinen Gefallen. Hat ja wohl geklappt, ihr seid ihn los.

Und wer weiß, vielleicht kann der Mann auf seinem neuen Posten ja was lernen.«

Jetzt lachte van Appeldorn, und zwar ziemlich hämisch.

»Ich komme mal vorbei, wenn ich in der Ecke bin«, sagte Lowenstijn. »Und grüße deine schöne Kollegin von mir.«

»Die ist in festen Händen.«

»Mag sein.« Man konnte hören, wie Lowenstijn lächelte. »Aber so was ändert sich manchmal schneller, als man denkt.«

39

»Die Timmers?«

Toppe wunderte sich, daß Frau Derksen so alarmiert klang.

»Wie lange machen Sie schon diesen Job?« fragte er.

»Ich? Vierzehn Jahre. Wieso?« Dann lächelte sie. »Haben Sie meine Sorge rausgehört? Stimmt, bei der Arbeit, die ich mache, ist die Gefahr, daß man abstumpft, schon sehr groß. Aber ich habe mir geschworen, wenn mir das passiert, lasse ich mich sofort versetzen. Bei Ihrem Beruf dürfte das doch ganz ähnlich sein.«

»Ja«, Toppe hatte die Frau gleich gemocht, »aber die meisten lassen sich leider nicht versetzen.«

Sie legte die Hand auf einen roten Aktendeckel auf ihrem Schreibtisch. »Wie Sie sehen, stecke ich gerade mitten in dem Fall Timmer. Einen Moment.« Sie setzte eine Halbbrille auf.

»Das erste Mal hatte ich im Oktober 1991 mit der Familie zu tun.«

»Warum?«

Ein langer Blick über den Brillenrand.

»Frau Jansen. Aber lassen Sie mich anders anfangen. Die Timmers haben sechs Kinder, das heißt, damals waren es noch fünf. Die beiden ältesten wohnen jetzt nicht mehr zu Hause. Sonja ist sechzehn und macht im Augenblick eine Hauswirtschaftslehre in Angelmodde, und Jens hat vor drei Monaten, an seinem achtzehnten Geburtstag, seine Sachen gepackt und ist nach Berlin gezogen. Der Junge war 1991 der Anlaß für uns, uns um die Familie zu kümmern.«

Jens, damals nicht mal fünfzehn, war eines Abends betrunken nach Hause gekommen. Sein Vater hatte ihm ein paar saftige Ohrfeigen verpaßt, ihn dann draußen auf dem Hof liegen lassen und die Haustür abgeschlossen. Heiderose Jansen hatte das beobachtet und sich gleich am nächsten Morgen an das Jugendamt gewandt. Sie wollte schon häufiger gesehen haben, daß Timmer seine Kinder mißhandelte.

»Wir sind der Sache sofort nachgegangen. Die Kinder wirkten vernachlässigt, aber mit Sicherheit wurden sie nicht mißhandelt. Die Familiensituation war insgesamt schwierig. Frau Timmer schien überfordert mit den Kindern und der Arbeit auf dem Hof – die kleine Hanna war da erst ein paar Monate alt – und ihr Mann war ihr sicherlich keine Hilfe.«

Die Rollen in der Familie Timmer waren klassisch verteilt, der Erziehungsstil des Vaters hart, und die Mutter setzte dem nichts entgegen.

»Am auffälligsten war für mich, daß der Vater kaum eine emotionale Beziehung zu den Kindern zu haben schien, aber ich konnte das nicht näher überprüfen, denn Herr Timmer hat jedes Gespräch mit mir abgelehnt. Das meiste habe ich von Sonja erfahren, an Jens kam man überhaupt nicht heran. Für den Vater war es völlig normal, daß die Kinder von klein an auf dem Hof mitarbeiteten und spurten. Widerworte wurden nicht geduldet, sondern mit Ohrfeigen geahndet. Ohrfeigen, keine schwere Prügel. In der Hinsicht konnte ich also nichts unternehmen. Ich habe ihnen dann aber eine Familienhilfe vermittelt.«

Toppe hatte davon noch nie etwas gehört.

»Wir sind ganz froh, daß es diese Leute gibt, meist Sozialpädagogen. Sie gehen in die Familien, oft sogar täglich, und geben ganz konkrete Lebenshilfe. Es gibt Familien, die mit dem ganz normalen Alltag nicht fertig werden, putzen, kochen, waschen, einkaufen, Behördengänge, vor allem Kindererziehung. Die Familienhilfen üben diese Dinge, führen Gespräche und trainieren Konfliktlösungen. Bei Timmers haben wir die Hilfe aber nach zwei Monaten abgebrochen. Sie war einfach überflüssig. Ihren Alltag kriegte das Ehepaar bewältigt, und Gespräche waren nicht möglich. Frau Timmer sagte zu allem ja und amen, und ihr Mann verweigerte sich einfach.«

»Und das war's dann?«

»Für damals ja.«

»Und jetzt hat sich Frau Jansen wieder bei Ihnen gemeldet.«

»Ja, vor vier Wochen. Es geht um die kleine Hanna, und diesmal ist der Fall schwieriger und ziemlich traurig. Hanna ist autistisch.«

»Ja«, sagte Toppe. »Eine Nachbarin sagte das. Ich muß gestehen, daß ich nur sehr vage Vorstellungen von Autismus habe.«

»Es ist ja auch eine rätselhafte Störung«, bestätigte Frau Derksen. »Man ist noch nicht einmal ganz sicher, woher sie kommt, aber man geht inzwischen davon aus, daß sie nicht durch Elternverhalten ausgelöst wird. Für autistische Kinder ist die Welt ein unerklärlicher und sehr beängstigender Ort. Sie sind emotional unempfänglich und vermeiden es aktiv, Beziehungen zu anderen Menschen herzustellen. Sie reagieren selten auf die Sprache der anderen und sprechen selbst kaum, und wenn, dann auf eine seltsame Art.«

Toppe erinnerte sich gut.

»Außerdem zeigen diese Kinder ein stereotypes Verhalten, bei dem sie darauf bestehen, daß ihre Umgebung sich nicht verändert.« Sie fuhr sich mit der Hand durchs Haar und überlegte.

»Es ist immer schwierig, so was in Kurzfassung zu bringen. Auf jeden Fall müssen autistische Menschen nicht zwangsläufig geistig behindert sein, und es ist durchaus möglich, sie zu fördern. Und deshalb ist Frau Jansen zu uns gekommen. Sie fand, daß das Kind verwahrlost sei und zu Hause keinerlei Förderung bekäme. Und so habe ich dann tatsächlich mal ein Gespräch mit Herrn Timmer geführt. Er ist sogar hierher gekommen. Wissen Sie, es ist verrückt, aber zu diesem Kind hat der Mann eine sehr starke emotionale Bindung, und er wehrt sich mit Händen und Füßen, das Mädchen von zu Hause wegzulassen. Im Grunde kann ich das sogar verstehen, denn wenn man bei autistischen Kindern ihre Gewohnheiten durchbricht oder ihre Umgebung verändert, geraten sie in Verzweiflung und Panik.«

»Und was haben Sie unternommen?«

»Ich mußte mich erst mal sachkundig machen. Es gibt spezielle Heime, in denen diese Kinder leben können und gefördert werden. Ich habe Herrn Timmer angeboten, sich eine solche Einrichtung mit mir zusammen anzusehen, aber das hat er abgeblockt. Er sei bereit, es auf einen Prozeß ankommen zu lassen, sagte er mir.«

»Was für ein Prozeß?«

»Er geht wohl davon aus, daß wir ihnen das Mädchen wegnehmen wollen.«

»Und? Wollen Sie?«

»Nein, aber ich bin der Ansicht, daß das Kind auf jeden Fall gefördert werden muß. Hanna ist wach und intelligent, trotz der Störung. Ich will erreichen, daß sie wenigstens halbtags eine Behinderteneinrichtung hier in Kleve besucht.«

»Weiß Herr Timmer das schon?«

»Nein, ich habe noch nicht mit ihm gesprochen.«

Toppe zögerte. »Vielleicht sollten Sie das bald tun«, sagte er dann doch.

»Ja, ich weiß. Der Mann leidet unter der Situation. Aber ich habe ja erst gestern einen Platz für Hanna gefunden.«

Toppe ließ sein Auto auf dem Parkplatz und ging durch den Moritzpark zum Kermisdahl hinunter. Direkt am Wasser stand eine Holzbank. Er setzte sich, stützte die Ellbogen auf die Knie und ließ die Hände baumeln.

Frau Derksens Geschichte brachte Ewald Timmer auf der Liste der Verdächtigen ziemlich weit nach oben. Da hätte Walter dann auch seinen klassischen Racheakt. Dem Timmer war so was zuzutrauen. Toppe schnaubte. Was hieß das schon. Bei Fred Jansen hatte er schließlich auch daneben gelegen, und wenn Heinrichs nicht gewesen wäre... Es fuchste ihn gewaltig. Ausgerechnet ihm passierte so ein blöder Fehler. Dabei hatte er sich immer auf seine Intuition verlassen können. »Ich werd alt und eitel«, murmelte er. Tatsache war, er hatte sich getäuscht, hatte dem

Mann geglaubt. Tatsache war, Fred Jansen hatte gelogen. Aber warum? Warum sollte er lügen, wenn er wirklich nichts mit dem Brand zu tun hatte?« Die Antwort lag ja wohl auf der Hand. Vermutlich hatte Norbert den Mann längst weichgeklopft, und das Geständnis war schon unterschrieben. Zu den Akten. Wie Günther und die Kinder. Ein schepperndes Geräusch ließ ihn zusammenfahren. Oben auf dem Weg torkelte ein dreckiger alter Mann heran. Sein Fahrrad hatte er mitsamt der prallen Plastikbeutel einfach ins Gebüsch fallen lassen. »Haste 'ne Mark?« lallte er.

Toppe sprang auf. »Sieh zu, daß du Land gewinnst, du Penner!« brüllte er und lief den Weg hinauf. Auf halber Strecke blieb er stehen und schüttelte den Kopf. Wie war das noch mit dem Abstumpfen? »Ich sollte eine Kur beantragen und mich versetzen lassen«, sagte er laut und zündete sich eine Zigarette an. Aber die machte den bitteren Geschmack in seinem Mund nur schlimmer.

Sein Autotelefon bimmelte.

»Van Gemmern hier. Düsseldorf hat gerade die Baskenmütze geschickt. Das Abzeichen ist vom Schäferhundverein.«

»Schäferhundverein?« fragte Toppe verblüfft.

»Ja, eine Mitgliedsplakette oder so was. Die haben eine Zeichnung mitgeschickt, eine Rekonstruktion. Ich bin selbst gleich nicht mehr da. Soll ich Ihnen den Kram auf den Schreibtisch legen?«

»Laß uns das ganze wasserdicht machen, sonst redet der sich bloß raus«, hatte Heinrichs gemeint und war in die Hamstraße gefahren. Schon nach zwanzig Minuten hatten sie drei Leute gefunden, die Fred Jansen am Samstag abend gesehen und sich sogar mit ihm unterhalten hatten. Er war mit dem Fahrrad unterwegs zu seiner Frau gewesen. Die genaue Uhrzeit war nicht festzustellen. Irgendwann nach der Tagesschau und vor dem Aktuellen Sportstudio.

Sie holten Jansen bei seiner Arbeitsstelle ab. Er hatte Schalterdienst, und sie mußten eine Zeitlang warten, bis er einen Vertreter gefunden hatte. Dann ließ er sich, ohne eine einzige Frage zu stellen, mit ins Präsidium nehmen.

Van Appeldorn führte die Vernehmung, aber da war erst mal nicht viel weichzuklopfen.

»Ja, ich habe gelogen«, gab Jansen zu. »Und Sie sehen selbst, warum. Es passiert genau das, was ich gedacht hatte. Sie verdächtigen mich.«

»Richtig«, sagte van Appeldorn. »Trotzdem erklärt das nicht, warum Sie gelogen haben.«

Jansen seufzte nur. »Ich habe das beste Motiv, sag ich doch. Aber ich war es nicht.«

»Langsam«, hob van Appeldorn die Hand. »Jetzt fangen wir ganz von vorne an, und schön der Reihe nach, wenn ich bitten darf. Was ist am Samstag passiert?«

Jansen fügte sich in sein Schicksal. »Ein Freund von mir hat ein Wohnmobil, das ich mir manchmal ausleihen kann. Und jetzt wollten die Kinder in den Herbstferien unbedingt mal mit dem Ding durch die Gegend reisen. Mit mir. Das Problem war nur die Besuchsregelung. Ich habe die Kinder jedes zweite Wochenende und drei Wochen im Sommer. Punkt. Aber Kassy hat so lange gequengelt, bis ich mich habe breitschlagen lassen, mit Heidi zu reden. Hätt' ich mir natürlich schenken können.«

»Sie haben sich also gestritten.«

»Natürlich haben wir gestritten. Wir haben immer gestritten.«

»Was passierte dann?«

Jansen hatte auf einmal Tränen in den Augen. »Sie lachte sich kaputt. Könnte ich mir alles von der Backe putzen. Und überhaupt würde sie dafür sorgen, daß das Besuchsrecht neu geregelt würde. Ich hätte einen schlechten Einfluß auf die Kinder. Wär ja sowieso der letzte Penner.« Er sah Heinrichs an. »Und da bin ich total ausgerastet. Ich hab ihr mitten ins Gesicht geschlagen, so feste ich konnte. Ich habe noch nie jemanden geschlagen.«

»Aha«, sagte van Appeldorn, aber Jansen nahm ihn gar nicht wahr.

»Sie blutete aus der Nase und am Mund. Ich bin gegangen und hab gewußt: das war's. Die rennt sofort zum Arzt und zur Polizei, und die Kinder krieg ich dann nicht mehr zu sehen.«

»Na also, jetzt sind wir endlich auf dem Punkt«, lächelte van Appeldorn. »Was hatten Sie für eine Wahl? Sie mußten sie wohl oder übel zum Schweigen bringen.«

Jansen sah ihn groß an, und dann brach er plötzlich in ein ungesundes Gelächter aus. »Merken Sie, was hier abgeht? Die verfolgt mich noch über den Tod hinaus!« Er sah auf seine Hände und kicherte wild. »Die werd ich nie los. Ich krieg deren Tod angehängt, und die sitzt da oben und lacht sich kaputt.«

Das war normalerweise der Zeitpunkt, an dem für van Appeldorn ein Verhör erst losging, aber Heinrichs schüttelte energisch den Kopf und zog ihn mit auf den Flur.

»Der Mann ist fertig.«

»Eben«, freute sich van Appeldorn. »Was meinst du, wie schön der gleich singt.«

»Ja, ja«, brummte Heinrichs. »Und morgen widerruft er alles wieder. Wir machen jetzt Schluß.«

»Es ist zwar meschugge, aber wie du meinst.« Damit war van Appeldorn schon wieder reingegangen. »Nun denn, Jansen, wollen wir mal nicht so sein. Besorgen wir dir erst einmal ein hübsches Einzelzimmer für die Nacht. Vielleicht fällt dir bis morgen früh alles wieder ein.«

Toppe saß im Büro und sah ihnen erwartungsvoll entgegen. »Habt ihr Jansen angetroffen?«

»Ich hör immer angetroffen.« Van Appeldorn ließ sich in den Sessel fallen. »Den haben wir gerade eine halbe Stunde lang vernommen, und jetzt sitzt er in der Zelle.«

»Er hat also gestanden«, sagte Toppe und konnte es nicht begreifen.

»I wo«, antwortete Heinrichs. »Ich konnte Norbert gerade noch davon abhalten, ihn durch die Mangel zu drehen. Übrigens habe ich denselben Eindruck wie du: der Mann war es nicht.«

»Ja, Himmel, Arsch und Zwirn«, brüllte van Appeldorn. »Du hast ja wohl den Kopf am bluten, Walter. Jansen war doch deine eigene Idee. Wo bin ich hier eigentlich? Bei der Kripo oder beim Wahrsagen? Eindruck, Glauben, Gefühl!

Karten hab ich gerade keine hier, aber vielleicht findet ihr ja noch ein bißchen Kaffeesatz in der Maschine da.«

»Ihr hättet ihn fragen sollen, ob er Mitglied im Deutschen Schäferhundverband ist«, sagte Toppe ruhig und hielt ihnen die Baskenmütze und die Rekonstruktion hin.

»Der Klever Hundeverein hat jeden Samstag Stammtisch im *Ratskrug*. Ich gehe da morgen abend auf alle Fälle mal hin.«

»Stuß«, knurrte van Appeldorn. »Die Mütze kann sonst wer verloren haben. Wieso ausgerechnet der Täter?«

»Und was jetzt?« fragte Heinrichs. »Hat Astrid sich gemeldet?«

»Ja, gerade eben«, antwortete Toppe. »Negativ bis jetzt. Ich habe sie ins Wochenende entlassen. Und jetzt, fragst du? Als erstes lassen wir Fred Jansen wieder laufen. Wir haben keine Handhabe, ihn festzuhalten, Norbert. Gerade mal bis morgen früh. Und was soll das bringen? Ja«, wehrte er van Appeldorns Einwand ab, »ich weiß, er hat ein Supermotiv, aber wir haben keine Beweise, nicht einen einzigen. Und wo willst du die bis morgen früh herkriegen?«

Van Appeldorn drehte sich auf dem Absatz um. »Macht doch, was ihr wollt!«

40

Toppe wachte gegen halb elf auf, langsam und widerwillig. Obwohl er fast zehn Stunden geschlafen hatte, war er kein bißchen erholt, fühlte sich eher so, als hätte er die Nacht durchgesoffen.

Astrid hatte schon den Frühstückstisch gedeckt.

»Morgen.«

Sie zog ihn an sich, suchte seinen Mund. Er ließ es über sich ergehen.

»Ich hab mir noch nicht die Zähne geputzt.«

Sie stutzte, lachte dann aber. »Was ist los mit dir?«

»Ich weiß auch nicht.« Er verschanzte sich hinter der Zeitung.

»Wollen wir heute zum Straßenmalerfest nach Geldern?«

Er brummte.

»Okay«, seufzte sie. »Dann frage ich Gabi. Die wollte auch da hin.«

Er ließ die Zeitung sinken. »Tut mir leid. Ich bin nicht zu genießen heute.«

»Ist schon in Ordnung. Ich nehme an, du kommst heute abend auch nicht mit zum Geburtstagsessen meiner Mutter.«

»Ich kann nicht. Ich muß doch zu diesem Hundeverein.«

Der Tag dümpelte dahin. Er fand nichts Rechtes zu tun; las ein bißchen und langweilte sich dabei, schaltete durch alle Kabelprogramme, sah einen Bericht über die letzten Naturvölker der Erde. Am Nachmittag legte er sich in die Badewanne und schlief im viel zu heißen Wasser ein. Die Türklingel riß ihn aus einem düsteren Traum: er hatte vergeblich versucht, die schaukelnden Kinder, die überall in den Bäumen hingen, aufzufangen und in den Kleinlaster zu verfrachten, bevor der wie verrückt bellende Dackel sie beißen konnte.

Er fand seinen Bademantel nicht, und als er es endlich geschafft hatte, feucht wie er war, Hose und Hemd anzuziehen, war schon niemand mehr an der Tür.

Der Wirt zeigte auf einen runden Tisch in der Ecke, an dem drei Männer über ihren Bieren saßen.

Für Samstagabend war wenig los in der Kneipe, nur zwei Tische besetzt, drei Leute an der Theke, einer am Spielautomaten. Vielleicht war es einfach noch zu früh.

»Das soll der ganze Hundeverein sein?« wunderte sich Toppe.

»Bloß der Stammtisch. Der Verein trifft sich nur einmal im Jahr. Ein Bier?«

»Pils«, nickte Toppe und wartete.

Der jüngste der drei Hundeleute sah zu ihm herüber. Ein häßlicher Mann mit fahler Hautfarbe, vorstehenden Zähnen und einem Kassengestell auf der Nase.

Die anderen beiden waren wohl so um die Sechzig. Einer von ihnen hatte eine Lederhand; seine Halbglatze und das ganze Gesicht waren mit Sommersprossen übersät. Der andere hatte stachelkurzes Haar, den Nacken hoch ausrasiert, die buschigen schwarzen Brauen in der Mitte zusammengewachsen. Er trug einen grauen Trachtenjanker.

Toppe zahlte sein Bier sofort, ging zum Tisch hinüber und stellte sich vor. Wie auf Kommando sahen der jüngere und der Sommersprossige den dritten an. Der erhob sich zackig. »Gründemanns, Malermeister aus Kellen«, stellte er sich vor, als müßte Toppe ihn kennen. »Ich bin der 1. Vorsitzende.«

Toppe hatte das Abzeichen am Stehkragen der Joppe sofort entdeckt, aber er holte trotzdem seine Zeichnung heraus. Die drei nickten.

»Setzen Sie sich doch. Was haben wir denn verbrochen, daß die Polizei kommt?«

Auch die anderen trugen das Abzeichen am Revers. Toppe zog einen Stuhl unter dem Tisch hervor, stellte sein Bier ab und setzte sich.

»Es mag sich jetzt komisch anhören, aber haben Sie Ihr Abzeichen schon mal an einer Baskenmütze gesehen?«

Die drei mußten die Frage erst einmal verdauen. Es war der Einhändige, der schließlich antwortete: »Aber sicher haben wir. Der Ewald hat dat immer. Die Baskenmütze is' doch dem sein Markenzeichen. Ich sach immer, der geht noch mit dat Ding na' Bett hin, der Ewald Timmer.«

»Ja«, sagte Toppe, und es klang wie eine Bestätigung.

Gründemanns schob seinen Bauch vor. »Also, jetzt wüßt ich doch zu gerne, warum Sie danach fragen.«

Toppe hob bedauernd die Hände. »Am letzten Samstag – hatten Sie da auch Ihren Stammtisch?«

Mißtrauisches Nicken.

»War Ewald Timmer auch dabei?«

»Japp«, meinte der jüngere. »War mein Geburtstag. Hab einen ausgegeben. Waren fast alle da.«

Ganze Sätze schienen ihm nicht zu liegen.

»Jetz' habbich et! Dat is' wegen die Brandstiftung!« Der Mann ließ seine Lederhand auf den Tisch knallen. »Un' wat wollen Se da bei uns?«

Plötzlich wurde Gründemanns gesprächig: »Der Ewald ist seit Jahr und Tag mein Schatzmeister. Aber in letzter Zeit, ich weiß nicht, einfach unzuverlässig. Hat wohl zuviel um die Ohren. Jedenfalls habe ich ihm vorige Woche noch gesagt: Ewald, so geht das nicht, das muß anders werden, sonst mußt du deinen Posten zur Verfügung stellen. Sind ja genug jüngere Leute da.«

»Und wie hat Timmer das aufgenommen?« fragte Toppe.

»Och«, sagte Gründemanns.

Der Einhändige lachte: »Der hatte doch sowieso mal wieder Brass an dem Abend. Wegen der Alten, die da verbrannt is'. Hat ihn doch dauernd angeschissen.«

»Hat er darüber gesprochen?«

»Mußt er nich' viel sagen. Wußte sowieso jeder.«

»War scheiße«, sagte der junge in sein Bierglas. »Habt ihn alle verarscht.«

»Ach wat!« meckerte der Einhändige.

»Wohl! Von wegen, willst ein ganzer Kerl sein und so. War echt fies.«

»Wie lange ist die Feier denn gegangen?«

Der junge zeigte seine Hasenzähne. »Weiß nich'. Hab da wohl 'n Filmriß.«

»Es muß so gegen vier gewesen sein, als wir gegangen sind«, sagte Gründemanns, und sein Blick flog zwischen Toppe und dem Wirt hin und her. »Es war ja eine geschlossene Gesellschaft.«

»War Ewald Timmer betrunken?«

»Voll wie 'ne Haubitze«, lachte Gründemanns.

»Hat ihn jemand nach Hause gebracht?«

»Warum denn? Der hat es doch wahrhaftig nicht weit. Erzählen Sie uns jetzt, warum Sie das alles wissen wollen?«

»Nein«, bedauerte Toppe und stand auf. »Im Augenblick kann ich noch nichts dazu sagen, aber trotzdem vielen Dank.«

An der Theke war es inzwischen knüppelvoll, und Toppe mußte sich durchquetschen. »Kann ich mal telefonieren?«

Wortlos stellte der Wirt ihm den Apparat auf den Tresen.

»Einen ruhigeren Platz haben Sie wohl nicht.«

»Draußen ist 'ne Zelle.«

Norbert van Appeldorn war noch nicht wieder versöhnt. »Timmer? Sagt dir das dein Gefühl, oder hast du Beweise?«

»Die Baskenmütze«, antwortete Toppe und erzählte, was er eben erfahren hatte.

»Wenn der clever ist, sagt der uns, er hätte die Mütze sonstwann verloren«, entgegnete van Appeldorn.

»Wird er nicht, Norbert. Und das sagt mir übrigens mein Gefühl. Kannst du sofort kommen?«

»Ist ja wohl keine Frage.«

»Prima. Ich gehe zu Fuß. Wir treffen uns dann auf dem Hof.«

41

Ein kalter Wind fuhr ihm unter die Jacke, als er über den Hügel kam, und Toppe vergrub fröstelnd die Hände in den Taschen.

Der Hof war ein Scherenschnitt im stahlgrauen Himmel. Das Küchenfenster dunkel, und auch im Flur brannte kein Licht. Die Hunde verbellten ihn, aber im Haus rührte sich nichts.

Toppe holte tief Luft. Der Klingelknopf war zugewuchert von wilder Clematis. Er drückte zweimal, aber es war nichts zu hören. Einen Augenblick noch wartete er, dann klopfte er hart gegen das Drahtglasfenster der Tür. Die Hunde waren außer Rand und Band.

Im Flur ging das Licht an, und Toppe sah eine durch das Glas verzerrte Gestalt auf sich zukommen. Der Schlüssel wurde gedreht.

Ewald Timmer sagte nichts, sah ihn an. Toppe zog den Plastikbeutel mit den Resten der Baskenmütze aus seiner Jackentasche, hielt ihn hoch, dicht vor Timmers Gesicht.

»Herr Timmer, Ihre Baskenmütze. Wir haben sie gefunden. Mit dem Abzeichen. Sie haben sie am Sonntag morgen gleich an Jansens Hintertür verloren.«

Timmers Augen flackerten kurz, dann senkte er den Kopf.

»Ja.« Es dauerte ein paar Sekunden, bis er wieder aufsah. »Nehmen Sie mich sofort mit?«

Toppe nickte.

»Ich sage meiner Frau Bescheid und hole meine Jacke.«

Die Haustür ließ er offen. Toppe kam in den Flur, hier zog es nicht so, und verstaute die Baskenmütze wieder in seiner Jackentasche.

Im Wohnzimmer hinten lief der Fernseher. Er hörte Timmers Stimme, knapp, abgehackt, dann wurde ein Schlüssel gedreht, und Frau Timmer schrie. Toppe lief los. Zwei Schritte. Vor ihm stand Timmer, in den Händen ein Gewehr mit kurzem Lauf.

Toppe schloß die Augen. Seine Dienstwaffe lag sicher verwahrt in seinem Schreibtisch, aber das war egal; er wußte, er hätte sie sowieso nicht gezogen.

»Raus«, knurrte Timmer, so leise, daß man es kaum hören konnte.

Toppe hob die Arme halb, die Handflächen Timmer zugewandt. »Herr Timmer, hören Sie doch auf. Es hat doch keinen Sinn.«

»Raus!« brüllte der Bauer und kam schnell zwei Schritte näher. »Raus, oder ich schieß dich übern Haufen!«

Toppe wich zurück, langsam.

»Sie wollten die Frau nicht töten, Herr Timmer, das weiß ich. Sie wollten ihr vielleicht eins auswischen, aber...«

»Schnauze! Ich will nichts hören. Ihr wollt mir alle mein Kind wegnehmen, aber das lasse ich nicht zu. Eher bring ich uns alle um. Runter von meinem Gehöft!« Sein Blick war auf Toppes Brust gerichtet.

Toppe stieß mit dem Rücken gegen den Türrahmen. »Nein, Herr Timmer.« Er versuchte, seine Stimme zu kontrollieren. »Keiner will Ihnen Hanna wegnehmen.«

Timmer kam näher.

»Ich habe mit dem Jugendamt gesprochen. Sie dürfen Hanna behalten.«

Timmer versetzte ihm einen mächtigen Stoß gegen den Bauch, und Toppe flog in den Dreck vor der Haustür. Kies spritzte unter ihm weg. Timmer knallte die Tür und drehte den Schlüssel zweimal um.

»Frau Derksen!« schrie Toppe. »Rufen Sie Frau Derksen an!«

Die Hunde waren wie von Sinnen.

Zwei Lichtfinger zeigten in den Himmel, dann rollte van Appeldorns Wagen über die Kuppe.

Im Flur wurde es dunkel.

Toppe rappelte sich auf, aber Norbert van Appeldorn war schon neben ihm.

Zwanzig Sekunden später hatte er den Telefonhörer in der Hand und gab dem Diensthabenden seine Anweisungen.

»Und die sollen die Privatnummer von Frau Derksen rausfinden. Ich will, daß sie herkommt. Ihr wird er vielleicht glauben.« Toppe wippte unruhig auf und ab.

Van Appeldorn hielt ihm eine offene Packung Zigaretten hin. »Hier, rauch erst mal eine.« Er schirmte das Feuerzeug mit den Händen ab. Selbst im rötlichen Schein der Flamme sah Toppes Gesicht grau aus.

»Verflucht«, sagte er, »ich hab das verbockt.«

»Quatsch«, meinte van Appeldorn nur.

Sie hatten noch nicht aufgeraucht, als sie die ersten Sirenen hörten. Hinter dem Hügelkamm flackerte blaues Licht.

Scheinwerfer erfaßten die Haustür für den Bruchteil einer Sekunde nur, aber Toppe sah, daß Timmer immer noch hinter der Scheibe stand. Er machte unwillkürlich einen Schritt aufs Haus zu, drehte sich dann aber um, weil die Kette der Einsatzfahrzeuge, die auf den Hof rollte, nicht abriß. »Ja, was, um Gottes willen«, fuhr er van Appeldorn an. »Wen hattest du vorhin an der Strippe?«

»Look.«

»Himmel«, stöhnte Toppe und schloß die Augen. »Katastrophen-Willi. Der bringt es fertig und schickt noch die Hundestaffel.«

Er hatte es kaum ausgesprochen, da glitten am großen Wagen die Schiebetüren auf, und zwei junge Beamte sprangen heraus, jeder einen Schäferhund an der kurzen Leine.

»Ich werd bekloppt.« Toppe rannte ihnen entgegen, aber da kam auf einmal Flintrop aus dem Dunkel angeschossen – er mußte in einem der letzten Wagen gewesen sein.

»Weg!« brüllte er. »Weg! Zurück in die Karre mit den Biestern!«

Jetzt war Toppe da. »Lassen Sie die Hunde im Wagen.«

Die Beamten zögerten, sahen sich unsicher um.

»Ich bin hier der Einsatzleiter«, sagte Toppe, so ruhig, daß es einen schauderte.

Flintrop faßte ihn fest an der Schulter. »Herr Toppe. Der Ewald Timmer. Ich kenne den gut. Wir sind zusammen zur Schule gegangen. Lassen Sie mich mit ihm reden.«

Toppe sah ihm in die Augen. »Wissen Sie denn, worum es geht?«

»Er hat den Brand gelegt. Er hat sich verbarrikadiert und will eher seine Familie kaltmachen, als da rauskommen. Muß ich mehr wissen?«

»Ja«, antwortete Toppe schwer. »Hanna.«

Van Appeldorn hatte inzwischen das Chaos geglättet, dafür gesorgt, daß die Blaulichter abgeschaltet wurden und die Leute bei ihren Wagen blieben.

»Kommt Frau Derksen?« rief Toppe ihm zu.

»Die haben sie noch nicht erreicht.«

Flintrop wartete.

»In Ordnung«, sagte Toppe. »Versuchen Sie's. Aber lassen Sie Ihre Waffe hier.«

»Blödsinn«, schnaubte Flintrop. »Ihr tut alle so, als wär das hier ein Geiseldrama.« Aber er legte Toppe die Pistole in die Hand und ging dann mit schnellen Schritten zur Tür.

»Ewald.« Er sprach ziemlich leise. »Mach keinen Scheiß, Mensch, mach auf. Ich bin's, Hubert Flintrop.«

Nichts.

»Jetzt hör endlich auf mit dem Mist, Jung. Ich komm alleine.«

Die Tür öffnete sich kurz, Flintrop verschwand im Flur, dann wurde wieder abgeschlossen.

In der Küche ging das Licht an. Toppe schlich um die Hausecke, aber da wurden schon mit einem Ruck die Vorhänge zugezogen. Hastig lehnte er sich mit dem Rücken flach an die Hauswand und wartete zwei, drei Minuten. Ein feiner Lichtstreifen fiel auf die Betonplatten unterm Fenster. Ein Spalt zwischen den Vorhängen. Toppe konnte die beiden Männer nicht sehen, nur ihre Hände auf dem Tisch. Dazwischen eine volle Schnapsflasche und zwei Wassergläser.

Er ging zurück zu van Appeldorn. Beide sahen auf die Uhr. Keiner sprach.

Nach zweiundvierzig Minuten sagte van Appeldorn: »Werden diese verfluchten Köter eigentlich nie müde?«

Toppe zuckte die Achseln. Die Hunde sprangen immer noch geifernd gegen den Draht.

Leise ging er wieder zum Küchenfenster: ein Paar Hände auf dem Tisch, in der Flasche nur noch eine Pfütze.

Zurück neben van Appeldorn zählte er ungläubig noch einmal die Beamten durch: siebenundzwanzig Leute – zwei Hunde.

»Wenn ich Look zwischen die Finger kriege«, erriet van Appeldorn seine Gedanken. »Wie lange willst du warten?«

Toppe hob den Kopf.

Im Flur wurde es hell.

Er spürte den Ruck, der durch all die Leute ging, die bisher unbeweglich gewartet hatten. Langsam ging er auf die Tür zu, van Appeldorn schräg links direkt hinter ihm.

Flintrop hatte Timmer untergehakt. Der Mann schwankte, tappte auf den Hof hinaus, das Kinn auf der Brust.

»Selber fahren kann ich jetz' aber nich' mehr«, sagte Flintrop mit schwerer Zunge.

Van Appeldorn ließ die Handschellen zuschnappen, da wurde der ganze Hof plötzlich in gleißendes Licht getaucht. Sie standen wie vom Blitz getroffen.

»Ich glaub, et hackt«, lallte Flintrop und ließ sich prustend gegen die Wand fallen. »Dat SEK aus Düsseldorf!«

Als alles geregelt war und sie endlich aus dem Präsidium kamen, wurde es schon hell.

»Soll ich dich nach Hause bringen?« fragte van Appeldorn.

»Nein.« Toppe brauchte ein bißchen Zeit. Astrid hatte er angerufen, gleich nachdem Timmer gestanden hatte, selbst Heinrichs hatten sie aus dem Bett geklingelt. »Ich möchte zu Fuß gehen.«

Die Stadt lag in sonntäglicher Ruhe, nur die Vögel zwitscherten die Sonne heraus.

Astrid hatte nicht tief geschlafen, denn sie war schon im Flur, kaum daß er die Haustür hinter sich geschlossen hatte.

Lange standen sie da und hielten sich fest. Dann zog sie ihn mit ins Wohnzimmer, drückte ihn in den Sessel und holte den Whisky aus dem Schrank.

Er lächelte müde. »Andere Leute frühstücken um diese Zeit.«

»Wir nicht. Prost!« Sie beugte sich zu ihm hinunter, gab ihm sein Glas, und er sah, daß sie wirklich nur das T-Shirt trug.

In ihren Augen saß ein leiser Schalk. »Ich habe eine Überraschung.«

»Ja?«

»Gabi und ich haben uns überlegt, also wir finden, das schöne Haus, der Bauernhof, also, wir sollten zusammenziehen.«

Toppe ruckte so heftig herum, daß ihm der Whisky über die Finger schwappte. »Wie, zusammen? Wer?«

»Na, Gabi, die Jungs, du und ich«, lachte Astrid. »Wir beide wohnen unten, die anderen oben. Ist doch ganz einfach!«

»Das soll doch wohl nur ein blöder Witz sein!«

»Nein«, antwortete sie schlicht und ließ sich auf seinem Schoß nieder.

Krimis von Leenders/Bay/Leenders

Königsschießen

Der erste Krimi mit dem Klever K 1

ISBN 3-89425-029-1 DM 14,80

»Das feucht-fröhliche Schützenfest in einem Dorf am Niederrhein endet jäh mit dem Mord am allseits beliebten Bäcker.« (Wiesbadener Kurier)

»... ein Krimi über das Leben und Sterben am Niederrhein ... ganz im Stil klassischer englischer Kriminalromane aufgebaut, obwohl es selbstverständlich ein echter Niederrhein-Krimi ist.« (NRZ)

Belsazars Ende

Der zweite Krimi mit dem Klever K 1

ISBN 3-89425-037-2 DM 14,80

Das tote Genie liebte schöne Lolitas, die Honoratioren lieben große Feste, und Astrid Steendijk liebt es spontan und intensiv. »Die drei Autoren haben einen spannenden und heute fast schon selten guten Kriminalroman abgeliefert... Ein sehr empfehlenswerter Kriminalroman ...« (Der evangelische Buchberater)

Jenseits von Uedem

Der dritte Krimi mit dem Klever K 1

ISBN 3-89425-045-3 DM 14,80

Auf der Herrensitzung im Karneval bricht Privatdetektiv te Laak tot zusammen - Giftmord? Welche Rolle spielen die beiden abgeschlachteten Zuchthengste? Was wollte sich te Laak vom dubiosen Apotheker Braun? Und wohin ist das Vermögen der toten Sopranistin Larissa Heidingsfeld verschwunden? Die Spuren führen Toppe und das Klever K 1 bis hinter Uedem, was nicht nur für Ackermann »feindliches Ausland« ist.

Feine Milde

Der vierte Krimi mit dem Klever K 1

ISBN 3-89425-057-7 DM 14,80

Zwei tote Säuglinge in einem Kleinlaster und ein überfahrener Kripo-Mann nahe der holländischen Grenze - kein Sommerloch für die Klever Kripo.

grafit

Mordsgeschichten zu jedem Anlaß II

Der Mörder schwänzt den Unterricht
Schul-Krimis
ISBN 3-89425-083-6 DM 15,80
Mit Geschichten von A.B.S., Anderle, Ard, Ehlers, Flieger, Junge, Koglin, Karr & Wehner, -ky, Meyer, Plonsky, Reyntjes, Schlüter, Schmid, Wolf, Wolff

Der Mörder bricht den Wanderstab
Urlaubs-Krimis
ISBN 3-89425-085-2 DM 14,80
Mit Geschichten von Ahrens, Anderle, Ard, Gilles, Karr & Wehner, Kley, Koch, Koglin, -ky, Lens, Liedtke, Meyer, Minz, Neumann, Plonsky, Ross, Schlüter, Schmid, Schuberth, Wolff, Zadrazil

Der Mörder kommt auf Krankenschein
Wartezimmer-Krimis
ISBN 3-89425-086-0 DM 15,80
Mit Geschichten von A.B.S., Ard, Diesmann, Ehlers, Gilles, Ginsberg, Karr & Wehner, Koch, Koglin, Kottmann, Kristan, -ky, Lennkh, Lens, Liedtke, Meyer, Ross, Sauer, Schlüter, Schmid, Wolf, Wolff, Zadrazil

Der Mörder kommt auf sanften Pfoten
Tier-Krimis
ISBN 3-89425-087-9 DM 15,80
Mit Geschichten von Anderle, Ard, Balke, Diesmann, Ehlers, Flieger, Gilles, Karr & Wehner, Kley, Kruse, Lennkh, Liedtke, Meyer, Minz, Ostberg, Sauer, Schmid, Schwarz, Vocke, Weigle, Wolf, Wolff, Zinth

Der Mörder bittet zum Diktat
Büro-Krimis
ISBN 3-89425-088-7 DM 15,80
Mit Geschichten von Ahrens, Ard, Cormann, Dettmar, Junge, Karr & Wehner, Koch, Koglin, Kruse, -ky, Lennkh, Lens, Liedtke, Minz, Pei, Rossié, Schmid, Wolf

grafit

Krimis von Jacques Berndorf

Eifel-Blues

ISBN 3-89425-442-4 DM 15,80

Drei Tote neben einem scharf bewachten Bundeswehrdepot in der Eifel: Verkehrsunfall? Eifersuchtstragödie? Spionageaffäre? Der Journalist Baumeister wird krankenhausreif geschlagen, sobald er seine Recherche begonnen hat. Aber das macht seine verbissene Wut nur noch größer.

»Eine Eifel, völlig in der Hand der Bundeswehr, angesiedelt um Giftgasdepots, abhängig von betrunkenen Soldaten, überwacht von MAD-Schurken. Dazwischen nun der Journalist Baumeister, der eigentlich nur seine Ferien im ehemaligen Bauernhaus genießen will.« (WDR/Echo West)

»Ein Buch voller Wut.« (Frankfurter Rundschau)

»Ein Krimi von der echten Art, und das mit jeder Menge Eifelkolorit.« (Südwestfunk)

Eifel-Gold

ISBN 3-89425-035-6 DM 16,80

»Daß die Eifel ein heißes Pflaster ist, kann man, bis auf wenige Ausnahmen, nicht gerade behaupten. Wenn man dem neuen Kriminalroman von Jacques Berndorf Glauben schenken darf, dann hat es die hiesige Bevölkerung knüppeldick hinter den Ohren.« (Kölner Stadt-Anzeiger)

Der größte Geldraub in der Geschichte der Republik passiert ausgerechnet in der verschlafenen Eifel. Wer steckt hinter dem perfekten Plan? Die Fahrer selbst oder betrügerische Banker? Internationale Terroristen oder alte Stasi-Seilschaften? Die Ermittlungen stocken im Wirrwarr ehrgeiziger Ermittlungsbehörden.

Eifel-Filz

ISBN 3-89425-048-8 DM 16,80

Auf Bahn 16 eines Golfplatzes werden die Leichen eines jungen Paars gefunden. Die beiden Toten waren verheiratet, aber nicht miteinander. Das schauderhaft-groteske Mordwerkzeug: eine Armbrust. Das Motiv: Eifersucht? Spuren führen zu internationalen Finanzkreisen.

Krimis von Jürgen Kehrer

Schuß und Gegenschuß
Der sechste Wilsberg-Krimi
ISBN 3-89425-051-8 DM 14,80
Wilsberg soll in einem Reality-TV-Film sich selbst spielen. Kurz nach Drehbeginn kommt es zu schweren Unfällen.

Wilsberg und die Wiedertäufer
Der fünfte Wilsberg-Krimi
ISBN 3-89425-047-X DM 14,80
Das »Kommando Jan van Leiden« fordert vom Bischof eine halbe Million. Und Wilsberg soll Geldbote spielen.

Kein Fall für Wilsberg
Der vierte Wilsberg-Krimi
ISBN 3-89425-039-9 DM 14,80
Dubiose Waffengeschäfte, eine Familie, in der jeder jeden haßt, und ein Firmenchef mit Doppelleben.

Killer nach Leipzig
ISBN 3-89425-033-X DM 14,80
»... und Leipzig war für kurze Zeit nicht Klein-Paris, sondern ein kleines Los Angeles. Lobenswert, daß das mal jemand aufgeschrieben hat.« (Sächsische Zeitung)

Gottesgemüse
Der dritte Wilsberg-Krimi
ISBN 3-89425-026-7 DM 14,80
Georg Wilsberg muß sich auf den Psychoterror einer fanatischen Sekte einlassen.

In alter Freundschaft
ISBN 3-89425-020-8 DM 14,80
Eine nach Holland ausgerissene minderjährige Punkie, eine verschwundene Ex-Freundin und ein bestohlener Disko-Chef: Bei keinem der drei Aufträge kann Wilsberg brillieren.

Und die Toten läßt man ruhen
ISBN 3-89425-006-2 DM 14,80
Mit Joachim Król als Wilsberg vom ZDF verfilmt
»... eine Story vom Feinsten ...: garantiert unmoralisch und zynisch, antibürgerlich und unsozial, aber nicht dumpf-gewalttätig, dafür jedoch dramaturgisch perfekt bis aufs i-Tüpfelchen.« (Leo's Magazin)

Crime Ladies

Dorothee Becker: **Mord verjährt nicht**
ISBN 3-89425-056-9 DM 14,80
Warum verschwand Theo de la Cour? Veronika Wenger macht sich auf die Suche nach dem Verschollenen und lernt die verschiedenen Mitglieder einer zweifelhaften Familie kennen.

Dorothee Becker: **Der rankende Tod**
ISBN 3-89425-040-2 DM 14,80
Was trieb den lebenslustigen Clemens in den Tod? Die junge Witwe Veronika ahnt nicht, daß sie selbst in Lebensgefahr schwebt.

Agnes Kottmann: **Tote streiken nicht**
ISBN 3-89425-052-6 DM 14,80
Eine junge und unbeschwerte Gewerkschafterin wird von einem unsichtbaren Triebtäter verfolgt.

Gabriella Wollenhaupt: **Grappas Versuchung**
ISBN 3-89425-034-8 DM 14,80
»Ein spannender Stoff, eine köstlich ironische Auseinandersetzung mit der Region... Man darf auf den nächsten Roman gespannt sein.« (WDR)

Gabriella Wollenhaupt: **Grappas Treibjagd**
ISBN 3-89425-038-0 DM 14,80
Reporterin Maria Grappa macht Jagd auf »Onkel Herbert«, der seit Jahren in Bierstadt sein Unwesen treibt.

Gabriella Wollenhaupt: **Grappa macht Theater**
ISBN 3-89425-042-9 DM 14,80
Ein Theaterkritiker wird entführt und ermordet. Bei ihren Recherchen stößt Maria Grappa auf einen Geheimbund in der Bierstädter Kulturszene.

Gabriella Wollenhaupt: **Grappa dreht durch**
ISBN 3-89425-046-1 DM 14,80
Sprang Fernsehjournalist John Masul freiwillig vom Dach des City-Center oder half jemand nach? Maria Grappa, die den Job des Toten erhält, erkennt, daß in dem Sender nicht nur Filme über Schützenfeste und Krötenwanderungen gedreht werden ...

Gabriella Wollenhaupt: **Grappa fängt Feuer**
ISBN 3-89425-050-X DM 16,80
Grappa entflammt in Hellas für einen griechischen Lover; der raffinierte Mörder in der Bierstädter Reisegruppe versteht sich auf Mythologisches, aber bleibt cool.

grafit